李白

诗歌选读

纪准 著

巴蜀书社

图书在版编目（CIP）数据

李白诗歌选读 / 纪准著. —成都：巴蜀书社，2020.5

ISBN 978-7-5531-1297-8

Ⅰ.①李… Ⅱ.①纪… Ⅲ.①唐诗－诗集 Ⅳ.①I222.742

中国版本图书馆 CIP 数据核字（2020）第 067160 号

李白诗歌选读

纪　准　著

责任编辑	康丽华
封面设计	冀帅吉
出　　版	巴蜀书社 成都市槐树街 2 号　邮编：610031 总编室电话：(028) 86259397
网　　址	www.bsbook.com.cn
发　　行	巴蜀书社 发行科电话：(028) 86259422　　86259423
经　　销	新华书店
印　　刷	成都蜀通印务有限责任公司
版　　次	2020 年 5 月第 1 版
印　　次	2020 年 5 月第 1 次印刷
成品尺寸	210mm×148mm
印　　张	14.625
字　　数	350 千
书　　号	ISBN 978-7-5531-1297-8
定　　价	60.00 元

本书如有印装质量问题，请与工厂调换

【目 录】

前　言 …………………………………………… 001

访戴天山道士不遇 ……………………………… 001
登锦城散花楼 …………………………………… 005
峨眉山月歌 ……………………………………… 008
渡荆门送别 ……………………………………… 011
望庐山瀑布二首（其二） ……………………… 014
望天门山 ………………………………………… 017
长干行二首（其一） …………………………… 020
金陵酒肆留别 …………………………………… 024
夜下征虏亭 ……………………………………… 027
广陵赠别 ………………………………………… 029
苏台览古 ………………………………………… 031
乌栖曲 …………………………………………… 034

越中览古 ……………………………………………… 037

月夜金陵怀古 …………………………………………… 040

秋日登扬州西灵塔 ……………………………………… 043

秋夜板桥浦泛月独酌怀谢朓 …………………………… 046

横江词六首（其五） …………………………………… 049

黄鹤楼送孟浩然之广陵 ………………………………… 052

安州般若寺水阁纳凉喜遇薛员外乂 …………………… 055

安陆白兆山桃花岩寄刘侍御绾 ………………………… 058

山中问答 ………………………………………………… 062

玉真公主别馆苦雨赠卫尉张卿二首（其一） ………… 065

乌夜啼 …………………………………………………… 069

下终南山过斛斯山人宿置酒 …………………………… 073

赠裴十四 ………………………………………………… 076

登新平楼 ………………………………………………… 080

行路难（三首选二）

    其一 ………………………………………………… 083

    其二 ………………………………………………… 086

蜀道难 …………………………………………………… 089

以诗代书答元丹丘 ……………………………………… 095

梁园吟 …………………………………………………… 098

梁甫吟 …………………………………………………… 103

江上吟 …………………………………………………… 109

秋夜宿龙门香山寺，奉寄王方城十七丈，奉国莹上人，从弟幼成、令问 …………………………………………………… 112

目录

江夏别宋之悌 …………………………………… 116

岘山怀古 ………………………………………… 119

襄阳歌 …………………………………………… 123

赠张公洲革处士 ………………………………… 128

题元丹丘山居 …………………………………… 132

太原早秋 ………………………………………… 135

春夜洛城闻笛 …………………………………… 138

将进酒 …………………………………………… 142

大庭库 …………………………………………… 145

月夜江行寄崔员外宗之 ………………………… 148

夜泊牛渚怀古 …………………………………… 151

赠孟浩然 ………………………………………… 154

赠从兄襄阳少府皓 ……………………………… 158

客中作 …………………………………………… 161

游南阳白水登石激作 …………………………… 164

关山月 …………………………………………… 168

游泰山六首（其三） …………………………… 172

别储邕之剡中 …………………………………… 175

清平调词三首

　　其一 ………………………………………… 178

　　其二 ………………………………………… 181

　　其三 ………………………………………… 184

宫中行乐词八首

　　其一 ………………………………………… 188

003

其二 …………………………………………………… 190

　　其三 …………………………………………………… 192

　　其四 …………………………………………………… 195

　　其五 …………………………………………………… 197

　　其六 …………………………………………………… 199

　　其七 …………………………………………………… 202

　　其八 …………………………………………………… 204

胡无人 ……………………………………………………… 209

玉壶吟 ……………………………………………………… 213

翰林读书言怀呈集贤院内诸学士 ………………………… 217

送友人入蜀 ………………………………………………… 221

读诸葛武侯传书怀赠长安崔少府叔封昆季 …………… 225

月下独酌四首（其一）…………………………………… 229

夕霁杜陵登楼寄韦繇 ……………………………………… 233

西岳云台歌送丹丘子 ……………………………………… 236

杜陵绝句 …………………………………………………… 240

前有樽酒行二首（其一）………………………………… 243

望终南山寄紫阁隐者 ……………………………………… 246

登太白峰 …………………………………………………… 249

题东溪公幽居 ……………………………………………… 252

灞陵行送别 ………………………………………………… 255

上李邕 ……………………………………………………… 259

金乡送韦八之西京 ………………………………………… 263

经下邳圯桥怀张子房 ……………………………………… 266

目 录

梦游天姥吟留别 …………………………………… 270

采莲曲 ……………………………………………… 280

越女词五首

 其一 ……………………………………………… 283

 其二 ……………………………………………… 284

 其三 ……………………………………………… 284

 其四 ……………………………………………… 285

 其五 ……………………………………………… 286

闻王昌龄左迁龙标遥有此寄 …………………… 288

寻高凤石门山中元丹丘 ………………………… 292

寻阳紫极宫感秋作 ……………………………… 295

北风行 …………………………………………… 298

古朗月行 ………………………………………… 303

宣州谢朓楼饯别校书叔云 ……………………… 307

秋登宣城谢朓北楼 ……………………………… 311

过崔八丈水亭 …………………………………… 315

独坐敬亭山 ……………………………………… 318

听蜀僧濬弹琴 …………………………………… 321

秋浦歌十七首（选九）

 其三 ……………………………………………… 325

 其五 ……………………………………………… 326

 其八 ……………………………………………… 327

 其十一 …………………………………………… 328

 其十二 …………………………………………… 328

其十三 ………………………………………… 330

其十四 ………………………………………… 330

其十六 ………………………………………… 331

其十五 ………………………………………… 333

赠汪伦 ……………………………………………… 337

上留田行 …………………………………………… 341

赠张相镐二首（其二）…………………………… 345

早发白帝城 ………………………………………… 349

望鹦鹉洲怀祢衡 …………………………………… 352

陪族叔刑部侍郎晔及中书贾舍人至游洞庭五首

其一 …………………………………………… 356

其二 …………………………………………… 358

其三 …………………………………………… 360

其四 …………………………………………… 362

其五 …………………………………………… 363

与夏十二登岳阳楼 ………………………………… 365

庐山谣寄卢侍御虚舟 ……………………………… 368

登金陵凤凰台 ……………………………………… 373

宿五松山下荀媪家 ………………………………… 378

长相思 ……………………………………………… 382

日出入行 …………………………………………… 386

玉阶怨 ……………………………………………… 390

静夜思 ……………………………………………… 393

春思 ………………………………………………… 397

子夜吴歌（四首选二）
　　其三 …………………………………………… 400
　　其四 …………………………………………… 403
送友人 …………………………………………… 405
把酒问月 ………………………………………… 408
寻雍尊师隐居 …………………………………… 411
自遣 ……………………………………………… 414
从军行 …………………………………………… 417

塞下曲（六首选四）
　　其一 …………………………………………… 420
　　其三 …………………………………………… 422
　　其五 …………………………………………… 423
　　其六 …………………………………………… 425

古风（五十九首选六）
　　其十（齐有倜傥生） …………………………… 428
　　其十二（松柏本孤直） ………………………… 431
　　其十五（燕昭延郭隗） ………………………… 434
　　其十九（西上莲花山） ………………………… 437
　　其二十六（碧荷生幽泉） ……………………… 439
　　其三十九（登高望四海） ……………………… 441

临路歌 …………………………………………… 444

前　言

一

　　一千二百多年前,在中国大地上,一颗耀眼的巨星冉冉升起,在世人惊讶、赞叹的仰望中划过浩瀚的太空,然后在壮观的灿烂中陨落。

　　他气势磅礴的绚丽一下子照亮了世俗的人间,其璀璨至今不减,中国的天空从此显示出迷人的高远和深邃,神秘得不可思议。

　　他填补了那段历史,他命名了那段历史。从此,盛唐因他的存在而变成了具体可感的鲜活的东西。

　　他的傲岸让一切权威羞惭,他的自信让一切生命喜悦,他的天真让一切心灵温暖,他的沉沦让一切同情痛惜……在人们还没有懂得理解他的时候,他走了。

　　他以仰望的姿态,定义了天空的含义;他以世人仰望的高度,给一代又一代的神观飞越准备了可能性。

　　他是神州大地之上的游子,他用赤子之心和行者的脚步守护着这片故土。一千二百多年来，他似乎还站在庐山、泰山、华山那样的高山顶上，看长江东去，看黄河东去，看生死来去，看兴衰来去；他似乎还在月下独酌，在月下荡舟，在月下谛听，谛听那花夜不眠的叹息，谛听那秋夜凄清的笛声；自从那一叶轻舟从长江驶向天际以后，他似乎还在中国的大地上奔走，寻找性情的芳香，寻找灵魂的故乡，寻找生命的土壤，寻找声音的另一方……

现在，他找到了我们这里。

他是李白。

他给后人留下诸多未解之谜：他是哪里人，祖上是谁，家庭背景如何，出生于何时何地，到过哪些地方，做过什么事，他为什么能迸发出百倍万倍于常人的创作激情，并成功地转化为惊心动魄的诗篇……

关于李白的身世，我们经常看到的介绍是：李白，字太白，号青莲居士，四川江油人。

这是说李白出生在四川吗？

李白晚年流离，投靠族叔李阳冰，病重之际，嘱李阳冰为诗文集作序。李阳冰在序末说李白病重、在床上托他作序的时候是宝应元年十一月，即公元762年。后人就认为李白卒于这一年，并上推生年。北宋曾巩说李白享年六十四，这样就上推到公元699年，即武则天圣历二年。而李白的同时代人李华说李白活了六十二岁，这样李白的生年就是公元701年，即武则天长安元年。因为李华与李白同时，又有交往，所以后人多以生于公元701年、辛于公元762年为准。

李阳冰的序是这样开始的："李白，字太白。陇西成纪人，凉武昭王暠九世孙。蝉联珪组，世为显著；中叶非罪，谪居条支，易姓与名。然自穷蝉至舜，五世为庶，累世不大曜，亦可叹焉。神龙之始，逃归于蜀，复指李树而生伯阳。"这样问题就来了。李阳冰在序中说，李白一家因罪被流放到条支，神龙之始才逃回四川。神龙是唐中宗的年号，从公元705年到公元707年。神龙之始就是公元705年。这时，按照李白出生在公元701年的说法，李白已经五岁了，肯定不是出生在四川。

李阳冰序中提到李白一家谪居条支的事情，李白出生在条支吗？李白殁几十年后，范传正于太白葬身之地做官，慕名慰荐，迁坟改葬，重新立碑，碑文中又说李白一家在隋朝末年的时候，被流放到碎叶，神龙初才偷偷地回到四川。条支和碎叶是什么地方？是一地还是两地？一直到现在，研究李白的学者们还在议论纷纷，有人言之凿凿地论证是一地，有人同样言之凿凿地论证是两地。从大范围来讲，这两个地方都在中国古代历史上一个很神秘的领域：西域。所以到了北宋，《新唐书》的作者就含混地说李白一家被流放到了西域。

唐朝的西域是一个多民族杂居的地方。这样跟着就产生了李白的种族问题：他是否是汉族人？近代以来，有人说李白是胡人，有人说李白是突厥化的汉人，有人则坚持说李白是汉人。

·李白诗歌选读·

　　李白自己有这样几种说法："白本家金陵，世为右姓，遭沮渠蒙逊之难，奔流咸秦。因官寓家，少长江汉。""白陇西布衣，流落楚汉。""本家陇西人，先为汉边将。""汉边将"指西汉飞将军李广。按照李白自己的说法，他是李广的后代。但李广后代又分为两支，一支被李家王朝奉为祖先，这样李白就与唐朝皇室同宗，都是陇西成纪（今甘肃秦安）人。故李阳冰说李白乃凉武昭王暠九世孙，凉武昭王暠者，唐朝开国皇帝李渊六世祖也。李白确实也经常和王室称兄道弟，但后人也怀疑李白此举不过是为了抬高自己，攀龙附凤而已。另一支是汉武帝时投降了匈奴的李陵，因为与异族通婚，被称为李陵胡。若属这一支，李白血管里就流淌着胡汉两股血液。不仅如此，有人认为唐朝皇帝也是李陵的后代，为了掩盖祖上投降的污点，伪造家谱，说自己是陇西成纪人，李白也是如此。

　　在今天的"身份证"上，李白的户籍档案存在很多问题。但是这又有什么关系呢？生命本身难道不是谜一样的存在吗？

　　据李白自己说，青少年的他，用功读书，志气不凡，"五岁诵六甲，十岁观百家"，"十五观奇书，作赋凌相如"。"六甲"是用六十干支中以"甲"起头的六组干支编成的儿童启蒙读物，"百家"是春秋战国时期百家争鸣产生的各种学说，中国封建社会自汉代起，用儒家思想统治天下，这些学说就成了"奇书"。"作赋"指文学创作,"相如"指西汉的大文学家、四川人司马相如。

从李白的自述来看,他小时候读的书是非常杂的,不是专攻哪家的学说。李白爱好广泛,他还向往神仙世界,自己说"十五游神仙,仙游未曾歇",就是研习如何烧汞炼丹,如何服食辟谷,以期有朝一日身轻如羽,长生不老。这和唐代崇尚道教有关,也是当时四川地方文化的产物。李白还向往古代的游侠,自己说"十五好剑术,遍干诸侯"。

再大一些,李白就说他要做一个志在四方的大丈夫,就像春秋时期的管仲、晏婴一样,辅佐皇帝治理天下;功成名就以后,再像春秋时期的范蠡、西汉的张良那样,逍遥江湖,享受人生。在古代中国,读书人要想功成名就,就要当官;唐朝读书人做官,就要通过科举考试;而李白没有走大多数人走的路,他的履历上没有参加过任何考试的记载,他走的是一条由要人推荐、一举成名的路;但是李白又爱游山玩水,不肯好好经营自己的人际关系。二十多岁的时候,他离开四川,顺着长江一路游玩,写下许多著名诗篇,声名鹊起。然后从扬州返回湖北安陆,结婚定居下来。在这期间,他向朝廷地方官员推介自己,希望能为他们所重视。结果没有得到回应,大约三十岁的时候,李白来到长安,投靠唐玄宗的驸马和当道士的玉真公主。但李白依旧没有被重视,于是游历长安周边,在嵩山结识了道士元丹丘。这一时期,李白北游太原、雁门关,东游洛阳、开封、商丘,踪迹不定。大约四十岁的时候,李白来到山东兖州一带,并寓家于此,安顿下来。

这时候,李白诗歌已经名动天下,连唐玄宗都知道了。经玉真公主或者什么人的推荐,唐玄宗就下诏书,宣李白进京。李白来到长安，受到唐玄宗隆重的接待，唐玄宗让李白做了翰林待诏，就是皇帝的秘书和顾问。在此期间，李白恃才傲物，不但不把同僚们放在眼里，对王公大臣也很傲慢，树敌很多。再加上李白爱喝酒，不拘小节，唐玄宗也认为他不适宜留在朝廷。于是李白不得不"请求"离开长安。李白在朝廷待了不到两年时间。

李白离开了唐朝的政治舞台，他带着对长安的眷恋漂泊于江湖，和当时开始涉足政治的杜甫、高适一起，游历洛阳、开封、商丘和山东兖州。然后李白南下，远游浙江，后又返回到南京，在秋浦一带盘桓。

公元 755 年，即唐玄宗天宝十四载十一月，安史之乱爆发。李白把家眷接到庐山，隐居在屏风叠。唐玄宗逃往四川，在路上分封诸子，封太子李亨为天下兵马大元帅，永王李璘主持南方军事。李璘在湖北江陵招兵买马，集聚粮草，秘密谋划，另有所图。这时李亨自作主张，在宁夏继位，是为肃宗。听到李璘的消息后，肃宗就命令李璘回到四川唐玄宗身边。李璘不从，反而率军队顺江东下南京，在经过庐山的时候，邀请李白共图大事。李白以为实现抱负的机会来了，就加入了李璘的队伍。这时候，李白已经五十六岁了。

肃宗的军队很快就打败了李璘的队伍，并且杀了李璘。李白被投进九江监狱，欲以叛乱治罪。经友人营救，改判流放夜郎，在途经奉节的时候，肃宗宣布大赦天下，李白顺流返回，游岳阳楼，泛舟洞庭，回庐山，返金陵。听说大将李光弼出镇东南讨伐史朝义，李白又想投军报国，却因病返回。这时李白已经是一个六十岁的白发老人了。公元 761 年，他投靠族叔当涂县令李阳冰，约 762 年在那里去世，卒年六十二岁。

·前 言·

四

作为一个热衷政治的读书人,李白和中国几千年来的知识分子一样平凡;然而作为一个公元八世纪的诗人,李白不仅创造了中国诗歌史上的奇迹,而且在世界诗歌史上留下了一整页的"惊叹号"。

李白给我们留下了九百多首诗,内容丰富,体裁多样,这里从中选择了一百三十多首诗,以飨读者。

李白的诗歌,是诗人喜怒哀乐的真实记录,是诗人对人生、社会和世界的艺术表达,是一个生命对生存和超越的祈求。它们从生命短暂的基本焦虑出发,展现诗人一方面要建功立业,身后留名,一方面又要及时行乐,得意尽欢的欲求,所有这些最终结合成李白式的冲动型的人生态度。

以李白著名的诗篇《将进酒》为例:"君不见黄河之水天上来,奔流到海不复回。君不见高堂明镜悲白发,朝如青丝暮成雪。人生得意须尽欢,莫使金樽空对月。天生我材必有用,千金散尽还复来。烹羊宰牛且为乐,会须一饮三百杯。岑夫子,丹丘生,将进酒,杯莫停。与君歌一曲,请君为我倾耳听。钟鼓馔玉不足贵,但愿长醉不复醒。古来圣贤皆寂寞,唯有饮者留其名。陈王昔时宴平乐,斗酒十千恣欢谑。主人何为言少钱,径须沽取对君酌。五花马,千金裘。呼儿将出换美酒,与尔同销万古愁。"

黄河滚滚东流去,就像汹涌而至又汹涌而去的年华,长逝不

007

返,让诗人感慨万千。面对残酷的自然规律,诗人的一个反应是对有限生命的消极利用,即及时行乐,"但愿长醉不复醒"。另一个反应是对有限生命的积极利用,"天生我材必有用",肯定生命,自信而自重。

长生不老是人类在死亡面前最原始的祈求,李白也是这样。他和道士交往,自己服食炼丹。《古风》其十一说:"黄河走东溟,白日落西海。逝川与流光,飘忽不相待。春容舍我去,秋发已衰改。人生非寒松,年貌岂长在。吾当乘云螭,吸景驻光彩。"

但李白也清醒地知道人是必死的。于是诗人创造出理想的神仙世界,来满足超越有限的精神要求。如《登太白峰》写道:"西上太白峰,夕阳穷登攀。太白与我语,为我开天关。愿乘泠风去,直出浮云间。举手可近月,前行若无山。一别武功去,何时复更还?"

这种永恒与短暂相反相成的生命意识,让李白获得了观察社会历史现象、感受自然山水的独特视角。《古风》其十八云:"天津三月时,千门桃与李。朝为断肠花,暮逐东流水。前水复后水,古今相续流。新人非旧人,年年桥上游。"落花流水和桥上游人形成令人心惊肉跳的反差与和谐,大智慧的诗人在这里似乎在怜悯着临流照影、花面相映的人们。

诗人自己选择了回归自然的栖息方式。《山中问答》云:"问余何意栖碧山,笑而不答心自闲。桃花流水窅然去,别有天地非人间。"面对质疑,诗人却微笑不语,这种从容不迫来自对桃花流水的体验。生命的花朵开过了,然后就无怨无悔地把命运交给岁月的长河,在流水中荡漾青春最后的颜色。在和大自然的亲切交流中,诗人的心境无比宁静,面对人间的非议,只有微笑,不必回答。

诗人因此能欣赏祖国山川之美。这里有"登高壮观天地间,大江茫茫去不还。黄云万里动风色,白波九道流雪山"的壮美,又有"人游月边去,身在空中行"的优美。它们无一不是诗人灵心慧性的自然流露。

来自自然界的哲学启蒙让诗人把爱撒遍人间,关爱一切生命。"玉阶生白露,夜久侵罗袜。却下水精帘,玲珑望秋月。"诗人替夜深无眠的人们担心着。"明月出天山,苍茫云海间。长风几万里,吹度玉门关。"诗人把同情转向了西北边疆苍茫连绵的群山。"耶溪采莲女,见客棹歌回。笑入荷花去,佯羞不出来。"欣赏的眼光又投到吴越的水面上。"故人西辞黄鹤楼,烟花三月下扬州。孤帆远影碧空尽,唯见长江天际流。"诗人又依依深情地目送友人远去。

一个人的内心世界越丰富,他实现个人价值的愿望就越强烈,同时,他对人格独立的意识也越自觉,李白就是这样。水面上漂流着的桃花诱惑着诗人,诗人也要在人类社会发展史上留下自己的身影。"苟无济代心,独善亦何益?"充实的生命不甘寂寞,诗人寻找着最能检验生命硬度的历史机遇:"百战沙场碎铁衣,城南已合数重围。突营射杀呼延将,独领残兵千骑归。"诗人不愿在波澜不兴的太平盛世按部就班,渴望时时面对生死抉择,时时惊险曲折,时时引人入胜,时时置身大智大勇的情境。因此,诗人把自己的政治舞台搭建在春秋战国那样诸侯争霸的环境中,搭建在秦末汉初那样天下大乱的环境中,让自己与叱咤风云、翻江倒海的英雄人物为友作伴,并与他们一决雌雄,在这样一个理想的时代,把生命的激情全部释放出来。

他的人生设计有两个环节:首先是建立奇功伟业,"奋其智能,愿为辅弼，使寰区大定，海县清一"；然后逍遥江湖，尽情享受美好的自由生活，"功成拂衣去，摇曳沧洲旁"，"功成谢人间，从此一投钓"，"待吾尽节报明主，然后相携卧白云"。这不仅是李白从历史人物那里总结出来的经验教训，也是诗人酷爱自由的本性的必然产物，这两个环节构成了李白快乐人生的重要内容。

这种理想的人生设计在社会安定的年代必然要以失败而告终，但它对野性的呼唤却可以时时唤醒被社会环境同化着的人们。当人们开始安于现状的时候，当人们开始蝇营狗苟的时候，会遭遇李白从历史深处射来的鄙夷与怜悯；当人们迷失在社会中的时候，当人们过早地放弃了生命的丰富性的时候，李白的脚步声会再次响起，同时伴随着诗人的耳语：不如漂泊……

五

李白的诗歌，从体裁上来看，成就最高的当属乐府歌行，如《蜀道难》《将进酒》《梦游天姥吟留别》《宣州谢朓楼饯别校书叔云》《庐山谣寄卢侍御虚舟》等篇。它们神来，气来，情来，千古一人；想落天外，局自变生，大江无风，波浪自涌，白云从空，随风变灭，此殆天授，非人可及。其次是古诗与绝句，古诗以《古风》五十九首为代表，继承魏晋以来曹植、阮籍、郭璞、陶渊明等人的传统，不浮不荡，温丽朴茂，有深刻的感情，无穷的意趣。李白是唐代诗人中五言绝句和七言绝句都写得极好的诗人。他的绝句，有眼前景，口头语，也有弦外音，味外味，使人神远。他的一部分绝句受南朝乐府民歌的影响，清水出芙蓉，天然去雕饰，无意于工而无不工。李白的律诗写得也很好，但相比之下，数量不是很多，这或许是因为李白感情奔放，风驰电掣，驰骋今古，短短八句的律诗似乎容纳不下李白磅礴的豪情壮志。

是的，太白诗的容量来自于世界本身的容量，自然界的一草一木，一举一动，都足以让人为之爱怜而不忍舍离，何况大者远者长者久者；于是太白之诗，其意味无不溢出篇外，一直弥漫到我们每个人的际遇中去……

访戴天山①道士不遇

犬吠水声中，桃花带雨浓。树深时②见鹿，溪午③不闻钟。野竹分青霭④，飞泉挂碧峰⑤。无人知所去⑥，愁倚两三松。

【注释】

①戴天山：在今四川江油。

②时：不时。

③溪午：沿着小溪一直走到中午。

④野竹分青霭：野生的竹林蒙着雾气。

⑤飞泉：瀑布。碧峰：青青的山峰。

⑥无人知所去：没有人知道道士去哪里了。

【赏析】

李白年轻的时候，在家乡也就是现在四川的江油读书，他交往广泛，经常访问隐居的世外高人。李白特别爱和道士来往，而诗中这位不知名的道士就是其中之一。这首诗就是写诗人去访问道士而没有见到的情况。

诗歌以这次访问的行程为线索。刚进山的时候，还听得到村子里的狗叫，但水声潺潺，山的轮廓也开始显露出来。山高雾重，桃花浸着水气，显得娇艳欲滴。再往里走，树木越来越密，不时可以看见野鹿的身影。听不见人间的音响，只看到瀑布从青青的山峰上倾泻下来，满耳的轰鸣……

诗人此行的目的地是道士的住处，也是这首诗结束的地方。道士不在。诗人不说道士不在，而说没人知道他哪里去了。这就是作诗与说话的不同。

按说，走了半天的山路，却没有见到人，该多么扫兴啊。但我们应该知道，诗人是喜爱山水的，登山临水本身就充满了乐趣。诗人自己宣称："一生爱入名山游。"因此，道人不在又有什么关系呢？这一路上得到的还少吗？因此，最后一句所表达的，只是重友之人见不到友人的深深的思念和些许的惆怅而已。

这首诗除最后两句以外，其余六句都写得兴致勃勃，情趣盎然。有动有静，动中之静更能让人心旷神怡，而静中之动，则过滤了喧嚣，突出了生活气息。有意外见到野鹿的惊喜，有抬头看到瀑布的震撼……总之，虽没有见到道士，诗人也不枉此行。

【评点】

《唐诗解》：今人作诗，多忌重叠。右丞《早朝》，妙绝古今，犹未免五用衣服之论。如此诗水声、飞泉、树、松、桃、竹，语皆犯重。得脱王、何之论，幸也。吁！古人于言外求佳，今人于句中求隙，去之所以更远。

《诗筏》：无一字说"道士"，无一字说"不遇"，却句句是"不遇"，句句是"访道士不遇"。何物戴天山道士，自太白写来，便觉无烟火气，此皆不必以切题为妙者。

【考据】

《四川通志》卷一五："大匡山，在（江油）县西三十里，一名大康山，又名戴天山。"《唐诗纪事》载东蜀杨天惠《彰明逸事》云："元符二年春正月，天惠补令于此，窃从学士大夫求问逸事。闻唐李太白本邑人，微时募县小吏，入令卧内，尝驱牛经堂下，令妻怒，将加诘责。太白亟以诗谢云：'素面倚栏钩，娇声出外头。若非是织女，何必问牵牛。'令惊异，不问。稍亲，招引侍研席。令一日赋山火诗，思轧不属，太白从傍缀其下句。令诗云：'野火烧山去，人归火不归。'太白继云：'焰随红日去，烟逐暮云飞。'令惭止。顷之，从令观涨，有女子溺死江上，令复苦吟，太白辄应声继。令诗云：'二八谁家女，漂来倚岸芦。鸟窥眉上翠，鱼弄口傍珠。'太白继云：'绿鬓随波散，红颜逐浪无。因何逢伍相，应是想秋胡。'令滋不悦。太白恐,弃去,隐居戴天大匡山,往来旁郡,依潼江赵征君蕤。蕤亦节士,任侠有气,善为纵横学,著书号《长短经》。太白从学岁余,去游成都,赋《春感》诗云:'茫茫南与北,道直事难谐。榆荚钱生树,杨花玉糁街。尘萦游子面,蝶弄美人钗。却忆青山上,云门掩竹斋。'益州刺史苏颋见而奇之。"按:杨氏所载多属民间传说。

登锦城散花楼[1]

日照锦城头,朝光散花楼[2]。金窗夹绣户[3],珠箔悬银钩[4]。飞梯绿云[5]中,极目[6]散我忧。暮雨向三峡,春江绕双流[7]。今来一登望,如上九天[8]游。

【注释】

[1]锦城:成都的别称。散花楼:在成都。

[2]朝光散花楼:散花楼沐浴在阳光里。

[3]金窗:华丽的窗子。绣户:装饰绚丽的门。

[4]珠箔:由珍珠或类似珍珠的珠子缀成的帘子。银钩:勾起帘子的钩子。

[5]飞梯:盘旋而上的楼梯。绿云:山上树木如云。

[6]极目:四处远望。

[7]春江绕双流:双流指流经成都的两条江水,岷江在都江堰附

近分成流江、郫江，绕成都而去。

⑧九天：古人认为天有九层，九天指天的最高层。

【赏析】

从题目我们可以知道，这首诗写诗人登散花楼的所见所感。

早晨的太阳升起来，散花楼沐浴在金色的阳光里，妩媚非常。诗人的心情也很好，兴致勃勃地登上楼去。门上刻着绚丽的图案，两边是华丽的窗户；门上挂着珠子缀成的帘子，由弯弯的钩子勾起来，似乎在招呼人进来。再往上，就感觉到盘旋而上的楼梯仿佛要向山顶密密的树林蜿蜒而去，而那茂盛的树木郁郁葱葱，像一地云霞。作者站在楼上，向四处久久眺望着。到了下午，天上下了一阵小雨，但不久就停了，雨脚渐渐地移向东方的三峡；西边是从雪山上下来的岷江，在成都附近分成两支，围绕着成都逶迤地流淌。春雪融化，水势很大。此情此景，令人赏心悦目，谁还会有一丝一毫的烦恼呢！如果真有天庭存在，那游览天庭的快乐也不过如此吧！

诗人以广阔的视角，丰富的言辞，把一篇游记描绘成了一幅浓墨重彩的画。

【评点】

严沧浪、刘会孟评点本《李太白集》（后简称"严沧浪、刘会孟评本"）：首句城，次句楼上景，飞梯两句远望，峡、江，望中景，结总收登指。

峨眉山月歌

峨眉山月半轮秋①,影入平羌②江水流。夜发清溪③向三峡,思君不见下渝州④。

【注释】

①半轮秋:半轮秋月。
②平羌:即平羌江。因为水色碧绿得几乎可以染衣,又名青衣江,在峨眉山附近。
③清溪:在平羌江边。
④君:指峨眉山月。渝州:今重庆。

【赏析】

  这首诗写于诗人出蜀之际。诗人是一个胸怀大志的读书人，为了实现自己的理想，他决定暂与家乡作别。就在离开家乡的途中，诗人挥笔写下了平生第一首快诗。

  诗从"峨眉山月"写起。月和峨眉山构成"峨眉山月"这样一个偏正词组，是这首诗优美动人而又无法言说的第一个原因。试想，月挂空中，是一幅寂寞的图画，而月偎依着峨眉山，对一个即将离去的人来说，是多么的亲切，多么的含情脉脉！不仅如此，峨眉山是很灵秀同时又富于神话传说的一座高山，因此，在她旁边的明月也有了灵性！似乎有个声音在即将离去的诗人耳边叮咛：瞧，有个仙子在注视着你呢！"峨眉山月半轮秋"，点出了远游的时间是在秋天。以"秋"字形容月色之美，是作者的独创：秋高气爽，月亮的美是一种令人意气风发的美。再加上"半轮"，则让月亮拥有了婀娜的身姿。

  第二句中的"影"指月影，"入"是月影映入江中，"流"是江水流动。由这样两个动词产生的两种境界在一句诗里交织起来，造成一个空灵而又流动的境界。月亮倒映在纯净的江面上，显得江水更加纯净，诗人在如镜的江面上行船，烦虑尽消，只感到无比的平静。而月光如水，水含月光，天地间一片明亮，一片透彻，一片皎洁，诗人感到如在天地之间遨游。

  后两句"夜发清溪向三峡，思君不见下渝州"，从清溪到三峡是有一段距离的，但一句话说完，则不仅可以想见江路的通行无阻，也可体会到此时诗人的意气风发。诗人的人生追求是直奔理想而去，他和属于他的理想之间的道路，也是如此畅达的吧。

对"思君不见"的"君"字，有两种不同的理解，有人认为是指亲友，还有人认为是指"峨眉山月"。但我们不妨将重心放在"思"字上。因为此诗的美在于前三句创造出来的优美意境和诗人俊爽的风神，至于诗人怀念的是亲友还是山月，都不妨碍诗人耳边的那声叮咛：瞧，有个仙子在注视着你呢！

【评点】

严沧浪、刘会孟评本：色与月俱清，音与江俱长，不独无一点俗气，并无一点仙气。"秋"字作韵，妙。"影"字安在上，妙。试一变动，便识妍媸。

《艺苑卮言》：此是太白佳境，然二十八字中，有峨眉山、平羌江、清溪、三峡、渝州，使后人为之，不胜痕迹矣。益见此老炉锤之妙。

【考据】

《唐诗笺注》："君"指月。月在峨眉，影入江流，因月色而发清溪，及向三峡，忽又不见月，而舟已直下渝州矣。诗自神韵清绝。

郑文《略论李白出蜀前所做诗歌及遇赦的短期行踪》认为"君"字指送行之人。详见《唐代文学论丛》第五辑。

渡荆门①送别

渡远荆门外,来从楚国②游。山随平野尽,江入大荒流。月下飞天镜③,云生结海楼④。仍怜⑤故乡水,万里送行舟。

【注释】

①荆门:在今湖北宜都市西北长江南岸,与北岸虎牙山对峙,地势险要。

②楚国:泛指现在湖北、湖南一带。

③天镜:指月亮。

④海楼:海市蜃楼。

⑤怜:爱。

【赏析】

　　这首诗写于诗人乘船离开家乡，刚刚到达湖北的时候。开头两句就写这种刚走出家门的感觉。到了荆门，诗人明白离家乡已经十分遥远了，所以诗的开头就用了"渡远"两个字。湖北和四川接壤，在刚刚离开家乡不久的诗人的感觉里，荆门好像也还在家门口一样，所以说"荆门外"。湖北在先秦时期，是楚国的领土。在这块土地上，发生了许许多多的故事，也留下许许多多的历史遗迹。这一切，对一个没有出过远门的青年来说，都是新鲜事物。这两句表达了诗人初来乍到的陌生感和好奇感。

　　中间四句都是写景，但有所不同。三四句写来到荆门山后，以前巍峨的群山不见了，代之以一望无际的低平的原野；在这片原野上，江水一直流到眼睛看不到的远方。诗人的视野一下子变得开阔了。五、六句写月夜江景。月光下，波光粼粼，水中的月亮像是从天上飞下来的镜子；风起云涌，天边的云彩堆叠成海市蜃楼的奇异景观。和上面两句相比，这两句在真实景象的描写中加入了诗人天真的想象。上面两句给人一种壮观的美，而这两句让人感到浪漫的优美。这四句，写尽上下四方，显示了诗人无所不包的气魄。

　　最后两句写对家乡的感情。诗人天真地想，长江流到荆门，也还是家乡的水，长江不是从家乡流来的吗？她不是刚刚把我送到这里吗？

【评点】

《唐诗镜》卷二〇：诗太近人，其病有二。浅而近人者，率也；易而近人者，俗也。如《荆门送别》诗，便不免此病。

《诗薮》内编卷四："山随平野尽，江入大荒流"，太白壮语也；杜"星垂平野阔，月涌大江流"，骨力过之。

王琦注《李太白全集》：丁龙友曰：胡元瑞谓"山随平野尽，江入大荒流"，此太白壮语也；子美诗"星随平野阔，月涌大江流"二语，骨力过之。予谓李是昼景，杜是夜景；李是行舟暂视，杜是停舟细观，未可概论。

望庐山瀑布二首（其二）

日照香炉①生紫烟，遥看瀑布挂前川。飞流直下三千尺，疑是银河落九天。

【注释】

①香炉：庐山香炉峰。

【赏析】

李白的《望庐山瀑布》共二首，此为其二。这是一首千百年来传诵不绝的好诗，写庐山瀑布的诗歌有很多，但只有李白这一首流传最广。

粗看起来，诗歌前两句也很平常。诗人不就是老老实实说出当时的时间和地点嘛！太阳照着香炉峰，瀑布就在那里。这样的平铺直叙谁不会呢？

不平常在后两句，"飞流直下三千尺"，三千尺绝对不是瀑布的真实落差，诗人也绝对没有实地去测量过。如果认为诗歌中的瀑布必须跟实际高度一致，是愚蠢的。三千尺是诗人的高度，是他胸怀的高度。

因此，这首诗歌的妙处，首先就在于诗人心胸装得下三千尺这样的高度。其次，还说明诗人生活在另一个世界。"疑是银河落九天"，银河和九天都在天上，不在人间，那里是一个美好的世界。面对瀑布的雄伟，美好的记忆一下子被唤醒了。震耳欲聋的轰鸣声把诗人送到了天上，在这样的高度上，诗人写出了这样的好诗。

其实细品一下，这首诗的每一句都不平凡。"日照香炉生紫烟"，什么是紫烟？紫烟是道教用语，李白羡慕神仙，喜欢用它。他在《古风》里说："金华牧羊儿，乃是紫烟客。我愿从之游，未去发已白。"金华牧羊儿，神仙也。紫烟，《列仙传》说："丹火翼辉，紫烟成盖。"可见紫烟是仙气。"日照香炉生紫烟"，香炉里升起袅袅紫烟，那是一种什么意境？

第二句，"遥看瀑布挂前川"，请注意里面的"挂"字。瀑布能和石壁分离吗？难道瀑布是谁挂在那里的吗？奇思妙想是这首好诗的一个秘密。

最后两句，"直"字应该注意。"飞流直下三千尺"，多痛快呀！一个"直"字，能把瀑布的轰鸣声直接送到读者的耳边！

【评点】

《韵语阳秋》卷一三：徐凝《瀑布》诗云："千古犹疑白练飞，一条界破青山色。"或谓乐天有赛不得之语，独未见李白诗耳。李白《望庐山瀑布》诗云："飞流直下三千尺，疑是银河落九天"。故东坡云："帝遣银河一派垂，古来惟有谪仙词。飞流溅沫知多少，不为徐凝洗恶诗。"以余观之，银河一派，犹涉比类，未若白前篇云："海风吹不断，江月照还空。"凿空道出，为可喜也。

望天门山①

天门中断楚江②开,碧水东流至此回③。两岸青山相对出,孤帆一片日边来。

【注释】

①天门山:在今安徽当涂长江两岸。

②中断:从中间断开。楚江:当涂在战国时候属于楚国,所以诗人把这一段长江称作楚江。

③回:回旋。

【赏析】

天门山在今安徽,共有两座山。长江下雪山,出三峡,滚滚东流,在安徽当涂、和县地区折向北流。西岸有座山叫西梁山,属和县;东岸有座山叫东梁山,又叫博望山,属当涂。两山夹江对峙,像一堵门,因为她们是大自然的杰作,所以叫天门山。

此诗描述诗人随船驶向天门山的生动感受。远望天门山,像一座紧闭的城门,向顺流而下的诗人连连急呼:此路不通!可转眼水到近前,此门却一下子打开了。好像汹涌澎湃的江水变成了愤怒的巨灵神,一口气把它给撞开似的。江水在这里,一方面由于转换方向,一方面由于两山的约束,激荡回旋,产生一个个旋涡,发出一声声轰鸣,震撼着诗人的耳目。

过了天门山,再回望来处,余意犹存。而刚才因为疾驶而看不到的景象出现了:这两座山就像约好似的,并肩携手屹立在大江两岸,傲慢地注视着远来适至的船只和游人。而这时也正有一叶扁舟,从极远的西方驶来,远得只能看到白帆,在落日的余晖中愈来愈近。这不就是自己刚才的经历吗?

这是一首很著名的诗篇,博得了古今不知多少人的赞赏。究其原因,首先在于诗人能把自己驶向天门山的生动感受真实表达出来,其次也在于诗人的语言组织能力。请看诗歌第一句,一"断"一"开",不仅有船来如箭的快感,还有打破紧张感后的如释重负。再看最后两句,一"出"一"来",两座拔地而起的高山与正面而来的船只、行人形成了宾主对坐的关系,接下来会发生什么呢?诗人搁笔了。

【评点】

《诗薮》内编卷六：太白七言绝，如"杨花落尽子规啼""朝辞白帝彩云间""谁家玉笛暗飞声""天门中断楚江开"等作，读之真有挥斥八极、凌属九霄意。贺监谓为"谪仙"，良不虚也。

《唐宋诗醇》卷七：对结另是一体，词调高华，言尽意不尽，不得以半律议之。

长干行①二首（其一）

妾发初覆额②，折花门前剧③。郎骑竹马④来，绕床⑤弄青梅。同居长干里，两小无嫌猜⑥。

十四为君⑦妇，羞颜未尝开⑧。低头向暗壁，千唤不一回⑨。十五始展眉，愿同尘与灰⑩。

常存抱柱信⑪，岂上望夫台⑫！十六君远行，瞿塘滟滪堆⑬。五月不可触⑭，猿鸣天上哀。

门前迟行迹，一一生绿苔⑮。苔深不能扫，落叶秋风早。八月蝴蝶黄，双飞西园草。

感此伤妾心，坐⑯愁红颜老。早晚下三巴⑰，预将书⑱报家。相迎不道远⑲，直至长风沙⑳。

【注释】

①长干行：原为乐府民歌的题目，内容多以女子口吻自述船家

生活和思想感情。

②妾：古代女子自称。初覆额：头发刚刚能遮住额头，指此女子年纪还小。

③门前剧：在门前玩儿。剧，游戏。

④郎：情郎。竹马：小孩儿自制的玩具。

⑤床：板凳之类。

⑥"同居"两句：这两句是说两人从小一起长大，情投意合。长干里，南京的一个地名。

⑦君：对男子的尊称。

⑧羞颜未尝开：古代的女子出嫁早，初为人妇，还很羞涩。

⑨"低头"两句：描写少女的忸怩情态。

⑩"十五"两句：这两句的意思是一年后才逐渐适应夫妻生活，开始品尝到夫妻情意的甜蜜，希望永远这样生活下去。

⑪抱柱信：《庄子·盗跖篇》载：尾生与一女子约在一座桥下相会。女子临期未来，水至，尾生不肯失信，抱着桥柱等待，被水淹死。

⑫望夫台：古代传说丈夫出行不归，妻子思念不已，上山眺望，最后化为石人，石人所立之处就叫望夫台，所立之山就叫望夫山。

⑬瞿塘滟滪堆：瞿塘，指瞿塘峡，在今重庆奉节，峡口有大礁石，为滟滪堆。

⑭五月不可触：阴历五月，江水上涨，滟滪堆没入水下，对来往船只构成威胁。

⑮"门前"两句：这两句的意思是说因为少有走动，门前都长满了青苔。

⑯坐：因为。

⑰三巴：今四川、重庆东部，在这首诗里指女子丈夫所在的地方。

⑱书：书信。

⑲不道远：不嫌远，不怕远。

⑳长风沙：在今安徽安庆长江北岸。

【赏析】

这首乐府诗作于南京。南京是六朝的文化中心，是《长干行》民歌的故乡。李白生活的时代，离六朝不远，诗人自己对六朝文化也不陌生。因此置身于这样一个生活环境，诗人就能够很娴熟地运用当地民歌体裁，惟妙惟肖地刻画当地人民的人情世态。

这首诗，叙述了一个女性从少女到少妇、从无忧无虑到牵挂思念的人生历程，刻画了一个天真可爱的少女到多情而又痴情的少妇的心路历程。全篇口吻亲切，情调爽朗，真挚动人。

【评点】

章燮《唐诗三百首注疏》：首六句，从少时叙起。"十四"四句，言初嫁也；"十五"四句，叙合卺时满望偕老也。"十六"四句，言送别也；"门前"八句，言久别感伤也；末四句，妄想归音，使其迎夫有日，路虽远亦不辞其劳苦也。

【考据】

长干，《文选》卷五左思《吴都赋》："长干延属，飞甍舛互。"刘逵注："建邺之南有山，其间平地，吏民杂居之，故号为干。中有大长干、小长干，皆相属。疑是居称干也。《韩诗曰》：考槃在干。地下而广曰干。"

《乐府诗集》卷七二杂曲歌辞收有《长干曲》《长干行》《小长干曲》。

金陵酒肆留别①

风吹柳花满店香,吴姬压酒②劝客尝。金陵子弟③来相送,欲行不行各尽觞④。请君试问东流水,别意与之谁短长?

【注释】

①金陵:今江苏南京。酒肆:卖酒或供人饮酒的地方。留别:留诗作别。

②吴姬:对酒家女的美称。金陵在春秋时期曾属于吴国,所以诗人把金陵酒家的美女称为吴姬。压酒:压糟取酒。古代饮酒用米酿成,只有临饮的时候开坛,味道才好。

③子弟:年轻人。

④尽觞:喝干杯子里的酒。

【赏析】

这是一首惜别的诗,虽然篇幅很短,却写得情意深长。

诗歌先写大场面,再写小场面。诗人首先让我们置身于"风吹柳花满店香"的春天里。在这样一个美好的季节,送别的情意更浓。然后,第一个人物出场了。漂亮的酒家女拿出新酿的米酒,当着诗人的面打开,拂去醪糟,滤出浓浓的酒来。顷刻间,满屋的酒香,诗人还没有品尝,已经先醉了。这时候,江南水乡的女儿款款斟酒,请诗人尝新。到这里,只觉得诗人不是同人离别,毋宁说是在享受春天和人生。

三、四两句才落实到题目上来。几个年轻人来为诗人送行,诗人马上要出发了,但又依依不舍,大家也一再挽留,一再举杯,每次都爽快地喝干杯中的美酒。酒意和友谊互相催发,于是诗人问:滚滚东流的江水呀,你和离别的情意相比,哪个更长?

这首诗美就美在用大好春光来衬托离别。全诗情绪饱满,哀而不伤,表现了诗人风华正茂的神采。其次美在斩截的表现方法。前四句一句一个场景,四个场景由大到小依次衔接,在一个意蕴丰富的背景里,将读者的眼光聚焦在送行的酒杯上。就在这里,诗人大笔一挥,对着滚滚长江发出一声诘问。前四句用笔可谓经济,而含不尽之意于句外;最后两句可谓不吝笔墨,凸显诗人重情之至。

【评点】

《苕溪渔隐丛话》前集卷五：范温《潜溪诗眼》云：山谷言学者若不见古人用意处，但得其皮毛，所以去之更远。如"风吹柳花满店香"，若人复能为此句，亦未是太白。至于"吴姬压酒劝客尝"，"压酒"字他人亦难及。"金陵子弟来相送，欲行不行各尽觞"，益不同。"请君试问东流水，别意与之谁短长"，至此乃真太白妙处，当潜心焉。故学者要先以识为主，如禅家所谓正法眼者。直须具此眼目，方可入道。

严沧浪、刘会孟评本：（首句）句既飘然不群，柳花说香，更精微，山谷本作"桃花"，便俗。（次句）山谷谓"压酒"字他人难及，不知"使"字更难及，又有作"劝"字者，便与"尝"字无干。（第三句）"欲行不行"四字内，不独情深，已有"短长"意。（末句）当与《别汪伦》句参看。

【考据】

"吴姬压酒劝客尝"句，一本作"使客尝"，又有作"唤客尝"者，君以为何如？

夜下征虏亭①

船下广陵②去，月明征虏亭。山花如绣颊③，江火似流萤。

【注释】

①征虏亭：在今江苏南京，因为是东晋的征虏将军谢石建造的，所以叫征虏亭。

②广陵：今江苏扬州。

③绣颊：唐代流行用丹脂装饰脸颊，因为貌似锦绣，所以叫绣颊。

【赏析】

这是一幅夜景的速写。诗人要离开南京，到扬州游玩。月光照在征虏亭上，也照着年轻的诗人。月光下，山花烂漫，像新妆的美女；江上点点渔火，明灭闪烁，诗人自己也要加入到它们中间去了。

广陵赠别[①]

玉瓶沽美酒,数里送君还。系马垂杨下,衔杯大道间。天边看绿水,海上见青山。兴罢各分袂[②],何须醉别颜?

【注释】

①广陵:今江苏扬州。赠别:临行留诗作别。
②分袂:分手离别。

【赏析】

李白是潇洒的,他一边喝着酒,一边作着诗,就这样走遍天下。这不,不知是在扬州哪条征途,有了醉意的诗人写下了这首《广陵赠别》。

李白是性情中人,他被朋友送出数里以外,可还不忍分手。但李白是豁达的。他告诉朋友们:你们回去吧!我们在一起度过了非常愉快的日子,因此分手没有什么可以伤感的。何况,远方的青山绿水充满了诱惑,处处都是安慰,你们还有什么担心的呢?

　　读者仿佛看见:扬州城外,大路一直伸向远方;路边杨柳婆娑,马儿嘶鸣;有几个人在依依惜别。其中有一个昂头远望的人,他是李白。顺着他的视线,只见东方水光明灭,数点青山浮动着海边的云气。他那种兴致勃勃的姿态,不同于一般惜别的人。

　　只见李白从出神的状态回到现实,他转过头,举起酒杯劝朋友们说:你们回去吧!让我留点酒量,酬酢前方的青山绿水!

【评点】

　　朱谏《李诗选注》:按此诗李白于广陵赠别,亦一时应酬之作也,似觉草率,然叙事即景,辞多清畅,若不经意者,其情思出于天然,是不可及也。

苏台^①览古

旧苑荒台^②杨柳新，菱歌清唱不胜春^③。只今惟有西江月，曾照吴王宫里人。

【注释】

①苏台：即姑苏台，故址在今江苏苏州，是春秋时吴国国王的游乐之地。

②旧苑荒台：残破的园林和荒凉的台榭。

③菱歌清唱不胜春：指采菱女清脆的歌声里含着无穷的春意。菱歌，采菱时所唱乐曲。清唱，清脆的歌声，或为无乐器伴奏之歌唱。不胜，无穷无尽的意思。

【赏析】

这是一首感慨人生无常的诗歌。

苏州是春秋时吴国的首都。吴国在实力极盛的时候,吴王在首都大兴土木,搜罗美女和山珍海味,过着穷奢极欲的统治生活。在外交上,吴国因兵强马壮而称霸诸侯,四方朝贡络绎不绝。苏州一时沉浸在极度繁荣的假象里,但好景不长。邻近的越国虽然俯首称臣,实际上这是麻痹吴王,暗地里却在养精蓄锐。吴王也骄傲起来,轻敌起来,享受起来,结果被越国人攻破首都。花天酒地的吴王落得个身首异处的下场,耗费民力兴建起来的歌台舞榭人去楼空,到了李白这时候,只剩下一堆废墟了。

这首诗歌一开始就写歌台舞榭的破败与荒凉,人事的变化和兴废的无常扑面而来。而且这一句包含着今昔对比:在昔日的废墟上,柳色青青。这种新旧对比使第一句不仅仅是景物描写,它还蕴涵着诗人的沧桑之感。正在诗人回忆往事的时候,远处水面上传来婉转的歌声。那是采菱女儿在唱歌。她们一边采摘一边唱,你唱我答,歌声伴着欢快的笑声和淳朴的戏谑,在哗哗哗的桨声和呼呼啦啦的菱叶藕枝中,忽远忽近,此起彼伏。诗人明白了:作威作福、穷奢极欲的享乐不可靠,还是自食其力的劳动生活实在!所以诗人让那轮亘古常新的江月作证:她知道吴宫是多么的繁华,她知道吴宫的美人是多么的美,她知道欲壑难填,她知道兴尽悲来!

这首诗歌采用了写景寓意的技巧,诗人把情感寓于景物描写之中,情与景相互交融,耐人寻味。吴苑的残破,苏台的荒凉,杨柳新叶,船娘菱歌,西江明月,这一系列景物,古今对照,蕴含着诗人对盛衰无常的无限感慨。

【评点】

　　《诗法易简录》：一、二句但写今日苏台之风景，已含起吴宫美人不可复见意，却妙在三、四句不从不得见处写，转借月之曾经照见写，而美人之不可复见，已不胜感慨矣。

乌栖曲①

姑苏台上乌栖时,吴王宫里醉西施②。吴歌楚舞③欢未毕,青山欲衔半边日④。银箭金壶漏水多⑤,起看秋月坠江波⑥。东方渐高奈乐何⑦。

【注释】

①乌栖曲:六朝乐府,梁朝简文帝、徐陵等人都写有《乌栖曲》,内容大都比较靡艳,形式上均为七言四句,两句换韵。

②吴王宫里醉西施:吴王指春秋时吴国国君夫差。公元前494年,吴王夫差打败越国,越王勾践献美女西施求和。

③吴歌楚舞:泛指南方歌舞。

④青山欲衔半边日:太阳快要落山了。

⑤银箭金壶漏水多:我国古代用铜壶滴水来掌握时间。铜壶盛水,水中立一有刻度的箭,水从壶底孔中滴下,水面下降,古人就

根据水面所指示箭上的刻度计时。

⑥起看秋月坠江波：月亮落下去了，指天快亮了。

⑦东方渐高奈乐何：东方越来越亮，怎么办哪！高，同"皜(hào)"，白，明，晓色。

【赏析】

据载："吴王夫差筑姑苏之台，三年乃成。周环诘屈，横亘五里，崇饰土木，殚耗人力，宫妓数千人。又别立春宵宫，为长夜之饮，造千石酒钟。夫差作天池，池中作青龙舟，舟中盛陈妓乐，日与西施为水嬉。"此诗就根据这个背景写成。

诗的开头两句说，太阳落山了，鸟儿还巢，宫里吴王和西施沉醉在男欢女爱的柔情蜜意里，宫廷享乐就要开始了。一个"醉"字，勾勒出一个娇弱可怜而又沉浸在幸福里的美人的剪影。而"乌栖时"，则仿佛是一声满足的叹息：人生安乐，夫复何求？

可是唱歌跳舞，意犹未尽时，太阳就要落山了！玩了一整天，诗人含蓄地提醒沉浸在欢乐中的人。"未"字"欲"字，紧相呼应，以刻画那种沉浸在欢乐中的人才有的叹息时间过得快的心理现象。

玩乐还在继续。太阳下去了，月亮升起来，照耀着富丽堂皇的宫殿楼阁。铜壶漏水越滴越多，暗示着漫长的秋夜在一点一点地消逝，而这一夜间吴王、西施寻欢作乐的情景，诗人没说。诗人只用"起看"二字，领起一个看见秋月沉江的动作和一声对于一个夜晚竟然过得那么快的惋惜。

实际上，整首诗歌都没有正面描写玩乐场面。作者只是表现尽情享受着的人对时间的感受。这首诗歌共七句，前面六句，每两句分别代表一个完整的时间段，两夜一天在这六句里飞一样消失了。自然而然地就有了第七句。诗人在这里缀一个单句，真是神来之笔。它让这一声永不满足的叹息从整首诗歌脱离出来，余音袅袅。任凭是谁，掩卷沉思，都会产生一种兴尽悲来的感伤。

【评点】

《唐诗归》卷一六钟惺评尾句："缀此一语，便成哀响。"总评："哀乐含情，妙在都不说破。"

《唐诗别裁》卷六：末句为乐难久也。缀一单句，格奇。

《唐宋诗醇》卷二：乐极生悲之意，写得微婉。荒宴未几，而麋鹿游于姑苏矣。全不说破，可谓兴寄深微者。胡应麟以杜之《七哀》隽永深厚，法律森然，谓此篇斤两稍轻，咏叹不足，真意为谤伤，未足与议也。末缀一单句，有不尽之妙。

《昭昧詹言》卷一二：太白层次插韵，此最迷人，真太史公文法矣。

《唐诗合选详解》：王冀云曰：此篇七句三转韵，而以首二句为根。

越中览古

越王勾践破吴归①,义士还家尽锦衣②。宫女如花满春殿,只今唯有鹧鸪③飞。

【注释】

①越王勾践破吴归:指春秋时期,吴越两国争霸,最后越国国君勾践卧薪尝胆,灭了吴国。
②义士还家尽锦衣:指战士们随越王勾践灭吴有功,得到赏赐。
③鹧鸪:一种南方常见的鸟。

【赏析】

这是李白游今浙江绍兴一带写下的一首诗歌。绍兴在春秋时期是越国的首都。当时,越国和邻国吴国因争霸结仇,你来我往打得不可开交。开始,吴王夫差把越国打败了。不得已,越王勾践只好臣服于吴,暗地里却卧薪尝胆,几年后又灭了吴国,成了春秋五霸当中最后一个霸主。一千多年后,诗人李白故地重游,写下了这首诗歌。

  览古就是怀古,就是来到一个地方,想起历史上在这里发生的故事,把自己的想法写出来。遥想当年,吴越两国的战争打得是如火如荼,妻子送丈夫、父亲送儿子上前线的场面屡见不鲜,战士们同仇敌忾、视死如归的豪情壮志更是感人;前方打仗,后方生产,上下一心,屡败屡战,为了干成一件事,再苦再累也在所不辞。最终越国苦尽甘来,灭了敌国,他国臣民变成了自己的阶下囚,他国领土变成了自己的领土,扬眉吐气,威名远扬,威风凛凛,好不得意!这一切,从始至终都那么煞有介事,但现在呢?在诗人面前,再也看不到昔人的容颜,昔日的繁华和热闹早已经灰飞烟灭了。

  这首诗抒发的是一种人生不久的感慨。整个帝国的消失给诗人带来了人生的幻灭感。为国家拼命,为之殚精竭虑挣来的成就那么容易破碎,面对历史的废墟,诗人禁不住长吁短叹起来。

  为了表达自己的感慨,诗人精心选择了四个场面:越王勾践破吴归来志得意满的场面,战士们身着锦袍凯旋的场面,尽情享乐、高枕无忧的场面,鹧鸪纷飞的场面。前三个场面都是暂时的,生命的短暂决定了这些热闹必定归于死寂,而与人类无争的鹧鸪却永远会在人类的废墟上盘旋、歌唱。

【评点】

〔日〕近藤元粹《李太白诗醇》卷四：潘稼堂曰：上三句何等喧热，下一句何等悲感，但用"只今"二字一转，真有绘云汉而暖、绘北风而寒之事。

《唐诗别裁》卷二○：三句说盛，一句说衰，其格独创。

《唐诗笺注》：《苏台览古》以今日之杨柳菱歌，借映当年之歌声舞态，归之西江明月曾照当年，是由今溯古也。此首从越王破吴说起，雄图霸业，奕奕声光，追出鹧鸪一句结局，是吊古伤今也，体局各异。古人炼局之法，于此可见。

【考据】

《史记·项羽本纪》：居数日，项羽引兵西屠咸阳，杀秦降王子婴，烧秦宫室，火三月不灭，收其货宝妇女而东。人或说项王曰："关中阻山河四塞，地肥饶，可都以霸。"项王见秦宫皆以烧残破，又心怀思欲东归，曰："富贵不归故乡，如衣绣夜行，谁知之者！"

《汉书·项羽传》：羽见秦宫室皆已烧残，又怀思东归，曰："富贵不归故乡，如衣锦夜行。"又，《汉书·朱买臣传》：上拜买臣会稽太守。上谓买臣曰："富贵不归故乡，如衣绣夜行，今子何如？"买臣顿首辞谢。

月夜金陵怀古

苍苍金陵月,空悬帝王州①。天文列宿②在,霸业大江流。渌水绝驰道③,青松摧古丘④。台倾鸧鹁观,宫没凤凰楼⑤。别殿悲清暑,芳园罢乐游⑥。一闻歌玉树,萧瑟后庭⑦秋。

【注释】

①帝王州:金陵即今江苏南京。南朝几个朝代都以金陵为首都,所以金陵被称为帝王州。

②列宿:众星宿,特指二十八宿。古代认为天上的星宿显示,金陵是帝王之地。

③渌水:清水。驰道:专为皇帝修筑的车道。

④古丘:南朝帝王们的坟墓。

⑤鸧鹁观、凤凰楼:都是南朝兴建的建筑物。

⑥清暑、乐游:指清暑殿和乐游苑,都在今江苏南京。

⑦玉树、后庭：指南朝陈后主所作的《玉树后庭花》。

【赏析】

月光照着南京，诗人不禁悲从中来。星星还是那几颗星星，而金陵的王气却像东流水一样，一去不复返了。宽阔的道路尽头是浩渺的湖水，古墓上的苍松翠柏老态龙钟；昔日那么繁华的鸡鹆观、凤凰楼、清暑殿和乐游苑，也都荒废残破，少有人来。萧瑟的秋风中，还可以听到陈后主所作的《玉树后庭花》。

金陵自三国东吴以来，接连是好几个朝代的首都，在帝王将相的经营下，它的繁华程度和消费水平达到了顶点。东晋在这里定都以后，建造清暑殿、重楼复道，成为夏天乘凉的好地方。南朝宋修驰道，一直通到玄武湖，长达十余里。凤凰山上有凤凰楼，覆舟山下有乐游苑，从山南到山北，排列着大大小小的宫观台榭。南朝齐诗人谢朓作诗说："江南佳丽地，金陵帝王州。"可见它在当时人们心目中的地位。

作为政治中心的金陵，其文学艺术也发展繁荣起来。这首先是因为皇帝的提倡，而且好几个皇帝自己就是文学家或艺术家，在他们周围聚集了大批文士；其次也因为金陵地处江南，民歌流行，艺术土壤丰厚，滋养出华丽璀璨的艺术之花。

但这一切都成为过去。面对着傲岸的诗人李白的，只有萧瑟的秋风和素净的月光。秋风里，隐隐传来《玉树后庭花》的乐声，这种靡靡之音，这种亡国之音，这种昭示着金陵衰落原因的曲子，现在还在唱着！

【考据】

驰道,《礼记·曲礼下》:"岁凶,年谷不登,君膳不祭肺,马不食谷,驰道不除。"疏:"驰道,正道,如今御路也。是君驰走车马之处,故曰驰道也。"《三国志·魏书·陈思王传》:"植尝乘车行驰道中,开司马门出。太祖大怒,公车令坐死。由是重诸侯科禁,而植宠日衰。"《宋书·孝武帝本纪》:"大明五年九月丙申,初立驰道,自阊阖门至于朱雀门,又自承明门至于玄武湖。"

清暑,《晋书·孝武帝纪》:"(太元)二十一年春正月,造清暑殿。"《景定建康志》卷二一:"清暑殿,在台城内,晋孝武帝建。殿前重楼复道,通华林园,爽垲奇丽,天下无比。虽暑月常有清风,故以为名。"

《玉树后庭花》,《资治通鉴》卷一七六《陈记》:"上自居临春阁,张贵妃居结绮阁,龚、孔二贵嫔居望仙阁,并复道交相往来。又有王、李二美人,张、薛二淑媛,袁昭仪、何婕妤、江修容,并有宠,迭游其上。以宫人有文学者袁大舍等为女学士。仆射江总虽为宰辅,不亲政务,日与都官尚书孔范、散骑常侍王瑳等文士十余人,侍上游宴后庭,无复尊卑之序,谓之狎客。上每饮酒,使诸妃、嫔及女学士与狎客共赋诗,互相赠答,采其尤艳丽者,被以新声,选宫女千余人习而歌之,分部迭进。其曲有《玉树后庭花》《临春乐》等,大略皆美诸妃嫔之容色。君臣酣歌,自夕达旦,以此为常。"《隋书·五行志》:"(陈)祯明初,后主作新歌,词甚哀怨,令后宫美人习而歌之,其辞曰:'玉树后庭花,花开不复久。'时人以歌谶,此其不久兆也。"陈后主歌词见《乐府诗集》。

秋日登扬州西灵塔①

宝塔凌苍苍，登攀览四荒②。顶高元气合③，标出④海云长。万象分空界⑤，三天⑥接画梁。水摇金刹⑦影，日动火珠⑧光。鸟拂琼檐度，霞连绣栱⑨张。目随征路断，心逐去帆扬。露浩⑩梧楸白，霜催橘柚黄。玉毫⑪如可见，于此照迷方⑫。

【注释】

①西灵塔：今江苏扬州大明寺的栖灵塔。

②四荒：四方。

③元气合：意思是说此塔上接元气。

④标出：塔顶露出。

⑤万象分空界：万象，宇宙间各种事物和现象。空界，高出物质世界的圣界。这一句是说西灵塔在世间划出一片精神的圣界。

⑥三天：即欲界天、色界天、无色界天，这里泛指高空。

⑦金刹：佛寺，在这里指西灵塔。

⑧火珠：古时宫殿、庙宇正脊上起装饰用的宝珠。

⑨栱：即"枓栱"，也叫"斗拱"。我国传统木结构建筑中的一种支承构件。处于柱顶、额枋与屋顶之间，主要由斗形木块和弓形射木纵横交错层叠构成，逐层向外挑出，形成上大下小的托座，为我国传统建筑造型的主要特征之一。

⑩浩：多。

⑪玉毫：指佛眉间白毫，佛教谓其有巨大神力。《法华经》："尔时，佛放眉间白毫相光，照东方万八千世界，靡不周遍，下至阿鼻地狱，上至阿迦尼吒天。"

⑫迷方：佛教语，指令人迷惑的境界，迷津。

【赏析】

这首诗的内容，一是极写西灵塔之高：高出云外，画梁直耸入到高空中去，飞鸟从它的檐下过，云霞连着檐下的斗拱。二是极写西灵塔之灵：上接元气，在人间划出一块圣地，金碧辉煌的塔影倒映在水中，慈悲为怀的佛祖在这里为人们指点迷津。但这一切都被笼罩在诗人"登攀览四荒"的气魄之中。

【评点】

《唐诗解》卷四七：首三联状塔之高，次二联写塔之丽，次一联眺望而伤羁旅，次一联览景而惜暮秋，末联有超度众生意。

《删定唐诗解》卷二三：读此有似初唐，非太白本色。

严沧浪、刘会孟评本："水摇"四句，亦嫌一律。

【考据】

按，《全唐诗》有高适诗《登广陵栖灵寺塔》，陈润诗《登西灵塔》，西灵、栖灵当为一塔。

秋夜板桥浦泛月独酌怀谢朓①

天上何所有？迢迢白玉绳②。斜低建章阙③，耿耿④对金陵。汉水旧如练⑤，霜江夜清澄。长川泻落月，洲渚晓寒凝。独酌板桥浦，古人谁可征⑥？玄晖难再得，洒酒气填膺⑦。

【注释】

①板桥浦：在今江苏南京市西南。《太平寰宇记》卷九〇"升州江宁县"："板桥浦在县南五十里，周回四十里，源出观山，三十七里注大江。"谢朓：南朝诗人。

②迢迢：高高。白玉绳：天上的两颗星星。《文选》卷二六谢朓《暂使下都夜发新林至京邑赠西府同僚》："金波丽鳷鹊，玉绳低建章。"李善注：《春秋元命苞》曰：玉衡北两星为玉绳星。

③建章阙：即建章宫，在今江苏南京。阙，宫阙。《宋书》卷七《前废帝纪》云："（永光元年）庚辰，以石头城为长乐宫，东府城为未

央宫。罢东扬州并扬州。甲申,以北邸为建章宫,南第为长杨宫。"

④耿耿:明亮。

⑤练:白色的熟绢。

⑥征:征求,寻求。

⑦填:满。膺:胸。

【赏析】

谢朓,字玄晖,南朝齐著名诗人。作诗清新自然,颇得时人及后代人的推崇。梁武帝说:"三日不读谢玄晖诗,即觉口臭。"李白是反对南朝文风和诗风的,但唯独服膺谢朓,在自己的诗里屡次提到他,如:《金陵城西楼月下吟》《谢公亭》《秋登宣城谢朓北楼》《宣城谢朓楼饯别校书叔云》《酬殷明佐见赠五云裘歌》《游敬亭寄崔侍御》等等。而且李白诗作中化用谢朓名句的地方更多。

板桥浦是当年谢朓走过的地方,谢朓于此留下了名篇《之宣城郡出新林浦向板桥》。相同的地点激发了诗人的创作欲望,这首诗歌就是怀念谢朓的。诗歌的前六句是化用谢朓的诗句。谢朓有"玉绳低建章",李白就扩展为四句。谢朓有"澄江净如练",李白就分成两句。因此可以说,诗歌的前六句就是对谢朓诗歌的模仿,诗人通过模仿来表达对谢朓的喜爱和怀念。

诗歌的后六句独出机杼。月光下大江奔流,沙洲上冷气袭人。诗人站在自己喜爱的人曾经驻足的地方,可是不见所喜爱的人的踪影。谢朓这样的诗人是再也遇不到了!

【评点】

严沧浪、刘会孟评本:"大约檃栝玄晖三诗意,然未为快。"按玄晖三诗指《之宣城郡出新林浦向板桥》《暂使下都夜发新林至京邑赠西府同僚》《晚登三山还望京邑》。

【考据】

汉水,有书注为汉江,长江最长支流,源出今陕西西南宁强,流经湖北,在武汉注入长江。这里即借指长江。亦有书注为天汉之水,即银河。"古诗十九首":"河汉清且浅,相去复几许。"

横江词六首(其五)

横江馆前津吏①迎,向余东指海云生。郎②今欲渡缘何事?如此风波不可行。

【注释】

①横江馆:在今安徽马鞍山市西南的采石矶上。津吏:管渡口的官吏。
②郎:犹言官人,对男子的尊称。

【赏析】

《横江词》六首是一组诗歌,作于今安徽马鞍山。江南山水处处留下了李白的足迹,也留下了李白的名篇,江南的山山水水因他的诗笔而格外生色。今安徽马鞍山市西南的采石矶就因李白而闻名。在采石矶陡峭的崖壁上有一块突出的石台,传说李白醉酒,从石台上跳下江去捉月,所以名为"捉月台"。李白著名的《横江词》组诗写的就是这里的景色。

这里选的是其中的第五首,它叙述了这样一个情景:诗人来到渡口,向津吏借船,他要东渡长江。这位守了一辈子渡口的老人指着东边的江面,对诗人说:"是因为什么事,你非要今天过江呢?风浪太大,很危险呀!"只见从长江入海口的地方升起大片大片的乌云,变化莫测;它们挟着长风逆江而上,江面上乌云密布,波涛汹涌,诗人立足的地方都感到摇晃起来。

《横江词》其他五首和这首一样,都极写横江风大浪高。它们或总说,或借船夫津吏之口,或与钱塘江潮作比,最后都归结到"不可行"。横江是长江流经安徽和县与当涂之间的一段,在这里,东来的长江折向北流,更有两山夹峙,因此受到约束的江水如巨灵咆哮,声震天地。

这首诗在表现上很有特色。短短四句包含着一篇记叙文的容量。"向余东指海云生",云生海上,暴风雨即将来临。津吏为什么有这个动作呢?肯定是因为李白先提出要渡江。"郎今欲渡"两句就证实了津吏未举手东指以前,李白就先已提出了"欲渡"。这一手法就将李白行为言语隐藏在津吏的行为言语当中,笔墨上非常凝练,非常精约。

从阅读上说,这种把双方言语往来集中到一方去写的表现手法更能引起阅读的愉快。首先,它避免了分头叙写给阅读可能带来的审美疲劳。这样写,读者能集中注意力,对诗句的感受会更加强烈、敏锐。其次，这种只表现答语而隐藏问语的技巧也牵动着读者的兴趣，让智力活动也参加进来，使读者从中咀嚼出无尽的诗意。

由于这种表达方式，这首诗显得流畅俊爽，形成了李白诗歌独一无二的风格特色。

【评点】

《李翰林诗》卷二：绝句一句一绝，乃其本体。其次句少意多，极四韵而反复论议。此篇气格合歌行之风，使人嗟叹之而有无穷之思，此唐人所长也。诸家非不佳，然视李、杜，气格音调绝异，熟读自见。

《升庵诗话》卷五：古乐府《乌栖曲》："采菱渡头拟黄河，郎今欲渡畏风波。"太白以一句衍作二句，绝妙。

《唐诗笺注》：质直如话，此等诗最难，如《山中答人》及《与幽人对酌》等，都是太白绝调。

《诗法易简录》：全是本色。横江之险，只从津吏口中叙出。"缘何事"三字，更有无穷含蓄。绝句中佳境，亦化境也。

《唐宋诗醇》卷五：梁简文《乌栖曲》云"郎今欲渡畏风波"，白用其语，风致转胜，若其即景写心，则托兴远矣。

黄鹤楼送孟浩然之广陵

故人西辞黄鹤楼,烟花三月下扬州。孤帆远影碧空尽,唯见长江天际流。

【赏析】

这是一首人见人爱的好诗,是语文课本的必选篇目。读这首诗,我们不得不佩服古代诗人的天才奉献!

首先,这首诗境界开阔,让人神远。在不忍离去的诗人的眼里,一叶风帆渐行渐远,慢慢缩小成一点影子,最后连这点影子也消失在天边,那天边,只有浩瀚的长江在动。读到这里,诗人的眼就变成了读者的眼,极目之处,读者那颗心似乎幻化为这一叶扁舟,要从束缚它的胸腔里挣脱出来,随着浩渺的春水在天地之间滚滚东流,最后消失在蔚蓝的天边。

其次，这首诗境中含情，情境相生。友人渐行渐远，诗人还伫立在那儿，不忍离去；小船越来越小，在水面上只能看见它的船帆，诗人还伫立在那儿，极力辨认朋友的身影；后来连船帆都变成了天边的一点影子，诗人还在那儿伫立着，那毕竟就是朋友乘坐的小船；最后，维系着友情的帆影消失在地平线上，无尽的江面上，流动着的是诗人无尽的怅惘和情意。如果没有诗人的不忍离去，就没有境界由小到大的开拓；而不把境界扩大到天地之外，就不足以表达诗人当时的真挚情感。可以说，那片船帆就是诗人之心，那流向天边的江水就是诗人无边的爱，而二者组成的境界，就是诗人宽广的胸怀。

再次，这首诗写得神采飞扬。有的人在离别的时候戚戚楚楚，埋天怨地，而李白情绪高昂，兴致勃勃；有的人临别祝福，不外为了荣华富贵，而李白高瞻远瞩，送朋友超越了世俗崇尚的东西。黄鹤楼因神仙而得名。传说有个神仙骑着黄鹤，每次经过黄鹤楼这个地方，总要停下来歇脚，因此故人西辞黄鹤楼，就像仙人暂时落脚于此一样。那么故人骑着黄鹤到哪里去了呢？下扬州。南朝小说当中就有"骑鹤下扬州"的说法。扬州那个时候热闹繁华，就像人间天堂，所以被用来表达既想腰缠万贯，又想像神仙一样逍遥的人生理想。李白在这里一方面用典故来说明扬州的繁华，另一方面又借用骑鹤的意义，和上一句一起，刻画友人举止潇洒的风神，表达自己的敬慕之情。李白是非常崇敬孟浩然的，在李白眼里，他这个朋友就是神仙中人。他这次下扬州，和神仙骑鹤云游有什么不同呢？

【评点】

朱谏《李诗选注》卷九：按此诗词气清顺而有音节，情思流动而绝尘埃，如轻风晴云，淡荡悠游于太虚间，不可以形迹而模拟者也。白于浩然可谓知己，率尔而发，莫非佳句，譬之伯乐遇子期，而后有高山流水之操也。

《删订唐诗解》卷一三：浑然天成。

《而庵说唐诗》卷六：黄鹤楼在武昌县，白于此楼上送孟浩然。首便下"故人"二字，扼定浩然，便牢固得势。"西"字好，遂紧照扬州，以扬州在武昌之东。此时浩然意在扬州，故云"西辞黄鹤楼"也。扬州乃烟花之地，三月又烟花之时。下者，从上而下，武昌在上流故也。"孤帆"是浩然所乘之舟之帆。远影，浩然已挂帆，而白犹在楼上伫望。"碧空尽"，渐至帆影不见了。既不见了，浩然所挂之帆影是黄鹤楼之东，而白却回转头去，望黄鹤楼之西，唯见长江之水从天际只管流来，而已有神理在内。诗中用字须板，用意须活。板则不可移动，活则不可捉摸也。

安州①般若寺水阁纳凉喜遇薛员外乂(yì)

翛然金园②赏,远近含晴光。楼台成海气③,草木皆天香④,忽逢青云士⑤,共解丹霞裳⑥。水退池上热,风生松下凉。吞讨破万象⑦,搴窥临众芳。而我遗有漏⑧,与君用无方⑨。心垢⑩都已灭,永言⑪题禅房。

【注释】

①安州:现在的湖北安陆。

②翛(xiāo)然:无拘无束,超脱。《庄子·大宗师》:"古之真人,翛然而往,翛然而来。"金园:佛寺,这里指般若寺水阁。据《贤愚经》"须达起精舍缘品第四十一",舍卫国有一乐善好施者"须达多"往佛所聆听教诲,如有所得,遂发愿心在舍卫国为佛陀也造一座精舍。他看中了祇陀太子的花园,祇陀太子以黄金铺满花

园为条件为难须达多，不料须达多真的办成了，这让祇陀太子很是感动。金园之名当源于此。

③海气：海上蜃气。光线经不同密度的空气层，发生折射或反射，把远处景物显示在空中或地面的奇异幻景。

④天香：芳香的美称。这里指草木都具有佛的法力。

⑤青云士：身居高位之士，隐逸之士。《史记·伯夷列传》："非附青云之士，恶能施于后世哉？"李白《古风五十九首》其十五："奈何青云士，弃我如尘埃？"

⑥丹霞裳：云霞裁成的衣裳。这里指两人飘逸的风神。

⑦万象：宇宙间的一切事物或现象。这里指世间的一切迷妄。

⑧遗有漏：远离了世间的一切烦恼。有漏，佛教语，指世间一切有烦恼的事物。

⑨无方：没有边际。

⑩心垢：佛教语，烦恼。

⑪永言：吟咏，作诗。

【赏析】

今湖北安陆是李白离开四川以后的第一个家。诗人那时二十六七岁，结了婚。安陆水明山秀，李白就住在山里。般若寺就是坐落在山中的一座佛寺。在一个炎热的夏天，诗人在般若寺临水的一个亭子上乘凉，意外地遇见了老朋友。诗人太高兴了，就挥笔写下了这首诗。

这首诗是三个方面的结合。首先李白风神飘逸，所以这首诗爽朗、纯净，流淌着溪水一般的清响。李白的出世思想是道家的，而其时又身在佛寺，所以这首诗把佛道结合起来了。"翛然"这种无拘无束的超脱就是道家的。诗人以愉快的心情来欣赏这晴朗的一天。在这宝刹里，楼台幻化为海市，草木也散发着不同寻常的香气。这时就好像是从云端降下的仙人一样，老朋友忽然出现在面前。池上不热，松下凉爽。他们或者讨论世界万物的真假生灭，或者游山玩水。烦恼都尽，自由无比。

在这首诗里，诗人显示出一个智者般的愉快。烦恼在智慧面前退避三舍，老朋友的到来让诗人兴致更高。这种兴致像纯净的阳光一样，洒在哗哗淌着的诗意的溪流上，粼粼的波光一直投射到读者的心坎上。

【评点】

严沧浪、刘会孟评本：构法是律，然调则古，虽无奇，亦匀净有韵。

安陆白兆山^①桃花岩寄刘侍御绾

云卧三十年，好闲复爱仙。蓬壶虽冥绝^②，鸾鹤心悠然。归来桃花岩，得憩云窗眠。对岭人共语，饮潭猿相连。时升翠微^③上，邈若罗浮^④巅。两岑^⑤抱东壑，一嶂横西天。树杂日易隐，崖倾月难圆。芳草换野色，飞萝摇春烟。入远构石室，选幽开山田。独此林下^⑥意，杳无区中^⑦缘。永辞霜台^⑧客，千载方来旋^⑨。

【注释】

①安陆白兆山：在今湖北安陆，又叫碧山。

②蓬壶：神话传说中的蓬莱仙山，因为传说它像葫芦一样浮在大海中，又叫蓬壶。《拾遗记》卷一"高辛"："三壶，则海中三山也。一曰方壶，则方丈也；二曰蓬壶，则蓬莱也；三曰瀛壶，则瀛洲也。形如壶器。"冥绝：远不可及。

③翠微：《尔雅·释山》："（山）未及上，翠微。"郭璞注："近

上旁陂。"邢昺疏："谓未及顶上，在旁陂陀之处，名翠微。一说山气呈青缥色，故曰翠微也。"

④罗浮：即广东罗浮山，是过去道教传说中的仙山。

⑤岑：小而高的山。

⑥林下：从竹林七贤得名。《世说新语》"赏誉"：林下诸贤，各有俊才子：籍子浑，器量弘旷；康子绍，清远雅正；涛子简，疏通高素；咸子瞻，虚夷有远志；瞻弟孚，爽朗多所遗；秀子纯、悌，并令淑有清流；戎子万子，有大成之风，苗而不秀；唯伶子无闻。凡此诸子，唯瞻为冠，绍、简亦见重当世。

⑦区中：尘世中。司马相如《大人赋》：迫区中之狭隘。

⑧霜台：指刘侍御，因为刘绾任侍御，属于御史台，御史台又叫霜台。此人或为诗人于长安干谒时结识者。

⑨旋：归。

【赏析】

李白出蜀以后，南游潇湘，东游吴越，泛洞庭，探禹穴，然后回到安陆，娶曾当过宰相的许圉师的孙女为妻，在当地定居下来。离他丈人家不远就是白兆山。据说，李白来到白兆山，见这里山峦秀美，风光宜人，感慨道："山名曰白兆，始知李白来。"于是，就在山上住了下来，读书、写诗、会友。今天的白兆山，有桃花岩、白兆寺、李白读书台、太白堂、绀珠泉、洗脚池、洗笔池、长庚书院、银杏树等与李白有关的遗址或遗迹。

桃花岩是李白在安陆时的主要游憩处和读书之所。桃花岩，或曰桃花洞，位于白兆山西麓，因李白而亦称谪仙桃岩。经后人实地考察发现，桃花岩地势险峻，风貌奇特，有一个自然山洞，地理位置极好。岩上有银杏树，岩下有绀珠泉；左为读书台，右为笔架山；桃花岩居于其中，真是众星拱月，相映成趣，为安陆诸景中一绝。

李白这首诗对这里的自然风貌做了生动的描绘：在桃花岩的东边，是一曲赏心悦目的山谷，由两座山并峙形成；它的西边，一座山峰像屏障一样横插天边。山高树密，太阳经常从枝叶中间透来细碎的阳光，而月亮也从山崖后面升上来。芳草青青，平铺在眼前，四季常新；藤萝摇曳，在山崖间攀缘，在云里雾里或隐或现。

从这几句，可以看到诗人观察的精细，布置的巧妙。诗人挑出两座山和一座山，让她们一"抱"一"横"，身姿活现；让日月和高山密林相互映衬，情态宛然；芳草在下，飞萝在上，诗人仰观俯察，应接不暇。

然而这首诗真正吸引读者的，却是诗人的精神风貌。诗人像一片白云，无拘无束，自由自在，偶尔落脚在白兆山上。山上的樵夫也罢，潭边的群猿也罢，连同那日升月隐，青山云烟，都让诗人感到自然。这座摆脱了人间烦恼的白兆山，虽然不是什么蓬莱仙山，但诗人那种无牵无挂的悠然，不是和神仙一样快活吗？

【评点】

严沧浪、刘会孟评本：虽微拗，却纯是律调。又云：起六句是太白本色，说意明透，然未紧峭。以下锻炼绝工，人、猿两景新，正足相对。

《唐宋诗醇》卷六：此等篇咏与鲍参军、谢宣城自是神合，不徒形似。

山中问答

问余何意栖碧山,笑而不答心自闲。桃花流水窅然①去,别有天地非人间。

【注释】

①窅(yǎo)然:深远。

【赏析】

这是一首意淡味浓的七言绝句。诗人才高志大,整天嚷着要干一番惊天动地的事业,但他又时常隐居在山清水秀的地方,好长时间不走近闹市一步。这是怎么回事呢?当李白这样隐居的时候,大概有人不解,问他为什么这么喜欢住在山中呢?

这个问题是没有办法回答的。当人的心与天上的白云相会，一刹那，你就与它同在。这种境界在忙碌的城市中不易得到。它稍纵即逝，你正寻找语言去表达这种感受，它就离你而去。而且表达这种感受是一回事，正在体验这种感受是另外一回事，语言的空洞表达不了眼前的生动，给问者一个语言上的答案，还不如让他们自己去看。所以，沉浸在白云悠悠当中的诗人最好别破坏它。

生命的春水带着丰厚的桃花流向远方。问者如果对眼前这种景象有所感触，他就不会提出这个愚蠢的问题。但如果他住在城市，是从城市而来，就很难对此有所感触；而如果住在山里，也这样问，那他就是一个俗人。

诗人面前是一条人人只能踏进去一次的生命之河，它缓缓地不可阻断地流向未知的远方。生命的颜色从树上纷纷落下，一簇簇，一堆堆，平静地在时间的水流上起伏。这种哲学的启示只有山里面有，而且只有在人迹罕至的深山里，生命的安详与尊严才能被时而欢快时而静谧的水流和盘托出。面对它，诗人发现了不死的秘密。

这一切，怎么向城里人说呢？怎么向山中俗人说呢？诗人始终没有说，听到问题，他只是笑着，心境还停留在白云上面，眼睛也在桃花水上幻化。良久，只有一句话：这里不是人间，而是仙境。

全诗只有四句，但是有问、有答，有叙述、有描绘、有议论，其间转接轻灵，活泼流利。用笔有虚有实，实处形象可感，虚处一触即止，虚实对比，蕴意幽邃。我们可以从创作手法上去分析它，但如果我们像作者那样，到了与万物为一的境界，并且在山里住了很久，我们就会说，这样的诗不能分析，就像那样的问题无法回答一样。

【评点】

《诚斋诗话》：问余何意栖碧山，笑而不答心自闲。桃花流水窅然去，别有天地非人间。又：相随遥遥访赤城，三十六曲水回萦。一溪初入千花明，万壑度尽松风声。此李太白诗体也。

《麓堂诗话》：诗贵意，意贵远不贵近，贵淡不贵浓；浓而近者易识，淡时远者难知。如杜子美"钩帘宿鹭起，丸药流莺啭""不通姓字粗豪甚，指点银瓶索酒尝""衔泥点涴琴书内，更接飞虫打着人"，李太白"桃花流水窅然去，别有天地非人间"，王摩诘"返景入深林，复照青苔上"，皆淡而愈浓，近而愈远，可与知者道，难与俗人言。

《而庵说唐诗》：此诗纯是化机。白作此诗，如世尊拈花，人读此诗，当如迦叶微笑，不可说，亦不必说。

《湘绮楼说诗》："为政心闲物自闲，朝看飞鸟暮飞还。寄书河上神明宰，羡尔城头姑射山。"（按此乃李颀《寄韩鹏》诗）此篇超妙，为绝句上乘。所谓"羚羊挂角，不著一字"者也。欲知其超，但看太白诗"问余何事栖碧山"一首，世所谓仙才者。与此相比，觉李诗有意作态，不免村气。李选字皆妍丽，此则拉杂，如"神明宰"等字，比之"桃花流水"等字雅俗相远，而俗者反雅，雅者反俗，何耶？

玉真公主别馆苦雨赠卫尉张卿①二首（其一）

秋坐金张馆②，繁阴昼不开。空烟迷雨色，萧飒望中来。翳翳昏垫③苦，沉沉忧恨催。清秋何以慰？白酒盈吾杯。吟咏思管乐④，此人已成灰。独酌聊自勉，谁贵经纶才⑤？弹剑谢公子，无鱼良可哀⑥。

【注释】

①玉真公主：唐玄宗的妹妹，出家当了道士。别馆：玉真公主在长安南边的终南山修建的宅邸。苦雨：《埤雅·释天》：雨久曰苦雨。卫尉张卿：一个做着卫尉卿官职的张姓朋友。

②金张馆：金张是西汉两家达官显宦的姓氏，这里指玉真公主的宅邸。

③翳翳：晦暗不明。昏垫：水患造成的灾害。《尚书·益稷》：

"下民昏垫。"孔安国传:"言天下民昏瞀垫溺,皆困水灾。"

④管乐:管仲和乐毅,是春秋战国时期文官和武官的代表人物,是李白景仰的对象。

⑤经纶才:具有治理国家才能的人。

⑥"弹剑"两句:据《战国策》记载,齐国人冯谖寄食于孟尝君门下,终日粗茶淡饭。一天,冯谖靠在柱子上弹着剑唱道:"长铗归来乎,食无鱼。"孟尝君得知,吩咐给他鱼吃。不久,冯谖又弹剑唱道:"长铗归来乎,出无车。"孟尝君就让人给他配车。可是不久冯谖又弹剑唱道:"长铗归来乎,无以为家。"孟尝君就派人供他老母衣食。冯谖从此不再弹剑。

【赏析】

李白在安陆生活了十年左右,读读书,种种地,访访朋友,日子倒也过得扎实。但他又认为大丈夫应该博取功名,不能一辈子就这样默默无闻。尽管之前曾得罪了长官,在他大约三十岁那年,李白仍北上长安,到唐王朝的政治中心去施展身手。

据学者们研究,李白此行投靠的是张说,张说把他交给了自己的儿子张垍。张垍是皇帝的驸马,当着卫尉卿。张垍把李白安置在玉真公主别馆。玉真公主出家当了道士以后,在长安筑道观修行,别馆少有人来,荒废不堪。李白住在里面,百无聊赖,就给张垍写诗。诗一共两首,这里选了第一首。

诗里说,诗人在别馆里坐着,眼前一片秋天的景色。天阴沉沉的下着雨,烟雾让秋天凋零的万物更加凄迷。久雨成灾,下得人没一点儿好心情。诗人坐在这里,无聊得很。怎么打发日子呢?诗人只有喝喝酒,想想管仲和乐毅这样的、在历史上曾经叱咤风云的英雄。唉!他们已经化为尘土,现在谁还重视像他们那样的人才呢?想当年,冯谖寄人篱下,但能向人诉苦,实现自己的愿望,我现在和他的处境相似,也到了弹剑的地步了。

【评点】

严沧浪、刘会孟评本:语稍伤烦,且"独酌"重前"白酒",意既无甚奇,须简峭为善。

【考据】

卫尉卿。《旧唐书·职官志三》:卫尉寺(秦置卫尉,掌宫门卫屯兵,属官有公车司马、卫士、旅贲三令。梁置十二卿,卫尉加"寺"字,官加"卿"字。龙朔改为司卫寺,咸亨复也),卿(从三品)一员。少卿(从四品上)二人。卿之职,掌邦国器械文物之事,总武库、武器、守宫三署之官属。

金张。金指金日磾,张指张汤。《汉书·金日磾传赞》:"七世内侍,何其盛也。"又,《汉书·张汤传》:"而安世子孙相继,自宣、元以来为侍中、中常侍、诸曹散骑、列校尉者凡十余人。功臣之世，唯有金氏、张氏，亲近宠贵，比于外戚。"

左思《咏史八首》其二：郁郁涧底松，离离山上苗。以彼径寸茎，荫此百尺条。世胄蹑高位，英俊沉下僚。地势使之然，由来非一朝。金张籍旧业，七叶珥汉貂。冯公岂不伟，白首不见招。

乌夜啼①

黄云城边②乌欲栖,归飞哑哑③枝上啼。机中织锦秦川④女,碧纱如烟隔窗语⑤。停梭怅然⑥忆远人,独宿孤房泪如雨。

【注释】

①乌夜啼:南朝民歌,多写男女相思。

②黄云城边:长安所在的西北地区气候干燥,又邻近沙漠,所以风沙弥漫,云都是黄色的。如高适《别董大》说:"千里黄云白日曛。"

③哑哑:乌鸦的叫声。《淮南子·原道训》:乌之哑哑,鹊之唶唶。

④机中织锦:据《晋书·列女传》记载,在十六国苻坚的时代,窦滔为秦州刺史,被徙流沙,远在西北沙漠地区。他的妻子苏蕙,很想念他,就在锦上织成回文旋图诗寄给丈夫。秦川:泛指今

秦岭以北绵延陕西、甘肃两省的渭水平原。

⑤碧纱如烟：窗子笼着绿纱，看上去就像青烟。隔窗语：窗外的鸟儿呢喃如语，被窗内的人听到了。

⑥怅然：闷闷不乐。

【赏析】

太阳快落山了，斜照着落在碧纱窗上，透出树晕叶影。机杼声传来，轧轧的节奏伴着黄昏，在城边的某处和着鸟鸣。

织锦女子的身影投到窗纱上，看不清锦的颜色。屋里就她一个人。天色已晚，鸟儿在陆续往巢里飞。不一会儿，窗边树上热闹起来。

机杼声戛然而止，怎么了？

她遭遇了和苏若兰一样的命运。想必是归鸟的温存唤醒了她心头的思念罢，想必是薄暮的惆怅触动了她生命的渴望罢。

我们只知道她手里织着苏若兰织过的锦。苏若兰的回文旋图诗是织在一块八寸见方的五色锦缎上，上面有八百多个文字。这些文字无论反读，横读，斜读，交互读，退一字读，迭一字读，均可成诗。可以读得三言、四言、五言、六言、七言诗一千多首。这些诗交织着苏若兰对丈夫的思念。

李白笔下的秦川女在锦前泪如雨下，这不是思念丈夫还能是什么呢？所以有人认为李白笔下的秦川女是关中一带丈夫远戍的思妇，作者借思妇怀念远征的丈夫来反对当时穷兵黩武的不义战争。

这首诗写得含情脉脉，笼罩着一种哀婉的闺阁情调。前人评价它，都用到了"深"字。如沈德潜说它"蕴含深远"，《唐宋诗醇》说它"语浅意深"，王尧衢说它"语简情深"，等等。诗人的表达很有分寸，所以收到了这种效果。史载苏若兰文才很好，要表现像苏若兰这样的织锦女，是应该这么做的。

【评点】

《唐诗品汇》卷二五：刘须溪云：语有深于此者，然情之所至，皆不如此，则亦不必深也。凡言乐府者，未足以知此。

《唐诗镜》卷一八：此诗视本词似从旁题咏，得其大意。太白作古乐府，每自出机轴。

《唐诗评选》卷一：只于乌啼上生情，更不复于情上布景，兴赋乃以不乱。直叙中自生色有余，不资炉冶，宝光烂然。

【考据】

五、六两句有几种异文，如敦煌写本作"停梭问人忆故夫，独宿空床泪如雨"，五代韦縠《才调集》卷六注"一作'停梭向人忆故夫，知在流沙泪如雨'"；《乐府诗集》卷四七收入《清商曲辞·西曲歌》，注云"一作'停梭向人问故夫，欲说辽西泪如雨'"。

兹录庾信一首《乌夜啼》以资比较："促柱繁弦非《子夜》，歌声舞态异《前溪》。御史府中何处宿，洛阳城头那得栖。弹琴蜀郡卓家女，织锦秦川窦氏妻。讵不自惊长泪落，到头啼乌恒夜啼。"或曰白诗似本于此。

下终南山过斛斯山人宿置酒

暮从碧山下,山月随人归。却顾所来径,苍苍横翠微①。相携②及田家,童稚开荆扉③。绿竹入幽径,青萝拂行衣。欢言得所憩,美酒聊共挥④。长歌吟松风,曲尽河星稀。我醉君复乐,陶然共忘机⑤。

【注释】

①翠微:青黛色,这里指山。
②相携:一起。
③荆扉:用荆条编成的柴门,表示寒素清贫,同时表示不慕荣华,远离世俗。
④挥:喝酒时很潇洒的样子,一饮而尽。
⑤陶然:乐融融的样子。忘机:道家语,意思是忘却了计较、巧诈之心,自甘恬淡,与世无争。

【赏析】

终南山是秦岭主峰之一，在长安南边。这里丘峦起伏，林壑幽美，唐时长安的士人多来这里游玩或隐居。斛斯山人，是一个复姓斛斯的隐士，山人是对隐者的称呼。诗的题目是说，诗人从终南山下来，到斛斯山人家过夜，承他置酒款待。

诗共十四句，分三个层次。前四句写下山，中间四句写田园，末六句写两人饮酒。

先看第一个层次。"暮从碧山下"一句，交代时间和地点：夕阳西下，山峦林壑染上暮色的时候，诗人下山了。碧是深绿色，比绿要稍黑一些。"山月随人归"，李白特别喜爱月亮，首先注意到的是山上升起的那一轮明月，她用皎洁的月光照着诗人下山的路，仿佛与诗人同行，多么有情意啊。

"却顾所来径，苍苍横翠微。"诗人来到平地，回头再看下山的路，所看到的是青黛色的终南山矗立在天际，蜿蜒曲折的山路几乎要融进这个庞然大物里去了。体味这两句，我们可以感受到诗人那种悠然的兴致。他不是疲惫不堪，饥肠辘辘，一心只想赶路投宿或回家，而是还有回头一望的雅致。

中间四句写田园风光。我国描写田园的诗歌多写田家民风的淳朴，环境的素雅，显得超凡脱俗，就像人间的桃花源。这四句也是这样。开门的是儿童，活泼可爱；门是用荆条编成的柴门，朴素；路边长着郁郁葱葱的竹子，小路幽静极了；偶尔还有藤萝一直长到路面上来，让你感受到生机勃勃的大自然就在你身边。"相携及田家"，田家指斛斯山人家。"相携"两字值得咀嚼。"相携"指谁呢？

山月。山月有情，一直把诗人送到门口。诗人从月华的世界回到了人间。

最后六句写愉快的夜晚。"欢言得所憩"是说两人说话投机，"美酒聊共挥"是说二人酒逢知己。李白喜欢饮酒，深得酒中趣，我们要了解李白潇洒的个性，也得借助于酒。"长歌吟松风，曲尽河星稀"两句，是说二人喝得兴起，不禁唱起歌来，歌声和松涛交织在一起，月明星稀，月华如水般倾泻下来。长歌是引吭高歌，河星稀指夜深。"我醉君复乐，陶然共忘机"，我们都醉了，沉浸在远离烦嚣和欺诈的快乐里。

这首诗全用叙述体，层次清楚，秩序井然，语言也不夸张想象，只是老实交代，先怎么，后怎么，结果怎么，似乎谁都会写。但是这首诗亲切自然，淳朴生动，洋溢着超越了世俗追求的快乐，没有那种洒脱的胸襟，是达不到这个境界的。

【评点】

严沧浪、刘会孟评本：（起四句）作绝更有余地。

《唐诗别裁集》卷二：太白山水诗亦带仙气。

赠裴十四

朝见裴叔则①,朗如行玉山。黄河落天走东海,万里写②入胸怀间。身骑白鼋③不敢度,金高南山买君顾④。徘徊六合⑤无相知,飘若浮云且西去。

【注释】

①裴叔则:即晋朝的裴楷,尝任中书令,人称裴令公,仪容俊伟,"时人以为玉人,见者曰:'见裴叔则如玉山上行,光映照人。'"(《世说新语·容止》)裴十四和裴叔则同姓,所以诗人把裴十四比作裴叔则,夸奖裴十四仪表堂堂,光彩照人。

②写:同"泻"。

③白鼋:水生动物。屈原《九歌·河伯》:"乘白鼋兮逐文鱼。"这里化用屈原的诗句。

④金高南山买君顾:借用郑子瞀的故事。据《列女传·节义

传》记载，郑子瞀是楚成王的夫人，一日，成王登台，后宫都仰着脸看，只有郑子瞀该干什么还干什么。王曰："顾，吾与女千金而封若父兄。"但子瞀还是不看。

⑤六合：上下四方，指天地之间。

【赏析】

这首诗大概作于李白刚入长安不久。诗人从安陆来到长安，希望得到达官贵人的推荐，从而一步登天，大红大紫。他结交张说父子，但是被弃置在一座荒废的京郊别馆里，受尽冷落，凄风苦雨，百无聊赖。这首诗应该是写给一个姓裴的人，他在朝中做官，在家族同辈中排行十四。

这首诗包含三个方面：一是向对方表白自己非等闲之辈，以引起对方重视，希望对方予以引荐；二是夸奖对方，以期惺惺相惜的效果；三是作最坏的打算，表明决不蝇营狗苟、委曲求全的立场。

李白写这首诗是要达到设想当中的实际目标的，因此这首诗是诗人步入仕途、在朝廷上争一席之地的工具。诗人的高明之处在于，他要向对方证明自己具有推荐的价值，但他并不一开始就自夸，甚至不提自己一丝半毫。诗人先从对方写起，先夸对方。诗人说，裴十四就像裴叔则那样，仪表堂堂，光彩照人。诗人接着说："黄河落天走东海，万里写入胸怀间。"黄河似乎是从天上倾泻下来，巨大的势能冲出万里洪流。这种波澜壮阔的气魄，就是裴十四博大的胸襟。诗人写黄河是假，写裴十四是真；写裴十四是假，写自己是真。但无论读者是否看出这个用心,都必然首先为这两句突兀的气势所震撼,就像真实地被黄河所震撼一样。诗人要达到现实的目的,却让读这首诗的人首先享受审美愉快,这是诗人第二个高明的地方。

诗至五、六句,转入别意:诗人用汹涌的水势,比喻社会环境的险恶和人生道路的艰难,暗示自己需要帮助,就像过河需要坐船一样;用郑子眘的故事,一方面比喻裴十四的高风亮节,一方面暗示自己十分珍视也万分渴望裴十四的青睐。

最后两句是诗人在这首诗里唯一一个自我表白的地方。诗人先承认了自己目前的落魄,向裴十四暗示,这是需要帮助的时候;同时,诗人也是在提出问题:假如天地之间没有一个人欣赏自己,怎么办呢?"飘若浮云且西去",就像那纯洁的自由的白云,到西方走一趟!大概李白在长安一无所获,这时候已经打算到陕西西部一带游历了。这话既表明了自己的人格追求,同时也是说给裴十四听的。但李白用诗人的心灵,让人们感受到的首先是美。飘若浮云,诗人是自由的!

【评点】

《诗归》卷一六:"朝见裴叔则"四句,谭元春批:"每读其爽句不粘滞处,想见其人。""身骑白鼋"以下四句,钟惺批:"只觉其爽,不觉其愤。太白高兴人,不肯作一寂寞语,不肯作一怨懑语,败其意气。"

《删定唐诗解》卷七：太白七古如生龙活虎，非世人所可驾驭。天实授之，岂人力也？

《李诗纬》：人品世路，俱尽之矣。"黄河"二句批：二语形容裴之气概，又是喻世道险巇。"身骑"句批：见小心处。"金高"句批：见品。末二句批：言不售于世，因其归而售之。

登新平①楼

去国②登兹楼,怀归③伤暮秋。天长落日远,水净寒波流。秦云④起岭树,胡雁⑤飞沙洲。苍苍几万里,目极令人愁。

【注释】

①新平:今陕西彬县。

②去国:离开长安。国,指国都。

③怀归:抱着回到家乡的念头。

④秦云:关中一带过去曾是秦国的领土。

⑤胡雁:雁来自北方,而北方过去曾是游牧民族活动的区域。

【赏析】

　　李白心高气傲，自视甚高，认为自己的一些想法应该推行天下。在诗歌领域里取得成功以后，李白的自信膨胀起来，认为自己在诗坛上的声望也会给自己带来政治上的成功。诗人冲动的个性让他无法长期地隐居读书，也无法清心寡欲，求道学仙。于是，上峨眉也好，登庐山也好，隐居白兆山也好，他最后还是要到当时的政治中心——长安。读书人参与政治，这既是李白的宿命，也是所有中国古代知识分子的宿命。

　　诗人怀着满腔热情奔向心中的圣地，其结果可想而知。艺术的想象与浪漫和官场上的钩心斗角、尔虞我诈是互相排斥的，政治斗争的游戏需要的是两面三刀、口是心非，而不是火一般的热情和金子一般的赤诚，更不是人类这些优秀品质的毫无顾忌地爆发。

　　在政客们眼里，李白这样的诗人投身政治，是无视文学与政治之间鸿沟的轻率之举。诗人天真地把二者混为一谈，像不知道危险的小牛犊一样，冒冒失失地一头闯进猛虎和豺狼的领地。在执迷不悟的诗人眼里，政治不能这样运作，国家不能这样治理，人才不能这样被对待。在这场诗人与政客之间的搏杀中，政客早已经练就一身刀枪不入的本领，而诗人是肉搏。失败者只能是诗人。

　　屈原失败了，曹植失败了，李白也失败了。他兴冲冲地带着自信来到长安，却只收获到失败和屈辱。这首诗就是诗人带着失落游历陕西西部一带时写的。

　　离开了京城，诗人满怀的乡愁。登楼眺望，深秋的景色充满悲伤，给人以光明、温暖和希望的太阳远在天边，遥不可及；秦岭一带，郁郁苍苍，云雾弥漫；北方的大雁一群一群地飞过河中的沙洲，准备到温暖的南方过冬；洁净的水流泛着寒气，流向远方。那里有自己贫寒但温暖的家，妻子、儿女、乡亲……泪水模糊了诗人的双眼。

【评点】

严沧浪、刘会孟评本：少陵律诗，中联或远近，或动植，每分层数，或分承。太白则全不拘。惟此首落日、云树、寒波、雁洲，略似相承，岂偶尔凑合？或一时有意为之耶？又，首句见题，次句情结。"目极"总收愁，则以怀归耳。三四自然高妙。

《李诗纬》：评"天长"二句，幽凄之景在目。"秦云"二句，上联静，此联动。末二句，应上"伤"字。总评：随心所至，自成结构。

行路难①（三首选二）

其一

金樽清酒斗②十千，玉盘珍羞直③万钱。停杯投箸④不能食，拔剑四顾心茫然。欲渡黄河冰塞川，将登太行雪满山。闲来垂钓碧溪⑤上，忽复乘舟梦日边⑥。行路难，行路难，多岐路⑦，今安在⑧？长风破浪⑨会有时，直挂云帆济⑩沧海。

【注释】

①行路难：乐府体裁，以人生苦难为表现内容。
②清酒：美酒，与浊酒相对。斗：古代盛酒的容器。
③珍羞：珍贵的菜肴。羞，同"馐"。直：同"值"。
④投箸：扔掉手中的筷子。
⑤垂钓碧溪：据《史记•齐太公世家》载，周朝的开国功臣吕

尚（姜太公）未发迹的时候，在渭水边垂钓，遇到周文王，被重用。

⑥乘舟梦日边：传说商朝名臣伊尹贫贱的时候，梦见自己乘船经过日月旁边，后来受到成汤重用。

⑦岐路：岔路。岐，通"歧"。

⑧今安在：路在哪里。

⑨长风破浪：南朝宋的时候，宗悫的叔父问他的志向，宗悫说："愿乘长风，破万里浪。"意思是希望有机会实现理想。

⑩济：渡过，到达彼岸，这里指克服困难，实现理想。

【赏析】

诗人涉足政治，头破血流是肯定的，但对其诗歌艺术创作却是好事。因为政治向诗人掀开社会的一角，用世态炎凉这样充实的人生内容磨炼诗人的意志，把诗人的作品推向更高。有所感才有动笔的欲望，而对政治的参与作为接触现实的一种方式，就给创作提供了大量活生生的素材。诗人或浅吟低唱，或悲歌慷慨，就是主观和客观相互撞击的结果。

这首《行路难》就是政治失意的产物，长安粉碎了李白孩子般的美梦，他迷茫了。面前的美酒佳肴也勾不起诗人的食欲，诗人扔下筷子，拔剑四顾，但走投无路。这就是前六句所写的内容。这首诗只是精神苦闷的产物，并不是说诗人面前真摆着一桌山珍海味，琼酒玉酿，这些想象只是用来强调诗人当时郁郁寡欢的情况；也不是说当时诗人真想渡黄河、登太行，这些只是形象地说明当时诗人走投无路的窘境。总之，这六句是为两个字服务的：茫然。

但李白之所以为李白，在于他句意转折的力度。人人都有手足无措的时候，古代诗歌也有很多表现无所适从的篇章。但只有李白能在沮丧的坏心情里自拔奋起，并在诗歌里表现这种对自己才能和光明前途的自信和执着。他想到了姜子牙。姜子牙在没有遇到周文王的时候，不也很落魄吗！他也想起了伊尹。伊尹在没有遇到商汤的时候，不也是一个苦力吗！但结果怎样？一人之下，万人之上！功在当代，利在千秋！名垂青史，万世楷模！一时的挫折怕什么！

人生真难啊，人生真难啊！在这个错综复杂的社会里，自己的出路在哪里？想想古人，对照自己，诗人陷入了沉思。

但不管怎样，长风会有的！到了那时，看我扯起风帆，跨过惊涛骇浪，胜利抵达理想的彼岸！诗人以对自己的期许打破了心头萦绕不去的迷茫。

【评点】

《唐诗品汇》卷二六引刘辰翁语：结得不至鼠尾，甚善！甚善！

《李诗纬》卷一：太白纵作失意之声，亦必气概轩昂。若杜子则不然。又丁谷云批：气似古诗，词调是乐府，然去鲍参军远矣。

《唐宋诗醇》卷二：冰塞雪满，道路之难甚矣，而日边有梦，破浪济海，尚未决志于去也。后有二篇，则畏其难而决去矣。此篇被放之初，述怀如此，真写得"难"字意出。

【考据】

王文濡《历代诗评注读本》谓"直挂云帆"句是化用孔子"道不行,乘桴浮于海"一语,"以明无复望用意,遂决志归隐,不复留恋作结"。相关文章有裴斐《李白"直挂云帆济沧海"解》(《文史知识》1986年1期),陈子建、周维扬《"直挂云帆济沧海"试解》(《天府新论》1987年1期),可以参看。

或谓第一首为效鲍照《拟行路难》十八首其六"对案不能食"而成。兹录之于此,以资鉴别:对案不能食,拔剑击柱长叹息。丈夫生世会几时,安能蹀躞垂羽翼?弃置罢官去,还家自休息。朝出与亲辞,暮还在亲侧。弄儿床前戏,看妇机中织。自古圣贤尽贫贱,何况我辈孤且直!

其二

大道如青天,我独不得出。羞逐长安社①中儿,赤鸡白狗赌梨栗②。弹剑作歌奏苦声③,曳裾王门不称情④。淮阴市井笑韩信⑤,汉朝公卿忌贾生⑥。君不见昔时燕家重郭隗,拥篲折节无嫌猜。剧辛乐毅感恩分,输肝剖胆效英才⑦。昭王白骨萦蔓草,谁人更扫黄金台?行路难,归去来。

【注释】

①逐:追随。社:古代社会的基层单位,二十五家为一社,这

里泛指里弄。

②赤鸡白狗赌梨栗：均为当时流行的赌博游戏。

③弹剑作歌奏苦声：指冯谖事。

④曳裾：捋起衣襟，指很小心的样子。不称情：不满意，不痛快。

⑤淮阴市井笑韩信：韩信未得志时，在淮阴曾受到一些市井无赖们的嘲笑和侮辱。

⑥汉朝公卿忌贾生：贾谊年轻有才，汉文帝本打算重用，但受到大臣周勃、灌婴、冯敬等的忌妒和反对，被文帝疏远。

⑦"昔时"四句：战国时燕昭王为了使国家富强，尊郭隗为师，于易水边筑台，置黄金其上，以招揽贤士。于是乐毅、邹衍、剧辛纷纷来到燕国。燕昭王礼贤下士，当邹衍来到燕国的时候，昭王拿着笤帚，亲自在前面打扫道路迎接。

【赏析】

这一首诗与第一首不同。第一首从侧面渲染，让读者感受诗人走投无路的困境；而这一首单刀直入，让郁积在心中的愤懑，一下子喷发出来："大道如青天，我独不得出。"人间的路坦坦荡荡，别人走得通，就我走不通。这就让读者感到里面有许多潜台词，引起了读者对下文的注意。

当时长安盛行斗鸡赛狗的赌博游戏，许多纨绔子弟也乐此不疲，有人就通过斗鸡赛狗和他们结交，以至于平步青云。但诗人看不起这种卑鄙行径。毛遂自荐呢？进是进去了，但整天小心谨慎，挨饿受冻，还要遭人白眼，心里实在是不痛快！

诗人第一次来到长安，举目无亲，就想上门自荐，挣得一个冯谖那样的身份。但李白远没有冯谖幸运。冯谖每次弹剑，愿望都得到了满足，而李白却没人理他。诗人愤怒了。

这些王公大人，难道没听过燕昭王礼贤下士的佳话吗？燕国之所以由衰变强，就是剧辛、乐毅这些人的功劳；而他们之所以成就惊天动地的大事业，就是因为燕国当权者能够礼贤下士。士为知己者死，而知己在哪里呢？谁还像燕昭王那样重视人才呢？在这样的地方待着真没意思！

【评点】

《李诗辨疑》卷上：按此诗辞气粗浅，又多俗句，如"我独不得出"与"不称情""无嫌猜"等语，皆间阎时俗之人所道者，而出于白之口，可乎？至如"昭王白骨萦烂草"，为美之之辞欤，抑恶之之辞欤？若美之辞，属轻慢；若恶之，则昭王有好贤之德，不当恶也。且用事堆叠，意不舒畅，尤为可疑。

蜀道难①

噫吁嚱②，危乎高哉！蜀道之难，难于上青天。蚕丛及鱼凫③，开国何茫然。尔来四万八千岁，不与秦塞通人烟。西当太白④有鸟道，可以横绝峨眉巅。地崩山摧壮士死⑤，然后天梯石栈相钩连。上有六龙回日之高标⑥，下有冲波逆折之回川。黄鹤之飞尚不得过，猿猱欲度愁攀援。青泥⑦何盘盘，百步九折萦岩峦。扪参历井仰胁息⑧，以手抚膺坐长叹。问君西游何时还？畏途巉岩不可攀。但见悲鸟号古木，雄飞雌从绕林间。又闻子规⑨啼夜月，愁空山。蜀道之难，难于上青天，使人听此凋朱颜。连峰去天不盈尺，枯松倒挂倚绝壁。飞湍瀑流争喧豗⑩，砯⑪崖转石万壑雷。其险也若此，嗟尔远道之人胡为乎来哉！剑阁⑫峥嵘而崔嵬，一夫当关，万夫莫开。所守或匪亲，化为狼与豺。朝避猛虎，夕避长蛇，磨牙吮血，杀人如麻。锦城⑬虽云乐，不如早还家。蜀道之难，难于上青天，侧身西望长咨嗟。

【注释】

①蜀道难:南朝乐府的题目,属相和歌瑟调曲。意为蜀道难走,后来也兼指人生的艰难。蜀道,指自汉中通往四川的山路。

②噫吁嚱(yī xū xī):表示惊叹的语气词。

③蚕丛及鱼凫:传说中蜀国的两个王。

④太白:即太白山,秦岭主峰,在陕西眉县南。

⑤地崩山摧壮士死:神话传说。《华阳国志·蜀志》:"秦惠王知蜀王好色,许嫁五女于蜀。蜀遣五丁迎之,还到梓潼,见一大蛇入穴中,一人揽其尾掣之,不禁,至五人相助,大呼拽蛇,山崩,压杀五人及秦五女并将从,而山分为五岭。"

⑥六龙:传说太阳由六条龙拉的车子载着,而车子由羲和驾驶着。回日:指山峰太高了,载着太阳的车子都无法通过。高标:高峰。

⑦青泥:指青泥岭,在今陕西略阳附近。为入蜀必经之地,此岭高耸入云,绵延几十里,经常泥泞难走。

⑧扪(mén)参(shēn)历井:山太高了,手能够到星星。参、井,皆星宿名。古代认为地上某地区与天上某星宿相应,叫分野;参是蜀的分野,井是秦的分野。胁息:无法呼吸。

⑨子规:杜鹃。据《华阳国志·蜀志》记载,杜鹃为古代蜀王杜宇化成,鸣声悲切。

⑩喧豗(huī):轰鸣。《文选》木华《海赋》李善注:"相豗,相击也。"

⑪砯(pīng):流水击石发出的轰鸣声。

⑫剑阁：今剑门关，在今四川剑阁县北七里。

⑬锦城：即锦官城，今四川成都。

【赏析】

　　这首诗作于长安。诗人因友人入蜀产生创作冲动，倍言蜀道难走，因此诗人是按照由秦入蜀的路线（长安—太白山—青泥岭—剑阁—成都）来组织素材的。诗人说，从长安出发，过了太白山，向西一直到峨眉山，只有鸟飞的路。山高得太阳都过不去，更不用说黄鹤、猿猱了。一座座山峰离天不到一尺，伸手就可以摘到天上的星辰："危乎高哉！蜀道之难，难于上青天。"仰视不见天日，平视则无路。到了青泥岭，山路曲折陡峭，泥泞难行。再往前走，只见悬崖绝壁，上入云里，下面瀑布飞流直下，轰鸣声在山谷中回荡。诗人还写了蜀道的荒凉阴森。自天地开辟以来，蜀道就是鸟类和猿猱的世界。原始森林中，月夜下，只有叫不出名字的鸟类飞来飞去。偶尔还能听到杜鹃悲苦的啼鸣，似乎在诉说着蜀道荒无人烟的凄凉。

　　但这首诗成为杰作的原因，在于开头一句的先声夺人。"危乎高哉！蜀道之难，难于上青天。"它就像一阵急促的鼓点，猝然敲在读者的心弦上。这首诗之所以杰出，还在于把想象、夸张和神话传说融为一体，出入古今、天上地下，打破时空局限，尽情歌颂大自然的威力。这首诗的魅力还来自于扣人心弦的艺术氛围。诗人善于营造地崩山摧、六龙驾日的壮丽，悲鸟古木、子规夜啼的空旷神秘，猛虎长蛇、磨牙吮血的狰狞恐怖，风光变幻，险象丛生。这首诗还表达了诗人的现实关怀。在大剑山和小剑山之间有一条三十里长的栈道，这就是蜀中要塞剑阁。因其地势险要，易守难攻，诗人总结历史，向人们提醒地方势力据险作乱、残害生灵的危险。

这首诗的语言和结构也巧夺天工。字数从三言至十一言不等的诗句参差错落，与句末换韵结合起来，非常适合表现大自然的奇观和诗人热情奔放的思想感情。诗歌融合神话传说、谚语民谣、自然景观和社会人事，想象丰富奇特，夸张新颖独到，虚实结合，情景交融。"蜀道之难，难于上青天"一句，前、中、后出现三次，反复咏叹，内容逐次加深，产生了回肠荡气的艺术效果，具有极强的艺术感染力。总之，李白以变化莫测的笔法，淋漓尽致地展现了古老蜀道逶迤、峥嵘、高峻、崎岖的面貌，创造出一个思想内容极为丰富的艺术世界。

【评点】

《河岳英灵集》卷上：白性嗜酒，志不拘检，常林栖十数载，故其为文章率皆纵逸，至如《蜀道难》等篇，可谓奇之又奇。然自骚人以还，鲜有此体调也。

《本事诗》：李太白初自蜀至京师，舍于逆旅。贺监知章闻其名，首访之。既奇其姿，复请所为文，出《蜀道难》以示之，读未竟，称叹者数四，号为"谪仙"，解金龟换酒，与倾尽醉，期不间日，由是称誉光赫。

严沧浪、刘会孟评本：蜀道本险，此只是就题直赋，更不必曲为解说，磊落豪肆，真前此所未有。然所以佳处，则正缘构法严密，此乃所谓真太白，不然便恐汗漫无收拾。又，起三句：陡然狂呼，振起一篇精神，喑哑叱咤，千人皆靡，非太白力量，后面如何应得转？又"西当太白"至"天梯石栈"：大概以文人诗是太白偏技，然要不可为常物说。又"连峰去天不盈尺"四句：一说高、一木、一水、一石，更不乱下语。又"锦城"二句：两语小收。又末尾：三重语是篇法，大概相顾盼处最跌荡有态。

《载酒园诗话又编》：《蜀道难》一篇，真与河岳并垂不朽。即起句"噫吁嚱，危乎高哉"七字，如累棋架卵，谁敢并于一处？至其造句之妙："连峰去天不盈尺，枯松倒挂倚绝壁。飞湍瀑流争喧豗，砯崖转石万壑雷。"每读之，剑阁、阴平，如在目前。又如"一夫当关，万夫莫开。所守或匪亲，化为狼与豺"，不惟刘璋、李势恨事如见，即孟知祥一辈，亦逆揭其肺肝，此真诗之有关系者，岂特文词之雄！纷纷为明皇，为房、杜，讥严武，讥章仇兼琼，俱无烦聚讼。

【考据】

对《蜀道难》的写作意旨，唐代以降，出现了四种说法：一、系为房琯、杜甫二人担忧，希望他们早日离开四川，免遭剑南节度使严武的毒手。范摅《云溪友议》卷上："（严武）拥旄西蜀，累于饮筵对客聘其笔札。杜甫拾遗乘醉而言曰：'不谓严挺之乃有此儿也。'武愬目久之,曰:'杜审言孙子拟捋虎须耶?'合座皆笑,以弥缝之。武曰:'与公等饮馔,所以谋欢,何至于祖考耶?'房太尉琯亦微有所误,忧怖成疾。武母恐害忠良,遂以小舟送甫下峡。母则可谓贤也,然二公几不免于虎口乎!李太白作《蜀道难》,乃为房、杜之危也。"二、为安史乱中逃亡至蜀的唐玄宗李隆基而作,极言蜀地僻而险,劝谕他归返长安,此萧士赟之说,见其所著《分类补注李太白集》,亦可参见王琦注《李太白全集》本诗后注。三、此诗旨在讽刺当时蜀地长官章仇兼琼想凭险割据,不听朝廷节制,此说源自宋蜀本《李太白集》本诗下注"讽章仇兼琼也"。四、即事谋篇,并无寓意。如胡震亨《李诗通》云:"愚谓《蜀道难》自是古相和歌曲,梁、陈间拟者不乏,讵必尽有为始作?白蜀人,自为蜀咏耳。言其险,更著其戒,如云'所守或匪亲,化为狼与豺',风人之义远矣。必求一时一人事实之,不几失之细乎?何以穿凿为也!"

以诗代书答元丹丘

青鸟海上来,今朝发何处?口衔云锦字①,与我忽飞去。鸟去凌紫烟,书留绮窗②前。开缄③方一笑,乃是故人传。故人深相勖④,忆我劳心曲⑤。离居在咸阳,三见秦草绿。置书双袂⑥间,引领⑦不暂闲。长望杳难见,浮云横远山。

【注释】

①云锦:彩云。字:书信。

②绮窗:装饰得很好看的窗户。

③开缄:开封,打开信。

④相勖:勉励。

⑤劳:忧愁。心曲:内心深处。

⑥双袂:双袖。

⑦引领:伸长脖子,盼望的意思。

【赏析】

元丹丘是个道士,是李白的密友,又称丹丘生。作这首诗的时候,诗人在京城长安奔走已经三年了。居住在东方某个地方的朋友写信来,给诗人打气。诗人就写了这首诗,权作回信。

这首诗有两点需要注意。一是青鸟的形象及其在这首诗中的作用。青鸟是神鸟,是西王母的使者。传说在西汉时候,汉武帝看到一只青鸟飞来,然后,西王母就到了。在这首诗里,青鸟就充当了李白的好朋友的信使。诗人天真地想:"从东方飞来的信使呀,你具体是从哪里飞来的呢?衔着一封信来,丢到我手里就飞走了。天边云里,不见了你的身影,只有那封信是实实在在的。"很显然,诗人从神话里借来青鸟的形象,让这个可爱的小精灵传递自己与好朋友之间的思念,于是这种思念就显得很美。

另一点要注意的是诗人的神态。是谁的来信呢?打开一看,是好朋友的。诗人由衷而笑。朋友在信中一方面勉励诗人要克服困难,一定要在京城站稳脚跟;另一方面也表达了自己的思念之情。读着来信,诗人不禁想到自己在长安已经三年,芳草绿了又黄了,黄了又绿了。三年过去了,自己却不能和亲密好友相聚。遥望好友的方向,只有浮云遮着望眼。

这里诗人的心情有一个由开心到忧伤的转化过程。接到友人的来信,知道是友人写的,无疑给在风尘中打拼的诗人以温暖的安慰。但诗人又被信中内容勾起了以往美好的回忆。诗人和元丹丘在一起度过了很多快乐的日子,这有诗人的诗作为证。今天在长安事事不顺,怎不叫人惆怅呢!

【评点】

严沧浪、刘会孟评本：此诗却圆净完美。明系步骤《十九首》，但以音节太响快，遂减古色。然今人效古甚难，此自是正法，不必过矫。又："叹"字太着力，"长望"又重"引领"，须别易轻虚字为活。

梁园①吟

　　我浮黄河去京阙②,挂席③欲进波连山。天长水阔厌远涉,访古始及平台④间。平台为客忧思多,对酒遂作梁园歌。却忆蓬池阮公咏⑤,因吟渌水扬洪波。洪波浩荡迷旧国⑥,路远西归安可得?人生达命⑦岂暇愁?且饮美酒登高楼。平头奴子⑧摇大扇,五月不热疑清秋。玉盘杨梅为君设,吴盐⑨如花皎白雪。持盐把酒但饮之,莫学夷齐⑩事高洁。昔人豪贵信陵君⑪,今人耕种信陵坟。荒城虚照碧山月,古木尽入苍梧⑫云。梁王宫阙⑬今安在?枚马⑭先归不相待。舞影歌声散渌池,空余汴水东流海。沉吟此事泪满衣,黄金买醉未能归。连呼五白行六博,分曹赌酒酣驰晖⑮。歌且谣,意方远。东山高卧⑯时起来,欲济⑰苍生未应晚。

【注释】

①梁园:一名梁苑,汉代梁孝王所建,在今河南商丘一带。

②京阙：指京城长安。

③挂席：扬帆。

④平台：古迹，在今河南商丘一带。

⑤蓬池阮公咏：指阮籍在梁园写的一首《咏怀诗》："徘徊蓬池上，还顾望大梁。渌水扬洪波，旷野莽茫茫。……羁旅无俦匹，俯仰怀哀伤。"

⑥旧国：指长安。

⑦达命：知命。

⑧平头奴子：戴平头巾的仆人。

⑨吴盐：古代东南沿海一带盛产食盐。

⑩夷齐：伯夷、叔齐。周武王伐纣，他们认为是以暴易暴，不食周粟，饿死在首阳山上。

⑪信陵君：战国时魏国王子，是著名的战国四公子之一。

⑫苍梧：即九嶷山，在今湖南宁远。

⑬梁王宫阙：西汉的梁孝王曾在大梁这里大兴土木。

⑭枚马：指西汉文人枚乘、司马相如。西汉梁孝王喜欢养士，身边聚集了很多有文学才能的人，枚乘、司马相如是其佼佼者。

⑮"连呼"两句：是说酒席上的人分组游戏，凭胜负喝酒。五白、六博，古代一种游戏。分曹，两人为一组。驰晖，正在流逝的时光。

⑯东山高卧：指东晋谢安。他隐居在东山，不问世事，后来出来屡建奇功。

⑰济：拯救。

【赏析】

据专家考证，李白曾经两次到过长安，一次投靠张说父子，奔走权贵之门；一次是应唐玄宗征召，待诏翰林。两入长安都以失败而告终，相应地，诗人就有了两出长安。这首诗或写于一出长安。诗人虽初识政治的险恶，初尝人生的苦酒，但由于诗人并未进入到统治集团内部，对皇帝和朝廷还抱有幻想，还保持着对人生的乐观和信心。

这次离开长安，诗人顺黄河东下，来到梁宋之地，也就是今河南商丘一带。波高浪阔，让诗人联想到人事的坎坷。梁园、平台这些古迹又让诗人感慨万千。过去多么繁华的地方，如今却像诗人阮籍诗所描写的那样，池台破败，不见连绵的宫殿，只有一片茫茫苍苍的旷野。再回头望望远去的长安，水面上一片迷茫，而心理上的距离尤其遥远。

诗人昨日还置身都市，今日却面对历史的废墟：人生真如一梦！这就是命运吗？那就用不着发愁，过好现在这一刻吧！且饮美酒登高楼！

来自现实的打击让诗人躲进酒里，而历史的观照又让诗人感到生命本身的虚妄。昔日有个信陵君，锦衣玉食，门客三千，后宫美人无数，前呼后拥，而如今呢？不但其人声息皆无，就连他的坟墓都被夷为平地。梁孝王和枚乘、司马相如这样的文学家又哪里去了？此地不见昔日的歌声舞影，只有汴水依然流淌。

巨大的悲怆攫住了诗人那颗多愁善感的心灵。泪流满衣的哀伤只能靠醉酒来消解，只有吆五喝六的热闹才能抗衡时间对生命的蚕食！等到机会到来，我再出山吧！只要有机会，任何时候都不算晚！

【评点】

《唐诗镜》卷一八：不衫不履，体气自贵。

王琦注《李太白全集》：作《梁园歌》而忽间以信陵数语，意谓以信陵之贤，名震一世，至今日而墓域且不克保，况梁孝王之贤不及信陵，其歌台舞榭又焉能保其常在乎？此文章衬托法，不是为信陵致慨，乃是为梁王释恨，并为自己解愁，以见不如及时行乐之为得也，故下遂接以"沉吟此事泪满衣"云云。

《唐宋诗醇》卷五：怀古之作，慷慨悲歌，兴会飙举。范传正有云："李白脱屣轩冕，释羁缰锁，自放宇宙间，饮酒非嗜其酣乐，取其昏以自秽；好神仙非慕其轻举，欲耗壮心遣余年，作诗非事其文律，取其吟咏以自适。"三诵斯篇，信然。

《昭昧詹言》卷一二：起四句叙。"平台"二句入题情，正点一篇提局。"却忆"句转放开展，用笔顿挫浑转。"平头"二句酣恣肆放。"玉盘"四句铺。"昔人"数句，咏叹以足之。情文相生，情景交融，所谓兴会才情，忽然涌出花来者也。"空余"句顿挫。"沉吟"句转正意。太白亦自沉痛如此，其言神仙语，乃其高情所寄，实实有见。小儿子强欲学之，便有令人呕吐之意，读太白者辨之。因见梁园有阮公、信陵、梁王诸迹，今皆不见，足为凭吊感慨。他人万手，同知如此用意，而不解如此作法。此却从自己游历多愁说入,又自解不必如此。所谓借他人酒杯,浇自己块垒,死活仙凡,全在如此。寻常俗士但知正衍故实,以为咏古炫博,或叙后人议论,炫才识,而不知此凡笔也。此却以自己为经,偶触此地之事,借作指点慨叹,以发泄我之怀抱,全不专为此地考古迹、发议论起见。所谓以题为宾、为纬,于是实者全虚,凭空御风,飞行绝迹,超超乎仙界矣,脱离一切凡夫心胸识见矣。杜公《咏怀古迹》便是如此。解此可通之近体,一也。诗最忌段落太分明,读此可得音节转换及章法大规。

梁甫吟①

　　长啸梁甫吟，何时见阳春②？君不见朝歌屠叟辞棘津，八十西来钓渭滨③。宁羞白发照渌水，逢时吐气思经纶④。广张三千六百钓⑤，风期⑥暗与文王亲。大贤虎变⑦愚不测，当年颇似寻常人。君不见高阳酒徒起草中，长揖山东隆准公。入门不拜骋雄辩，两女辍洗来趋风。东下齐城七十二，指挥楚汉如旋蓬⑧。狂客落魄尚如此，何况壮士当群雄。我欲攀龙见明主，雷公砰訇震天鼓，帝旁投壶多玉女⑨。三时大笑开电光，倏烁晦冥起风雨⑩。阊阖九门不可通，以额叩关阍者怒⑪。白日不照吾精诚，杞国无事忧天倾⑫。猰㺄磨牙竞人肉，驺虞不折生草茎⑬。手接飞猱搏雕虎，侧足焦原未言苦⑭。智者可卷愚者豪，世人见我轻鸿毛⑮。力排南山三壮士，齐相杀之费二桃⑯。吴楚弄兵无剧孟，亚夫哈尔为徒劳⑰。梁甫吟，声正悲。张公两龙剑，神物合有时⑱。风云感会起屠钓，大人峨岘当安之⑲。

【注释】

①梁甫吟：原为乐府诗歌的题目。

②何时见阳春：从埋没中得到重用、从压抑中得以施展抱负的意思。

③"朝歌"两句：这两句说姜子牙，传说他"屠牛朝歌，赁于棘津，钓于磻溪，文王举而用之"。磻溪在渭水边上，所以说"钓渭滨"。朝歌，今河南淇县，是商朝的国都。屠叟，屠夫。棘津，在河南延津县。

④"宁羞"两句：这两句是说不要以为老而无用，那只不过是机会还没有到来。经纶，治国安邦的才能。

⑤广张三千六百钓：传说吕尚在渭河边垂钓十年，合三千六百日，所以诗人这么说。

⑥风期：风雅、风度。

⑦大贤虎变：指大人物变化莫测。

⑧"高阳"六句：高阳酒徒指秦末汉初的郦食其，被乡里称为"狂生"。高阳，今河南开封。山东隆准公指刘邦。隆准，高鼻子。史载刘邦"隆准而龙颜"，所以这里称他为"隆准公"。刘邦是今江苏徐州人，在函谷关东，故称"山东隆准公"。史载刘邦带兵打到今河南开封一带，郦食其自称高阳酒徒，要求见他。当时侍女正在给刘邦洗脚，对郦食其很不尊重。郦食其长揖不拜，不卑不亢，为刘邦分析天下形势，让刘邦改变了态度。后来，郦食其不费一刀一兵，连下七十余城。旋蓬，在空中飘旋的蓬草。

⑨"我欲"三句：这三句是说诗人很想见到皇帝，陈述理想，

建功立业，可是当权者横加阻挠，而且皇帝身边也是小人当道。雷公、玉女，都指权奸小人。投壶，一种游戏，暗指皇帝整天寻欢作乐。

⑩"三时"两句：指掌权者喜怒无常。《神异经·东荒经》载：东王公常与一玉女玩投壶的游戏，每次投一千二百支，不中则天为之笑。天笑时，流火闪耀，即为闪电。三时，早、午、晚。倏烁，电光闪耀。晦冥，昏暗。

⑪"阊阖"两句：这两句指小人当道，有才能的人报国无门。阊阖，神话中的天门。阍者，看守天门的人。

⑫"白日"两句：意谓皇帝不理解我，还以为我是杞人忧天。白日，指皇帝。

⑬"猰㺄"两句：这里李白以驺虞自比，表示不与奸人同流合污。猰㺄，古代神话中一种吃人的野兽，这里比喻阴险凶恶的人物。竞，争食。驺虞，古代神话中一种仁兽，不伤人畜，不践踏生草。

⑭"手接"两句：这两句是说自己有能力，有胆识，什么艰难险阻都能克服。飞猱，一种擅长攀缘的猿猴。雕虎，毛色斑驳的猛虎。接、搏，都有"搏斗"义。焦原，今山东莒县。传说那里有一块约五十步宽的大石头，下有万丈深渊，谁都不敢靠近它，然而一个勇士站了上去，并且脚跟还露在外面。

⑮"智者"两句：智者能屈能伸，而愚者只知一味骄横。俗人就因为不了解这一点而看不起我。

⑯"力排"两句：这两句意在声讨当时权相李林甫陷害韦坚、李邕、裴敦复等大臣。《晏子春秋》记载：齐景公时候有三个勇士

105

公孙接、田开疆、古冶子,对相国晏子很不尊重。晏子就心生一计,请景公赐三人两只桃子,让三人论功食桃。于是三勇士争功,古冶子说自己功劳最大,公孙接、田开疆两人羞愧自杀,这时古冶子感到自己不义,也自杀了。

⑰"吴楚"两句:这里李白把自己比作剧孟,希望朝廷用他。剧孟是西汉汉景帝时的著名侠士。当时吴楚等七国诸侯王叛乱,周亚夫领兵讨伐。周到河南见到剧孟,高兴地说:吴楚叛汉,却不用剧孟,注定要失败。哈尔,讥笑。

⑱"张公"两句:这两句是说总有一天自己会得到明君赏识。张公,指西晋张华。据《晋书·张华传》载:西晋时丰城(今江西丰城)县令雷焕掘得古代名剑干将和莫邪,就把干将送给张华,自己留下莫邪。张华写信说:莫邪为什么不来?它们是一对,终究会在一起的。后来张华被杀,干将失落。雷焕死后,莫邪到了他的儿子雷华手里。有一天,他佩戴着莫邪经过一个渡口,莫邪突然从他的腰间跃进水中,与早已在水中的干将汇合,化作两条蛟龙。

⑲"风云"两句:这两句是说屠夫渔夫还有施展抱负的机会,因此有志之士不要被暂时的挫折吓倒。风云,指机遇。感会,感应汇合,机会来到。屠钓,指姜子牙。大人,有志之士。岘屼,不安,此指遭遇挫折。

【赏析】

这首诗或写于长安失意之时。诗人把自己在长安奔走的辛酸和愤懑,把自己的信心和渴望,用历史上的人和事表达出来。此诗时而高亢昂扬,两个"君不见"居高临下,破空而来;时而低沉呜咽,"我欲攀龙见明主"一段,感情压抑,然而奇幻多姿,错落有致。最后通过两个三字句转换节奏,诗人头又抬起,在自信的铿锵中,诗人坚定地迈向未来。

【评点】

《唐诗别裁》卷六:始言吕尚之耄年、郦食其之狂士,犹乘时遇合,为壮士者,正当自奋。然欲以忠言寤主,而权奸当道,言路雍塞。非不愿剪除之,而人主不听,恐为匪人戕害也。究之论其常理,终当以贤辅国,惟安命以俟有为而已。后半拉杂使事而不见其迹,以气胜也。若无太白本领,不易追逐。

《瓯北诗话》:《梁甫吟》专咏吕尚、郦生,以见士未遇时为人所轻,及成功而后见。

《昭昧詹言》卷一二:此是大诗,意脉明白而段落迷离莫辨。二句冒起。"朝歌"八句为一段,"大贤"二句总太公。"高阳"八句为一段,"狂客"二句总郦生。"我欲"句入己,以下奇横,用《骚》意。"帝旁"句,指群邪也。"三时"二句,言喜怒莫测。"阊阖"句归宿,如屈子意,承上一束。"以额"句奇气横肆,承上一

107

束。"白日"二句转。"猰貐"句断,言性如此耳。"驺虞"句再束上顿住。"手接"句续。"力排"二句,解上"手接"二句。"吴楚"二句,解上"智者"二句。此上十九句为一大段。"梁甫吟"以下为一段,自慰作收。

江上吟

木兰之枻沙棠舟①,玉箫金管②坐两头。美酒当中置千斛③,载妓④随波任去留。仙人有待乘黄鹤,海客⑤无心随白鸥。屈平⑥词赋悬日月,楚王台榭空山丘。兴酣落笔摇五岳,诗成笑傲凌沧洲⑦。功名富贵若长在,汉水亦应西北流。

【注释】

①木兰枻、沙棠舟:形容船和桨的名贵。枻,船桨。

②玉箫金管:用金玉装饰的箫笛。此处指吹箫笛等乐器的歌妓。

③斛:古时十斗为一斛。千斛,形容船中置酒极多。

④妓:指乐伎。

⑤海客:《列子·黄帝篇》:"海上之人有好鸥鸟者,每旦之海上,从鸥鸟游。鸥鸟之至者百住而不止。"

⑥屈平：屈原名平，战国末期楚国大诗人，著有《离骚》《天问》等。《史记》说屈原"可与日月争光"。

⑦凌：凌驾，驱使。沧洲：滨水的地方，常用来指隐士居住的地方。

【赏析】

这首诗，从提到的几个地名来看，应该是作于汉江、长江一带，此地有黄鹤楼，有故楚国的历史遗迹。黄鹤仙人的传说，楚王、屈原的真实故事，纷至沓来，让诗人慨然提笔，写下不朽名句。

诗人当时正坐在船上，随波上下，无限逍遥。美女手持长箫短笛，或吹或唱；诗人举杯畅饮，一时间忘了人生的烦恼。

这种无心的心境真好。神仙可羡，但恐怕得依靠坐骑才能飞来飞去；而无心的状态无拘无束，与万物没有一点隔阂，什么不是我的密友，我不能相信谁呢？

诗人的眼光从楚国的废墟上掠过，这些曾经是宏伟的楼阁台榭的地方，现在只看见一些高高低低的山丘，享受它们的楚国君王也不见了踪影。

诗人想到屈原。他忠心耿耿，怀着赤诚的美好愿望帮他们治理国家，却不被理解，不为所容，被驱逐到深山老林，溺死在汨罗江里。楚国完了。

是的，楚国完了！而屈原的作品，屈原的人格，就像天空中的太阳、月亮一样,照亮着后来者白天的路和黑夜的路!

诗人笑了:自己不正握着屈原用过的笔吗?它就像撬动地球的杠杆,五岳哪在话下!它又是那么令人满意,水边汀洲里充满了诗人的欢笑和傲慢!

这样不是很好吗?还追求什么功名、什么富贵呢?这些恶俗的破烂,它们如果真能像庸人们所认为的那样,会在今生、来生保持下去,汉水也会倒流回去!

【评点】

《唐诗镜》卷一八:一起四语,写作特佳。又,突然而起,矫然而止,人知其句语之美,不知其体制之佳。

《唐宋诗醇》卷五:发端四语,即事之辞也,以下慷当以慨,虽带初唐风调,而气骨迥绝矣。反笔作结,殊为遒健。

【考据】

《三国志·吴书·吴主传》注云:郑泉,字文渊,陈郡人。博学有奇志,而性嗜酒,其闲居每曰:"愿得美酒满五百斛船,以四时甘脆置两头,反覆没饮之,惫即住而啖肴膳。酒有斗升减,随即益之,不亦快乎!"太白此诗或有取于此。

秋夜宿龙门香山寺①，奉寄王方城十七丈，奉国莹上人，从弟幼成、令问

朝发汝海②东，暮栖龙门中。水寒夕波急，木落秋山空。望极九霄迥③，赏幽④万壑通。目皓沙上月，心清松下风。玉斗横网户⑤，银河耿花宫⑥。兴在趣方逸⑦，欢余情未终。凤驾忆王子⑧，虎溪怀远公⑨。桂枝坐⑩萧瑟，棣华不复同⑪。流恨寄伊水⑫，盈盈⑬焉可穷？

【注释】

①龙门香山寺：在今河南洛阳西南，有两山对峙，东为香山，西为龙门，香山寺就在香山上。

②汝海：指汝水。

③迥：远。

④赏幽：欣赏幽静的乐趣。

⑤玉斗：北斗星。网户：有一个一个小格子的门。

⑥花宫：佛寺。佛经说，佛说法的时候，天上散花下来，故云。

⑦逸：安适。

⑧凤驾忆王子：王子指仙人王子乔。相传仙人王子乔为周灵王太子，喜吹笙作凤凰鸣声，为浮丘公引往嵩山修炼，三十余年后，在缑氏山顶上，向世人挥手告别，升天而去。这里借指王方城，因为二人同姓，故云。

⑨虎溪怀远公：远公指东晋的高僧慧远，他住的地方有一条溪，溪里有只虎。每次送客到这里，虎都会吼叫，故称虎溪。

⑩坐：自然而然的。

⑪棣华不复同：这句是说幼成、令问二人不在身边，很想念。棣华，指兄弟。

⑫伊水：流过香山、龙门之间的一条河。

⑬盈盈：水清澈的样子。

【赏析】

从题目来看，这首诗是李白在秋天的一个夜晚，借宿在洛阳龙门香山寺里，想念王方城十七丈、奉国莹上人，还有两个从兄弟，就写了这首诗，寄给他们。王方城十七丈大概做着方城县令的官，排行十七，年辈比较长；奉国莹上人大概是奉国寺里的和尚。上人是对和尚的尊称。

诗人在开头两句里说，他是从东边汝水上过来的，到龙门天色已晚，就住了下来。回味这一路行程，乐趣也不少。水面上泛着寒气，两边树木凋零，山空了，天也显得高远。

这时月亮升起来，照在沙地上，一片洁白。松涛阵阵，疲惫消退了不少。夜渐渐深了，月亮暗淡下去。从门上的格子里望出去，北斗星横在天边，银河如洗，自己借宿的寺庙沐浴在素洁的光辉里。面对如此良辰美景，诗人多想和友人一起分享啊。可惜他们都不在身边，孤寂的诗人陷入绵绵的思念中去了。

【评点】

《韵语阳秋》卷二〇：李白诗云："朝发汝海东，暮栖龙门中。"又云："朝别凌烟楼，暝投永华寺。"又云："朝别朱雀门，暮栖白鹭洲。"又云："鸡鸣发黄山，暝投虾湖宿。"可见其常作客也。范传正言白偶乘扁舟，一日千里，或遇胜境，终年不移，往来牛斗之分，长江远山，一泉一石，无往而不自得也。则白之长作客，乃好游尔，非若杜子美为衣食所驱者也。李阳冰论白云："王公趋风，列岳结轨，群贤禽习，如鸟归凤。"魏颢论白云："携骏马美妾，所适二千石郊迎，饮数斗径醉。"夫岂有衣食之迫哉？

《对床夜语》卷一：子建云："朝游江北岸，日夕宿湘沚。"潘安仁云："朝发晋京阳，夕次金谷湄。"刘越石云："朝发广莫门，暮宿丹水山。"谢灵运云："旦发清溪阴，暝投剡中宿。"鲍明远云："朝游雁门山，暮还楼烦宿。"皆本《楚词》"朝发轫于苍梧兮，夕

·秋夜宿龙门香山寺，奉寄王方城十七丈，奉国莹上人，从弟幼成、令问·

予至于玄圃"。若陆士衡"朝采南涧藻，夕息西山足"，又江文通"朝食琅玕实，夕饮玉池津"，则亦本《楚词》"朝饮木兰之坠露兮，夕餐秋菊之落英"。

【考据】

严沧浪、刘会孟评本云："是有意学谢，然终近唐律。"是以为李白此诗学谢灵运。兹录谢灵运诗《于南山往北山经湖中瞻眺》以资比对：朝旦发阳崖，景落憩阴峰。舍舟眺回渚，停策倚茂松。侧径既窈窕，环洲亦玲珑。俯视乔木杪，仰聆大壑潈。石横水分流，林密蹊绝踪。解作竟何感，升长皆丰容。初篁苞绿箨，新蒲含紫茸。海鸥戏春岸，天鸡弄和风。抚化心无厌，览物眷弥重。不惜去人远，但恨莫与同。孤游非情叹，赏废理谁通？

江夏别宋之悌①

楚水②清若空,遥将碧海③通。人分千里外,兴④在一杯中。谷鸟吟晴日,江猿啸晚风。平生不下泪,于此泣无穷⑤。

【注释】

①江夏:今湖北武昌。宋之悌:诗人宋之问的弟弟,是一员武将,被朝廷贬到南方。

②楚水:汉江在武汉附近汇入长江,因为此地旧属楚地,因此李白称之为楚水。

③碧海:指宋之悌所贬的地方。因为那里靠海,所以诗人这么说。

④兴:兴致。

⑤泣无穷:哭个不止。

【赏析】

这是一首送别友人的诗。开头两句从送别的地点和友人的目的地落笔：江夏之水清澈见底，它一直通向友人要去的地方。实际上江水是向东流的，而宋之悌要往南方去；但诗人惜别情真，心系南方。再则，水柔趋下，无处不在，天南海北的水都是一体，焉知东流之水不与南海之水暗暗相通！

一个"通"字，把诗人和友人所去的地方连接起来了，也把两颗心连接起来了。诗人并非不知道那是一个很遥远的地方，但靠着这无处不在的水，即使身在长江头，看到这清澈见底的江水，心里还是能感到有所寄托的慰藉。

三、四两句写两人分别时的心情。这一分别，相隔千里，再见面就难了。但起码现在还在一起，友人还在面前。那就喝酒提神，给友人饯行！

五、六两句写景，鸟儿在山谷里欢快地唱歌，天气晴朗；到了傍晚，微风徐徐，传来猿猴的啼叫。两人已经待了一天了。

猿啸让诗人的情绪发生了变化。我们知道，猿猴的叫声漫长而凄厉，听了能让人平地生愁。长江一线流传着一首民谣："巴东三峡巫峡长，猿啼三声泪沾裳。"就是这个意思。更何况到了傍晚这个鸟儿归巢、远人还家的时候！想想友人远谪异乡，家在千里之外，朋友阻隔，音信难通，平时不轻易掉泪的诗人不禁潸然泪下。

啊，这一哭，就收不住了吧？暮色当中，友人不会发觉吧？

【评点】

《诗薮》内编卷四：太白"人分千里外，兴在一杯中"，达夫"功名万里外，心事一杯中"，甚类。然高虽浑厚易到，李则超逸入神。

《唐宋诗醇》卷六：胡震亨曰：项联与达夫"功名万里外，心事一杯中"，似皆从庾抱之"悲生万里外，恨起一杯中"来，而达夫较厚，太白较逸，并未易轩轾。

岘山①怀古

访古登岘首,凭高眺襄中②。天清远峰出,水落寒沙空。弄珠见游女③,醉酒怀山公④。感叹发秋兴,长松鸣夜风。

【注释】

①岘山:在今湖北襄阳南,东临汉水,山不峻高,却是游览胜地,历代诗人都有登临诗作。岘首即岘山之巅。

②襄中:襄阳。

③弄珠游女:发生在汉水流域的神话传说。相传一个叫郑交甫的人到楚国去,在汉水旁边看见两位美女,佩戴宝珠,楚楚动人,于是上前搭讪,两个美女解下宝珠,赠给郑交甫,而后两人一下子就不见了。

④醉酒山公:指西晋山简,爱喝酒,镇守襄阳的时候,当地习

氏的园林风景很好，山简常到习家池上喝到大醉。

【赏析】

这是一首登临诗。登得高则望得远，才能欣赏更多的美景，才能在精神上挣脱人生的种种束缚，获得审美自由。古人的登临诗，数量是很多的，质量也很高，我国古典诗歌当中的名篇，大部分都来自登临诗。

诗人登上岘山之巅，居高临下，眺望下面的襄阳风光。天气晴朗，远处的山峰清楚地映衬在天边；近处，江水退去，留下大片的沙滩，粼粼地泛着寒光。

以上纯是写景。但古人的登临往往与怀古有关。诗人登临，往往就是因为那里发生过逸闻趣事，留有历史遗迹或传说，这些故事足以让人神往，徘徊流连。因此登临诗往往也是怀古诗，交织着古今对话和时空追问，寄托着超越有限生命的努力，而不仅仅是视觉上的快感。

这首诗也是这样。诗的题目和第一句其实已经交代了这一点。汉水之滨曾经发生过动人的一幕：一方是美人明珠，一方是远行的过路人，在汩汩的水流边，双方互不相识，仅仅因为有情有义，便不问彼此身份的悬殊，以珠相赠。没有人间那些繁文缛节，也没有处处存在的阶级鸿沟！诗人陷入神话的风烟当中去了。

诗人仿佛又看到西晋的名士醉醺醺地、一摇三晃地走过。人生艰难，只有酒能缓解心理上和生理上的压力！

诗人叹息不已：自己能遇到这些人吗？如果他们都不在了，自己与谁为伍呢？秋天的兴致就是这样！

【评点】

严沧浪、刘会孟评本：此虽太白常语，亦自超然。

【考据】

《水经注》卷二八《沔水》："沔水又径桃林亭东，又径岘山东，山上有桓宣所筑城，孙坚死于此。又有《桓宣碑》。羊祜之镇襄阳也，与邹润甫尝登之，及祜薨，后人立碑于故处，望者悲感，杜元凯谓之堕泪碑。山上又有《征南将军胡罴碑》，又有《征西将军周访碑》。山下水中，杜元凯沉碑处。"岘山距襄阳一公里，汉江山下流，"汉有游女，不可求思。"《诗经·周南》于兹永叹。《韩诗外传》传郑交甫于兹遇二女，郦道元以为即襄阳万山之下也，见同卷"沔水"条。《列仙传》从而敷演之曰："江妃二女者，不知何所人也。出游于江汉之湄，逢郑交甫。见而悦之，不知其神人也。谓其仆曰：'我欲下请其佩。'仆曰：'此间之人，皆习于辞，不得，恐罹悔焉。'交甫不听，遂下与之言曰：'二女劳矣。'二女曰：'客子有劳，妾何劳之有？'交甫曰：'橘是柚也，我盛之以笥，令附汉水，将流而下。我遵其旁，采其芝而茹之。以知吾为不逊，愿请子之佩。'二女曰:'橘是柚也,我盛之以笞,令附汉水,将流而下。我遵其旁,采其芝而茹之。'遂手解佩与交甫。交甫悦,受而怀之中当心。趋去数十步,视佩,空怀无佩。顾二女,忽然不见。"万山去岘山不远。宕至汉末,荆州刺史刘表移州治于此,人文为盛,孔明躬耕于隆中,仲宣效命于帐下。嗣后晋、吴对峙,羊祜、杜预先后镇守于此,登临为常,堕泪碑存焉尔。山水与人文相互映发,翰墨岂少。孟浩然襄阳人,即写有登岘山诗,题名《与诸子登岘山》。孟氏还是李白敬仰之人,声气相求。兹迻录于此,俾兰麝同熏云尔。诗曰:"人事有代谢,往来成古今。江山留胜迹,我辈复登临。水落鱼梁浅,天寒梦泽深。羊公碑字在,读罢泪沾襟。"

襄阳歌

落日欲没岘山西,倒著接䍦花下迷①。襄阳小儿齐拍手,拦街争唱白铜鞮②。傍人借问笑何事,笑杀山公③醉似泥。鸬鹚杓,鹦鹉杯④。百年三万六千日,一日须倾三百杯。遥看汉水鸭头绿⑤,恰似葡萄初酦醅⑥。此江若变作春酒,垒麹便筑糟丘台⑦。千金骏马换小妾⑧,醉坐雕鞍歌落梅⑨。车旁侧挂一壶酒,凤笙龙管行相催。咸阳市中叹黄犬⑩,何如月下倾金罍⑪?君不见晋朝羊公一片石,龟头剥落生莓苔⑫。泪亦不能为之堕⑬,心亦不能为之哀。清风朗月⑭不用一钱买,玉山自倒非人推⑮。舒州杓,力士铛⑯。李白与尔同死生,襄王云雨⑰今安在?江水东流猿夜声。

【注释】

①接䍦:一种白色头巾。倒著、花下迷:俱形容其醉态。
②白铜鞮:当地一种儿歌。

③笑杀：笑坏，笑死。山公：山简，爱喝酒。

④鸬鹚杓（sháo）：杓，酒勺。鸬鹚颈长，故用来形容酒勺弯曲的样子。鹦鹉杯：用鹦鹉螺制作而成的酒杯。

⑤鸭头绿：这里用小鸭头上的毛色来形容水的清澈。

⑥葡萄初酦醅：初酦醅，酒刚酿成，还没有过滤。唐代已经用葡萄酿酒，酒成绿色，故云。

⑦"此江"两句：这两句是说要喝很多酒。麹，酒曲。糟，酒糟。

⑧千金骏马换小妾：三国曹彰是员武将，但倜傥豪迈，喜欢上人家的骏马，宁愿用宠妾去换。

⑨落梅：一首歌曲的名字。

⑩咸阳市中叹黄犬：秦代丞相李斯被腰斩的时候，想起没有当官以前的自在生活，对儿子说："吾欲与若复牵黄犬俱出上蔡东门，逐狡兔，岂可得乎？"

⑪金罍：酒杯。

⑫"晋朝"两句：羊公，西晋名将羊祜。一片石，指堕泪碑。羊祜镇守襄阳的时候，有德于百姓。后来死在襄阳，当地百姓就在他爱登临游玩的岘山上建碑立庙，经常祭祀，每次祭祀，众人没有不望碑流泪的。龟头，墓碑碑座，又叫龟趺。

⑬堕：掉。

⑭朗月：明月。

⑮玉山自倒非人推：玉山，形容一个人气度不凡，仪容伟岸。《世说新语》说嵇康"岩岩若孤松之独立，其醉也，巍峨若玉山之将崩"。

⑯舒州杓：舒州，今安徽潜山，当时那里出产的酒器很有名。力士铛（chēng）：是外地献给朝廷的贡品。铛，温酒的器具。

⑰襄王云雨：襄王，楚襄王。宋玉《高唐赋》载，楚王梦见巫山神女，二人一夕欢会。临别时神女说：妾在巫山之阳，高丘之阻，旦为朝云，暮为行雨，朝朝暮暮，阳台之下。

【赏析】

襄阳是西晋名士山简曾经镇守过的地方，而山简是李白景仰的人物。李白在人格上是向往魏晋风度的。这种新的人生观和世界观，把专注于功名利禄的眼光收回到有限的人生和构成人生的每一个现在，把这两方面提高为美的境界，来抵抗生命现象的悲剧本质。在这种努力当中，酒发挥了不可替代的作用。因为它让人放松，让人忘怀。

山简就是这样一个人物。他镇守襄阳的时候，经常到习家池饮酒，自称"高阳酒徒"，一直喝到大醉。当时有童谣曰："山公一时醉，径造高阳池；日莫倒载归，酩酊无所知。复能乘骏马，倒著白接䍦；举手问葛强，何如并州儿？"李白这首诗就从这首童谣写起。他说：太阳下山的时候，山简反戴帽子，在花丛中跌跌撞撞地出现了。他后面跟了一群孩子，拍着手又唱又跳。哈哈，烂醉如泥的山将军让他们笑坏了！

这时候，诗人李白站了出来，他理直气壮地宣称：人活百年，这酒要喝百年！与其像李斯那样，临死才想起来享受生活的乐趣，何不如现在就开怀畅饮？你没看到岘山上面的堕泪碑吗？人一死什么都没了！不要掉泪，不要悲伤！清风吹拂，明月在上，正是享受人生的好时候！我醉了吗？何谓醉与醒？酒啊，我愿意与你同生共死。

【评点】

《苕溪渔隐丛话》前集卷五：欧阳修云："落日欲没岘山西，倒著接䍦花下迷。襄阳小儿齐拍手，大家争唱《白铜鞮》。"此常语也。至于"清风明月不用一钱买，玉山自倒非人推"，然后见太白之横放。所以惊动千古者，顾不在于此乎？

《岁寒堂诗话》卷上：欧阳公喜太白诗，乃称其"清风明月不用一钱买，玉山自倒非人推"之句。此等句虽奇逸，然在太白诗中，特其浅浅者。

《艺概·诗概》："清风明月不用一钱买"，上四字共知也，下五字独得也。

《唐宋诗醇》卷五：彭乘曰：欧阳公题沧浪亭云："清风明月本无价，可惜只卖四万钱。"与太白致辞虽异，然皆善言风月。

《香宇诗谈》：孟浩然《登岘山诗》："人事有代谢，往来成古今。"刘全白云："人事岁年改，岘山今古存。"如出一辙。独太白云："泪亦不能为之堕，心亦不能为之哀。"真有颠倒豪杰之妙。一篇言饮酒行乐，而末复归之于正，方见其高。

《昭昧詹言》卷一二：《襄阳歌》：兴起。笔如天半游龙，断非学力所能到,然读之使人气王。"笑杀"句,借山公自兴。"遥看"二句,又借兴换笔换气。"此江"句,起棱。"千金骏马",谓以妾换得马也。"咸阳"二句,言所以饮酒者,正见此耳。"君不见"二句,以上许多都为此故。"玉山"句束题,正意藏脉,如草蛇灰线。此与上所谓笔墨化为烟云,世俗作死诗者,千年不悟,只借作指点,供吾驱驾发泄之料耳。

赠张公洲革处士①

列子居郑圃,不将众庶分②。革侯遁南浦③,常恐楚人闻。抱瓮灌秋蔬,心闲游天云。每将瓜田叟,耕种汉水滨。时登张公洲,入兽不乱群④。井无桔槔事⑤,门绝刺绣文⑥。长揖二千石⑦,远辞百里君⑧。斯为真隐者,吾党慕清芬⑨。

【注释】

①张公洲:在今湖北武昌城南。处士:古代居家不仕的高人。

②"列子"两句:《列子·天瑞》:"子列子居郑圃四十年,人无识者。国君卿大夫视之,犹众庶也。"将,与。

③革侯:革处士。遁:隐居。南浦:张公洲在今湖北武昌城南,故云。

④入兽不乱群:《庄子·山木》云:"(孔子)辞其交游,去其弟子,逃于大泽,衣裘褐,食杼栗,入兽不乱群,入鸟不乱行。鸟

兽不恶,而况人乎!"

⑤井无桔槔事:桔槔,我国古代运用杠杆原理制成的汲水工具。《庄子·天地》云:子贡看到一个老翁抱着坛子打水,非常吃力,就说有桔槔这种非常便利的工具,为什么不用呢?老翁"忿然作色而笑曰:'吾闻之吾师,有机械者必有机事,有机事者必有机心。机心存于胸中,则纯白不备。'"

⑥门绝刺绣文:《史记·货殖列传》:"夫用贫求富,农不如工,工不如商,刺绣文不如倚市门。"诗中指处士安贫乐道,不求富贵。

⑦二千石:汉官秩(俸禄),又为郡守(太守)的通称。《汉书·律历志》记载:"二十四铢为两。十六两为斤。三十斤为钧。四钧为石。"《汉书·百官公卿表》颜师古注:"汉制,三公号称万石,其俸月各三百五十斛谷。其称中二千石者月各百八十斛,二千石者百二十斛,比二千石者百斛,千石者九十斛,比千石者八十斛,六百石者七十斛,比六百石者六十斛,四百石者五十斛,比四百石者四十五斛,三百石者四十斛,比三百石者三十七斛,二百石者三十斛,比二百石者二十七斛,一百石者十六斛。"《汉书·百官公卿表》:"郡守,秦官,掌治其郡,秩二千石。"《汉书·循吏传序》:"庶民所以安其田里而亡叹息愁恨之心者,政平讼理也。与我共此者,其唯良二千石乎!"颜师古注:"谓郡守、诸侯相。"

⑧百里君:指县令。《三国志·蜀书·庞统传》:"先主领荆州,统以从事守耒阳令,在县不治,免官。吴将鲁肃遗先主书曰:'庞士元非百里才也,使处治中、别驾之任,始当展其骥足耳。'"

⑨清芬:喻高洁的德行。

【赏析】

这首诗用大量的典故来赞美隐士。

道家是主张"和光同尘"的。为什么呢？一个人有点才能，最容易骄傲自满，看不起周围的人。而且在现实生活当中，有才能的人也容易遭到嫉妒，惹祸上身。这样的例子太多了，丢了命的，破了家的，每朝每代都有。人的生命是宝贵的。怎样才能全身远害？于是就有人总结出"和光同尘"的处世原则，意思就是气忌盛，心忌满，才忌露，随俗而处，不露锋芒，这样一直保持着虚怀若谷的心态，不但可以避免麻烦，也可以不断进步。

列子就是实践这个原则的人。他是个大思想家，但四十年来乡亲们对他从不另眼相看，完全将他看作是自己人，相处很融洽。

诗人在这首诗里说，革处士也是这样的人。他隐居在这里，常害怕人们把他当成什么高人名士，其实他只希望融入环境中去，不希望人们拿异样的眼光看他。

这就是和谐，人与人之间的和谐，整个社会的和谐。不管一个人本事多大，地位多高，都不要妄想从人们那里得到什么，不要认为受人崇拜、受人供养是理所当然的。这就是平等。

要做到这一点，就得消除物我之分。你是你，我是我；你的是你的，我的是我的：这种分别产生了争夺和战争，家庭纠纷、社会动荡都由它引起。人是人，动物是动物；人是人，自然界是自然界：这种分别造成了人对自然界的掠夺和破坏。

上面这些，最终的受害者是人类自己。怎样才能全身远害？于是就有人总结出"与物为一"的处世原则，意思就是返回自然，不以人为贵，不以物为贱；就是放弃小我，成就大我，以自己是自然的一部分，自然是自己的一部分，自己和自然密不可分。做到这一点，就可以与人、与自然界和谐相处，这就是"入兽不乱群"的意思。诗人认为革处士就做到了这点。

要消除物我之分，就得远离算计之心。诗中所说"井无桔槔事"，就是这个意思。抱坛灌水是很麻烦的，用桔槔吊水固然省事，但好逸恶劳的毛病也随之而来，有了这个坏的开端，以后什么事都可能发生。

而革处士还保持着淳朴的天性。诗人说，这才是真正的隐士，我羡慕的是这样的人。

【评点】

严沧浪、刘会孟评本：镕裁尚未密。又："汉滨""桔槔"俱申"抱瓮"意，忽出"刺绣文"，无当，虽云不必拘，然不无减味。

题元丹丘山居

故人栖东山①,自爱丘壑美。青春卧空林,白日犹不起。松风清襟袖,石潭洗心耳②。羡君无纷喧,高枕碧霞里。

【注释】

①东山:东晋谢安隐居的地方,这里借指元丹丘山居。

②洗心耳:洗心,《易·系辞》:"圣人以此洗心,退藏于密。"洗耳,据《高士传》记载,尧要让天下给许由,许由不答应,跑到嵩山隐居起来;尧找到许由,又要让他做九州长,许由不愿意听,就在颍水里洗耳朵。

【赏析】

站在嵩山最高处，可以望见颖水自西而东，再折向东南，消失在千里以外。这里是一个哺育了无数神话、传说的地方，王子乔在这里修成了神仙，飞天以后还时时回来；许由、巢父在这里隐居，不羡慕天子的宝座，只想保持天性的完整。这里也是后人心中向往的地方，道士纷纷往这里跑，诗人也纷纷往这里跑。元丹丘和李白就是这样。

元丹丘是个道士，他在嵩山脚下、颖水岸上建了几间房子，这就是颖阳山居。他是李白的好朋友，李白到了这里，看到他住的地方北依马岭，连峰嵩丘，南瞻鹿台，北极汝海，云岩掩映，颇有佳致，心里非常喜欢，就接连写了好几首诗送给丹丘。《题元丹丘山居》是其中之一。

这首诗开头两句，先用东山表明故人隐居的事实和山居对他的意义，再写山壑之美和故人的喜爱。这样交代一句，下面就不再写景了。

中间四句刻画故人的形象。还在年富力强的时候，故人就高卧山林，太阳老高了，还不起床。这是一个疏懒的人的形象。古人所谓的高士就是这样的。他们鄙弃功名利禄，追求闲云野鹤般的人生境界。"松风"两句刻画这个形象的精神风貌：松涛阵阵，伫立在风中的听者心有会意；石潭清清，住在它旁边的观者心耳早已清净。故人其人格之高洁，尽在不言之中。前两句是画肉，这两句是画骨，这样，诗人笔下的形象不但有状态，而且有精神，于是就具有了人格魅力，具有了诗人仰慕的人格魅力。

毋宁说诗人是在刻画他心目中的理想的形象。

【评点】

严沧浪、刘会孟评本："心耳"字强凑合，未天然。"高枕"重"卧""不起"意。

【考据】

太白另有《题元丹丘颍阳山居》诗，序云："丹丘家于颍阳，新卜别业。其地北倚马岭，连峰嵩丘，南瞻鹿台，极目汝海，云岩映郁，有佳致焉。白从之游，故有此作。"诗曰："仙游渡颍水，访隐同元君。忽遗苍生望，独与洪崖群。卜地初晦迹，兴言且成文。却顾北山断，前瞻南岭分。遥通汝海月，不隔嵩丘云。之子合逸趣，而我钦清芬。举迹倚松石，谈笑迷朝曛。终愿狎青鸟，拂衣栖江濆。"故此诗依之。冷明权以为此诗当作于随州仙城山，而非嵩山。参见其所作《李白与随州》，《湖北大学学报》1986年1期。

太原①早秋

岁落众芳歇②,时当大火流③。霜威出塞早④,云色渡河秋。梦绕边城月,心飞故国⑤楼。思归若汾水,无日不悠悠⑥。

【注释】

①太原:今山西太原。

②岁落:岁晚。众芳歇:花卉衰谢。

③当:正值。大火流:大火,或称火,指二十八宿之一的心宿,古代把周天划分为十二个星次,心宿在大火星次内,故云。流,旧历五月黄昏时心宿在中天,六月以后逐渐偏西,暑热也开始减退。《诗经》:"七月流火。"这里指旧历七月。

④霜威出塞早:靠近边境的地方较早地感受到了严霜的威胁。古代太原靠近少数民族的游牧地区,故云塞。

⑤故国:家乡。

⑥悠悠：水流悠长不歇，比喻思乡的心绪绵绵不绝。

【赏析】

　　李白曾两次到太原，每次都留下精彩诗篇，为北国风光添色不少。《太原早秋》就是其中之一。

　　在诗人眼前，茂密的树木开始稀疏，鲜艳的百草渐渐变黄，一年的时光已经过了一半，七月的太原，已经让人感到秋意了：起伏的群山连接着茫茫的草原，风刮过来，带着凉意；片片黄云在滚滚黄河上旋生旋灭，天色显得高了。

　　秋天是一个引人愁思的季节。秋风起来的时候，看着一片一片的树叶开始往下掉，谁都会惆怅。诗人这次在太原玩了很久。当时诗人友人的父亲在太原做官，友人去太原看望父亲的时候，就邀请了诗人。二人于五月间跨过太行山，在太原度过了夏天，现在迎来了秋天。

　　秋风起，诗人想起了他的归宿。他开始梦见家乡了。边疆的月光从梦中升起，似乎照耀着家乡的小楼，那里面隐隐约约有人靠在窗户旁边。这时诗人归意渐浓，就像宽广的汾水一样，无日不在冲刷着诗人情感的河床。

【评点】

严沧浪、刘会孟评本："出塞"字，更用得好。

朱谏《李诗选注》：按诗人用"落"字于物类最多，惟李杜用之不同。众皆用于有形之物，而李杜独用于无形之物。李云"岁落众芳歇"，杜云"风落收松子"，与彼用于日月星露水石花木鸟兽之类者，语意自新，无蹈袭也。是知古人于句中用字亦不轻易。

《李诗纬》评尾四句：四句入情，洒落自然。总评：章法浑成，词气森秀。

春夜洛城①闻笛

谁家玉笛②暗飞声?散入春风满洛城。此夜曲中闻折柳③,何人不起故园④情?

【注释】

①洛城:今河南洛阳。
②玉笛:形容笛的精美。
③折柳:笛子曲《折杨柳》,多表达离别之情。
④故园:故乡,家乡。

【赏析】

这是诗人在客居洛阳的一个夜晚,有感于笛子曲《折杨柳》写下的一首七言绝句。

古人在送别的时候,常常折下道旁的杨柳枝赠送行者。为什么呢?原来古人常用谐音来寓意。"柳"与"留"同音,因此,折杨柳就是借杨柳表示挽留的意思。北朝乐府诗《折杨柳歌辞》云:"上马不捉鞭,反折杨柳枝。蹀座吹长笛,愁杀行客儿。"送别者折杨柳,是表示挽留,是不忍离别;行人折杨柳,则是愿意留下的示意,也是不忍离别。这就是不拿马鞭,反而去折杨柳枝的原因。还有一首笛子吹奏曲《折杨柳》,也是表达离别之情的。这就是为什么又下马坐下吹笛子的原因。可是还是留不住,行人不得不上马启程,挥手之间,怎么能不"愁杀"呢?

这种风俗一直流传下来,以至于人们看到柳枝飘拂,或听到笛子吹奏《折杨柳》的时候,也会回想起当初与朋友、与亲人分别的情景。在这首诗里,李白就是这样。

一个春天的夜晚,夜深人静,诗人客居在唐朝的东都洛阳。侧耳倾听,不知何处传来凄清婉转的笛声。是《折杨柳》!

王之涣有一句诗说:"羌笛何须怨杨柳。"可见用笛子吹奏出来的《折杨柳》哀怨断肠。一刹那,诗人似乎又回到分别的瞬间,又看到妻子的泪光和楚楚动人的哀怨,似乎又听到儿女牵衣顿足的哭声。诗人的乡愁和着笛声在春风中氤氲开来,弥漫了整个洛阳城,整个心胸被人性中那最温柔的部分占据了。

从艺术技巧上来说,这首诗的高明之处在于诗人从感情的爆发下笔，不拘泥于交代来龙去脉的格套。它不从客居写起，也不涉及初听笛声的感受，只写诗人动情的一刹那：诗人被笛声卷入到思乡的感情洪流中，于不能承受之重中转而恼恨这笛声打乱了心境的平静。

【评点】

《批点唐诗正声》：唐人作闻笛诗每有韵致，如太白散逸潇洒者不复见。

《诗薮》：太白七言绝，如"杨花落尽子规啼""朝辞白帝彩云间""谁家玉笛暗飞声""天门中断楚江开"等作，读之真有挥斥八极、凌属九霄意。贺监谓为谪仙，良不虚也。

《增订唐诗摘钞》："满"从"散"来，"散"从"飞"来，用字细甚。妙在"何人不起"四字，写得万方同感，百倍自伤。

《唐诗笺注》："散入"二字妙，领得下二句起。通首总言笛声之动人。"何人不起故园情"，含着自己在内。

【考据】

《苕溪渔隐丛话》后集卷四："《乐府杂录》云：'笛者，羌乐也。古曲有《折杨柳》《落梅花》。'故谪仙《春夜洛城闻笛》云：'谁家玉笛暗飞声，散入春风满洛城。此夜曲中闻《折柳》，何人不起故园情？'杜少陵《吹笛诗》：'故园杨柳今摇落，何得愁中曲尽生？'王之涣云：'羌笛何须怨杨柳，春风不度玉门关。'皆言《折柳曲》也。"

《唐宋诗醇》卷八云："与杜甫《吹笛》七律同意。但彼结句与黄鹤楼绝句出以变化，不见用事之迹，此诗并不翻新，深情自见，亦异曲同工也。"杜甫《吹笛》七律云："吹笛秋山风月清，谁家巧作断肠声。风飘律吕相和切，月傍关山几处明。胡骑中宵堪北走，武陵一曲想南征。故园杨柳今摇落，何得愁中却尽生。"所谓黄鹤楼绝句云者，乃太白《与史郎中钦听黄鹤楼上吹笛》诗："一为迁客去长沙，西望长安不见家。黄鹤楼中吹玉笛，江城五月落梅花。"〔日〕近藤元粹《李太白诗醇》卷五云："黄鹤楼是思归而闻笛，此是闻笛而始思归也。因笛中有折柳之曲，忽忆此时柳真堪折，春而未归，能不念故园也。"

将进酒

　　君不见黄河之水天上来,奔流到海不复回①。君不见高堂明镜悲白发,朝如青丝暮成雪②。人生得意须尽欢,莫使金樽③空对月。天生我材必有用,千金散尽还复来。烹羊宰牛且为乐,会须④一饮三百杯。岑夫子,丹丘生⑤,将进酒⑥,杯莫停。与君歌一曲,请君为我倾耳听。钟鼓馔玉⑦不足贵,但愿长醉不愿醒。古来圣贤皆寂寞,唯有饮者留其名。陈王昔时宴平乐⑧,斗酒十千恣欢谑⑨。主人何为言少钱⑩,径须沽取⑪对君酌。五花马⑫,千金裘。呼儿将出换美酒,与尔同销万古愁。

【注释】

　　①"君不见"两句:即《长歌行》"百川到东海,何时复西归"的意思,比喻生命一去不返。

　　②朝如青丝暮成雪:用头发迅速由黑变白来比喻生命的短暂。

③金樽：酒杯。

④会须：应该。

⑤岑夫子，丹丘生：李白的两个好朋友，当时在座。

⑥将进酒：请赶快喝酒。

⑦钟鼓：古代富贵人家饮食伴有乐舞。馔玉：食器精美。

⑧陈王：曹操的儿子曹植，被封为陈王。平乐：曹植饮酒的地方。

⑨斗酒十千：指名贵的美酒。恣欢谑：开怀畅饮，无拘无束。

⑩主人：指丹丘生。少钱：钱不够了。

⑪径须沽取：径直买来，只管买来。

⑫五花马：马鬣编成五束花瓣的马。

【赏析】

《将进酒》是一首古代乐府诗歌中用于劝酒的歌曲，但在李白手里，成了抒发人生感慨的媒介。

在这首诗里，作者悲叹人生短促，借酒浇愁，但这种看似颓废的消极态度又加入了对人生的洞察：生命是多么的短暂，而现实生活当中又有那么多的羁绊！于是诗人的骄傲变成了愤世嫉俗，变成了"但愿长醉不愿醒"的抗争。

李白以前的诗人也写过借酒浇愁的诗歌，但这首《将进酒》富有作者李白潇洒的个性和自由的意志。慷慨激昂的语调和跌宕起伏的感情就像作者眼中的黄河之水，飞流直下，百回千折，坚定地向大海奔去，什么力量也阻挡不住！

【评点】

  严沧浪、刘会孟评本：一往豪情，使人不能句字赏摘。盖他人作诗用笔想，太白但用胸口一喷即是，此其所长。

  《唐诗镜》卷一八：豪。一起掀揭。"天生我材必有用，黄金散尽还复来"，"仰天大笑出门去，我辈岂是蓬蒿人"，浅浅语，使后人传道无已，以其中有灵气。

大庭库①

朝登大庭库,云物何苍然!莫辨陈郑火②,空霾邹鲁③烟。我来寻梓慎,观化入寥天④。古木翔⑤气多,松风如五弦⑥。帝图终冥没⑦,叹息满山川。

【注释】

①大庭库:即大庭氏之库。大庭氏,古国名,在今山东曲阜。春秋时鲁国在大庭氏旧址作库,故名。库,存放武器战车的地方。相传神农又叫大庭氏。大庭库是一块地势很高的地方。

②陈郑火:据《左传》记载,春秋的时候,鲁国有个阴阳家梓慎,他登上大庭氏之库,根据云气预测到宋、卫、陈、郑要发生火灾。不久就应验了。

③霾:布满。邹鲁:今山东曲阜一带过去有邹、鲁两个诸侯国,故名。

④观化：洞察世界万物的变化。寥天：辽阔的天空。

⑤翔：同"祥"。

⑥五弦：古琴有五根琴弦，故名。

⑦帝图：宏伟的事业。冥没：沉寂。

【赏析】

这首诗写于今山东曲阜。天宝三载（744）的初春，李白被唐玄宗以"赐金放还"的美名赶出长安，在洛阳巧遇唐代另一位大诗人杜甫，二人一见如故。是年秋天，二人再次相遇，并在商丘一带遇到唐代另一位著名诗人高适。彼时三人皆处怀才不遇之境，甚有同病相怜之感，于是，三人一起，同登单父（今山东菏泽单县）古琴台怀古，走马孟渚泽射猎，把酒论文。杜甫后来在《昔游》《遣怀》等诗中分别述及了这次交游："昔者与高李，晚登单父台""忆与高李辈，论交入酒垆"。第二年秋天，李白、杜甫同游曲阜、邹县，李白在曲阜写下了这首《大庭库》。诗中说：我在早晨登上大庭库，上下苍茫，远近皆然。我多么希望能有梓慎那样的能力，向人们报告吉凶啊。森森的树木上，云气缭绕，松涛阵阵，满山遍野都是我的叹息！

诗人叹什么呢？二入长安的经历让李白置身于统治集团的核心，诗人耳闻目睹了盛唐政治的实质。原来自己顶礼膜拜的盛世气象是多么空洞，繁荣昌盛的外衣下面是奢侈和糜烂。励志图强的谎言后面是内核的腐变与腐朽。诗人较早地认识到国家的岌岌可危，不禁忧心忡忡。他多么希望出现一个像梓慎那样德高望重的预言家呀！

今山东曲阜一带，在西周的时候有邹、鲁两个诸侯国，是文教兴盛之地，孔子、孟子就出生在这里。但现在，高度发达的文明消失在云烟里，只有郁郁苍苍的树木似乎还残留着历史的祥瑞。松涛阵阵，似乎就是先贤圣人的琴声。经历了大喜大悲的诗人用历史暗示了盛唐的命运。

一句"云物何苍然"的叹息，笼罩了全篇。它既是实指景物的萧条，也暗指帝国的晚秋。"莫辨陈郑火"一句，既实指陈（今河南淮阳）、郑（今河南新郑）遥远，又寄托着拯救国家的呼唤。"空霾邹鲁烟"一句，既实指眼前云烟，也暗指国家失去了方向。陈、郑、邹、鲁都有两层意义，它们就是这个国家的过去。

【评点】

严沧浪、刘会孟评本：意味不长，然亦净。

月夜江行寄崔员外宗之

飘飖江风起,萧飒海树秋。登舻①美清夜,挂席②移轻舟。月随碧山转,水合③青天流。杳如星河上,但觉云林幽。归路方浩浩,徂川④去悠悠。徒悲蕙草⑤歇,复听菱歌⑥愁。岸曲迷后浦,沙明瞰前洲。怀君不可见,望远增离忧⑦。

【注释】

①舻:船头。

②挂席:扬帆。

③合:和。

④徂川:流水。

⑤蕙草:芳草。

⑥菱歌:采菱时唱的歌。

⑦离忧:忧愁。

【赏析】

李白对大自然有着非凡的感受力,他善于把自己的个性融化到自然景物中去,或者在气势磅礴的高山大川中突出力的美、运动的美,在壮美的意境中抒发豪情壮思;或者着意追求光明澄澈之美,在秀丽的意境中表现纤尘不染的天真情怀。前者如《将进酒》:"君不见黄河之水天上来,奔流到海不复回。"《赠裴十四》:"黄河落天走东海,万里写入胸怀间。"他用胸中之豪气赋予山水以崇高的美感,他对自然伟力的讴歌,也是对高瞻远瞩、奋斗不息的人生理想的礼赞,超凡的自然意象是和傲岸的英雄性格浑然一体的。同时,李白又写了许多晶莹剔透、意境优美的山水诗。例如《送王屋山人魏万还王屋》:"人游月边去,舟在空中行。"一种渴望突破时空局限的生命意志实现在纯净的月夜里。

再就是这首诗。"月随碧山转,水合青天流。杳如星河上,但觉云林幽。"月夜清空,江面上的小船仿佛离开了尘俗的世界。山高月高,它们始终在诗人左右;水清天清,远方那是哪里?浩瀚的江水让诗人失去了肉身的存在,而皎洁的月光指引着超越的方向;夜让诗人卸下人间布衣,披上月光的薄纱,从江天的接合处出发,在晶莹的夜空里开始生命的航程。

【评点】

严沧浪、刘会孟评本:不切切模写,然兴致自有余,读之即如坐江舟中。

〔日〕近藤元粹《李太白诗醇》卷三：（首二句）严云：起旷澹。（"月随"二句）谢云：月夜江行之景，分明写出；而寄远之意，又不渗漏。（总评）开阔壮丽，自是太白口吻。

夜泊牛渚①怀古

牛渚西江②夜,青天无片云。登舟望秋月,空忆谢将军③。余亦能高咏,斯人④不可闻。明朝挂帆去⑤,枫叶落纷纷。

【注释】

①牛渚:在今安徽当涂,临长江。

②西江:长江在安徽、江西境内又叫西江。

③谢将军:指东晋谢尚。据《世说新语》《晋书》等书记载,谢尚作镇西将军的时候镇守牛渚,一次秋夜乘月泛江,听到有人咏诗,大为赞赏,于是邀到船上谈论,直到天明。

④斯人:这个人,指谢尚。

⑤挂帆:帆代指船,挂帆即开船。

【赏析】

　　这首诗或作于诗人自我放逐以后。李白是一个有着宏伟政治抱负的诗人，但在国都长安做官的短短几年里，他的理想破灭了。官场的龌龊与诗人桀骜不驯的个性产生了冲突，诗人又不屑于从日常小事做起，结果得罪了当时皇帝唐玄宗身边的高力士，又得罪了同僚。高力士向得宠的杨贵妃进谗，毁谤诗人。长安待不下去了，诗人上疏自请放还。

　　失意的诗人充满了对知音的渴望。而牛渚夜吟就是这样一个美丽的故事。一个叫袁宏的诗人出身贫寒，但被谢将军赏识以后，从此声誉大振，因为谢尚不仅出身高贵，身居要职，还是一个有名的诗人。诗人亦能高咏，而像谢将军这样爱才的知音在哪里呢？

　　不仅如此，诗人还追求故事中那种素不相识然而能一见倾心的潇洒和打破社会地位的高下隔阂，仅仅凭才能相互交流的人际关系。诗人亦能高咏，而像谢将军这样识才的知音在哪里呢？

　　能赏识自己的人恐怕是没有了。回想自己应诏入京时候的踌躇满志，而今流落江南，在一片万里无云的江上，诗人不知道自己的归宿在哪里。牛渚还是谢尚泛舟的那个牛渚，月夜也还是袁宏吟诗时候那样的月夜，而且诗人也还在吟咏着。

　　在创作手法上，这首诗的好处不在于对环境的刻画，而在于前六句流露出的情绪和最后两句所表达的情致。清代王士禛说："此诗色相俱空，正如羚羊挂角，无迹可求，画家所谓逸品是也。"给了很高的评价。

【评点】

《沧浪诗话》"诗体"：有律诗彻首尾不对者。盛唐诸公有此体，如孟浩然诗："挂席东南望，青山水国遥。舳舻争利涉，来往接风潮。问我今何适？天台访石桥。坐看霞色晚，疑是赤城标。"又"水国无边际"之篇，又太白"牛渚西江夜"之篇，皆文从字顺，音韵铿锵，八句皆无对偶者。

《唐诗成法》：先写"无片云"为月明地，正写夜泊兼客怀。望月月愈明，人愈不寐，为怀古地，谢将军"牛渚"事还本题，只一句，却用二句自叹不遇，正写"怀"字。结落叶纷纷，止写秋景，有余味。三句一解，六句两解，五律中奇格，与"卢橘为秦树"、少陵《送裴二虬尉永嘉》同法。诗格了然，而人以为怪，不可解。

《唐诗笺注》：不粘不脱，历落情深。

《竹林答问》：盛唐人古律有两种：其一纯乎律调而通体不对者，如太白"牛渚西江月"、孟浩然"挂席东南望"是也。其一为变律调而通体有对有不对者，如崔国辅"松雨时复滴"、岑参"昨日山有信"是也。虽古诗仍归律体。故以古诗为律，惟太白能之，岑、王其辅车也。

《唐诗三百首》：陈婉俊补注：以谪仙之笔作律，如夔神龙于池沼中，虽勺水无波，而屈伸盘挐，出没变化，自不可遏，须从空灵一气处求之。

《唐宋诗举要》：吴曰：挺起清健。王孟无此笔（"余亦"句下）。

赠孟浩然

吾爱孟夫子,风流①天下闻。红颜弃轩冕②,白首卧松云。醉月频中圣③,迷花不事君④。高山安可仰⑤,徒此揖清芬⑥。

【注释】

①风流:指诗人气质。古人以风流赞美文人,主要是指能写诗作文,风度翩翩,清高脱俗。

②红颜:指年轻的时候。轩冕:指荣华富贵。轩,车子;冕,高官戴的礼帽。

③中圣:"中圣人"的简称。三国曹魏的徐邈喜欢喝酒,他将清酒叫作圣人,浊酒叫作贤人,"中圣"就是喝醉了。中,读去声,动词,"中暑""中毒"之"中"。

④迷花:此指陶醉于自然美景。事君,侍奉皇帝。

⑤高山:言孟浩然品格高尚,为人所不及。《诗经》:"高山仰

止,景行行止。"

⑥徒此揖清芬:此句谓只能在此向您清高的人品致敬。清芬,指美德。

【赏析】

孟浩然是盛唐山水田园诗派的代表诗人之一,他终身隐居,没有出来做官。李白性喜自由,毕生对隐逸之士怀抱敬重和神往之情,孟浩然年长李白十二岁,且有清誉,又有诗名,这正为李白所心仪。

首联即点题,开门见山。一个"爱"字是贯串全诗的抒情线索,"风流"则概括了孟浩然的精神特质。这一联写人写己,提纲挈领,总摄全诗。这三个字就是诗眼。

中间两联是对比着写的。在颔联中,一边是达官贵人的车马冠服,它代表了荣华富贵;一边是高人隐士的松风白云,它代表了宁静淡泊。孟浩然宁弃仕途而取隐遁,通过这一弃一取的对比,突出了他的高风亮节。"红颜"对"白首",指出孟浩然从少壮一直坚持到晚岁的立场。"白首"句着一"卧"字,活画出人物风神散朗、寄情山水的高致。在颈联中,对比的顺序颠倒过来,先从孟浩然所取着笔。在皓月当空的清宵,他把酒临风,往往至于沉醉,有时则于繁花丛中,流连忘返。在这里,不仅将轩冕弃了,而且也将君弃了:不为皇帝服务,也没有什么可遗憾的!取舍在我,皇帝也无权决定!但这种彻底革命的态度采取了委婉的表达方法。这两联好似一幅高人隐逸图,勾勒出一个悠然自得、风流自赏的诗人形象。

中间两联是在形象描写中蕴含敬爱之情，尾联则又回到了直接抒情。诗人用仰望高山的形象使敬慕之情具体化，但这座山太巍峨了，因而有"安可仰"之叹，只能在此向他纯洁芳馨的品格拜揖。这样写比直接写仰望又翻进一层，是更高意义上的崇仰。王士源《孟浩然集序》说："（孟浩然）骨貌淑清，风神散朗。救患释纷，以立义表。灌蔬艺竹，以全高尚。"可见李白此语并非虚夸。在前六句中，孟浩然不慕荣利、自甘淡泊的品格已写得很充分，因此尾联水到渠成地将抒情加深加浓，十分自然地将诗篇推向高潮。

这是一首律诗，但不为格律所拘束，而是追求古体的自然流走之势。中间两联不斤斤于对偶声律，对偶自然流走，由"红颜"写至"白首"，像流水淌泻，全无板滞之病。又直抒胸臆，透出一股飘逸之气。首联看似平常，但格调高古，萧散简远，它以一种舒展的唱叹语调来表达诗人的敬慕之情，有一种风神飘逸之致，疏朗古朴之风。尾联也具有同样风调。其次诗中运用"互体"，耐人寻味："弃轩冕""卧松云"是一个形象的两个方面。这样写，在自然流走之中又增加了摇曳错落之美。

【评点】

严沧浪、刘会孟评本：是清稳律，"月""花"一联尤佳，第"弃轩冕""卧松云"已道尽不事君意，又重说，觉少味。

《四溟诗话》卷三：凡作诗文，或有两句一意，此文势相贯，宜乎双用。如李斯上秦始皇书："不问可否，不论曲直，非秦者去，为客者逐。"王褒《圣主得贤臣颂》:"生于穷巷之中,长于蓬茨之下,无有游观广览之知,顾有至愚极陋之累。"秦汉以来,文法类此者多矣,自不为病。王勃《寻道观》诗:"玉笈《三山记》,金箱《五岳图》。"骆宾王《题玄上人林泉》诗:"芳杜湘君曲,幽兰楚客词。"皆句意虽重,于理无害。若别更一句,便非一联造物矣。至于太白《赠浩然》诗,前云"红颜弃轩冕",后云"迷花不事君",两联意颇相似。刘文房《灵祐上人故居》诗,既云"几日浮生哭故人",又云"雨花垂泪共沾巾",此与太白同病。兴到而成,失于检点。意重一联,其势使然;两联意重,法不可从。

【考据】

《唐宋诗举要》引吴闿生评语云:"疏宕中仍自精炼('醉月'二句下)。开一笔('高山'句下)。一气舒卷,用孟体也,而其质健豪迈,自是太白手段,孟不能及(总评)。"〔日〕近藤元粹《李太白诗醇》卷二引谢叠山语云:"浩然诗有'云卧昼不起',又有'不才明主弃',太白盖就其诗以赠之。"谢叠山之所及,一为浩然《白云先生王迥见访》,诗曰:"闲归日无事,云卧昼不起。有客款柴扉,自云巢居子。居闲好芝术,采药来城市。家在鹿门山,常游涧泽水。手持白羽扇,脚步青芒履。闻道鹤书征,临流还洗耳。"一为浩然《岁暮归南山》,诗曰:"北阙休上书,南山归敝庐。不才明主弃,多病故人疏。白发催年老,青阳逼岁除。永怀愁不寐,松月夜窗虚。"吴氏所云"用孟体"者,殆谓此欤?

赠从兄襄阳少府①皓

结发②未识事,所交尽豪雄。却秦不受赏,救赵宁为功③。小节岂足言,退耕舂陵东④。归来无产业,生事如转蓬⑤。一朝狐裘敝⑥,百镒⑦黄金空。弹剑徒激昂⑧,出门悲路穷⑨。吾兄青云士⑩,然诺闻诸公⑪。所以陈片言⑫,片言贵情通。棣华倘不接,甘与秋草同⑬。

【注释】

①襄阳:在今湖北襄樊。少府:县尉的尊称。
②结发:古代男子二十岁要举行束发加冠礼以示成年,结发即束发。
③"却秦"两句:指鲁仲连的高风亮节。战国时,秦国围困赵都邯郸,魏王派辛垣衍劝赵国投降。当时鲁仲连正在围城中,就和辛垣衍激烈争辩,打消了赵国降秦的念头。邯郸解围后,赵国给鲁

仲连官做，鲁仲连谢绝了；赵国又以千金酬谢鲁仲连。仲连笑着说："所贵于天下之士者，为人排患、释难、解纷乱而无取也。即有取者，是商贾之事也，而连不忍为也。"

④舂陵：在今湖北安陆。李白从吴越回来以后，在安陆隐居。

⑤"归来"两句：从吴越回来，生活困难，无依无靠，像断根草一样。

⑥狐裘敝：典出《战国策·秦策》，苏秦去游说秦王，不见用，致生活困窘，"书十上而说不行，黑貂之裘敝，黄金百斤尽"。此处诗人自比苏秦，向对方诉说窘境。弊，破旧。

⑦百镒：古代重量单位。

⑧弹剑徒激昂：指冯谖客于孟尝君门下事，见前《玉真公主别馆苦雨赠卫尉张卿》注。

⑨出门悲路穷：用晋代名士阮籍故事。《晋书·阮籍传》：籍"时率意独驾，不由径路。车迹所穷，辄恸哭而反"。

⑩青云士：指政治上一帆风顺的士大夫。

⑪然诺：许诺、守信。

⑫陈片言：话不多说。

⑬"棣华"两句：这两句是说如果从兄不接济自己，自己甘愿像秋草那样自生自灭。棣华，弟兄。《左传》僖公二十四年："召穆公思周德之不类，故纠合宗族于成周而作诗曰：'常棣之华，鄂不韡韡，凡今之人，莫如兄弟。'"杜注："常棣，棣也。鄂，鄂然华外发。不韡韡，言韡韡。以喻兄弟和睦，则强盛而有光辉韡韡然。"

【赏析】

李白是一个很豪爽的诗人。他在一封信里说:"曩昔东游维扬,不逾一年,散金三十余万,有落魄公子,悉皆济之。此则是白之轻财好施也。"有钱的时候,乐于接济别人。自己活不下去了,也会向人求救。这首诗的内容就是向一个本家诉说窘况,请求接济,但没有一点低声下气的味道。诗人通过历史人物委婉地说明自己目前的处境,同时也把自己和他们相提并论,暗示自己的胸襟,所以本诗写得声情慷慨,让人动容。

【评点】

严沧浪、刘会孟评本:("结发"二句)未识事即能如此,固作赞语说;未识事乃能如此,亦可作危语看。(末二句)至性语,甚烈。

【考据】

此诗"救赵宁为功"后或本有"托身白刃里,杀人红尘中。当朝挹高义,举世钦英风"四句。瞿蜕园、朱金城《李白集校注》认为:此下"小节岂足言,退耕春陵东。归来无产业,生事如转蓬"乃其自叙处境之艰难,意不衔接。不应毫无照应若此,似以无此四句为是。

客中作

兰陵美酒郁金香①,玉椀盛来琥珀②光。但使③主人能醉客,不知何处是他乡。

【注释】

①兰陵:今山东临沂苍山兰陵镇。郁金香:一种香草。古人用以浸酒,浸后酒色金黄,芳香扑鼻。

②椀,同"碗"。琥珀:一种树脂化石,呈黄色或赤褐色,色泽晶莹。这里形容美酒色泽如琥珀。

③但使:要是,假使。

【赏析】

在洛阳听到《折杨柳》的李白,引起的是"故园情";而兰陵美酒,则让他"不知何处是他乡"。

秘密在于"酒"。谁都知道李白喜欢酒。浅一点说,酒能解忧,让人暂时摆脱当下遇到的麻烦事,忘记遭遇的不幸。深一点说,酒能解放肉体对精神的束缚,尽情释放生命的能量;酒能弥合现在、过去、将来之间的裂痕,尽情享受生命的财富。著名的兰陵美酒,是用郁金香加工浸制,带着醇浓的香味,现在盛在晶莹润泽的玉碗里,泛着琥珀般的光艳。诗人面对美酒,愉悦兴奋之情自可想见了。

秘密在于"主人"。李白会为一个普通的老人写下"桃花潭水深千尺,不及汪伦送我情"这样动情的诗句。现在又说:"但使主人能醉客,不知何处是他乡。"如果碰上一位同样豪爽的主人,两人意气相投,忘形尔汝,一见如故,到处都是故乡!四海之内皆兄弟也,人与人不应该有隔阂的是吗?

秘密在于"时代"。李白在天宝初年长安之行以前,移家东鲁。这首诗作于东鲁的兰陵,以兰陵为"客中",显然应为开元年间亦即入京前的作品。这时社会欣欣向荣,呈现着财阜物美的繁荣景象;李白还没有卷入政治斗争的漩涡,思想感情比较昂扬振奋,重友情,嗜美酒,爱游历,祖国的山川风物,在他的心中是无处不美的。这首诗充分表现了李白宽广博大的胸怀和豪放潇洒的个性,是盛唐气象的产物。

【评点】

严沧浪、刘会孟评本：口头语道得恰好，正自以浅妙。更一毫着力不得。

《唐诗别裁》卷二〇：强作宽解之词。

《唐诗笺注》：借酒以遣客怀，本色语却极情至。

〔日〕近藤元粹《李太白诗醇》卷四：潘稼堂曰：起句下三字，气之美；次句七字，色之美。太白高兴人，三、四但就高兴一边说，而不高兴一边已隐在内。

游南阳白水登石激①作

朝涉②白水源,暂与人俗疏。岛屿佳境色③,江天涵④清虚。目送去⑤海云,心闲游川鱼⑥。长歌尽落日,乘月归田庐。

【注释】

①南阳:今河南南阳市。白水:又叫淯水、白河。石激:激为水堰之意,石激乃石筑巨堤。

②涉:渡过。

③佳境色:即境色佳。境,环境,风景。色,色彩,色泽。

④涵:包容。

⑤去:向。

⑥游川鱼:在水里游的鱼。

【赏析】

《大明一统志》卷三〇:"石礉,在(南阳)府城东三里,淯水环流,为一城之胜。"李白这首律诗,就是写游白河、登石礉的所见所感。

从题目看,诗有两方面的内容,一是游白河,二是登石礉。但游白河这方面的情况,诗人只用了两句就把它写完了。这就是诗的首联,早上渡过白河,一下子就和尘世隔开了。这不是游白河所见,而是游白河所感。不写所见而写所感,就留下想象的空间和线索:你去想吧,什么样的地方能让心灵得到休息?

这样发端是李白律诗的特点。它交代时间地点以后,不是接着写景,而是横插一句总的感受。人们游山玩水,总是事先就怀有一个放松心情的潜在目的;即使偶然发现一处美景而去游赏,这人也必有逍遥的宿愿。李白这样写,符合游客的心理。其次,只有山水给人以具体的强烈感受,人们才能记住它,才能回忆它。平淡无奇,或者千篇一律,都不会在心灵上留下痕迹。而如果山水恰好满足了人们某方面的渴求,人们总是兴高采烈地急于和人分享,而这种倾诉会从自己的感受开始。李白这样写,也符合游客的审美心理。

另一方面,就这首诗来说,因为石礉在白河边上,石因水而好,所以写石礉恐怕也要写到白河,首联一笔带过,也等于避免重复。中间两联就具体写景和对它的感受。颔联说:这块巨石周围的环境和气色都很好,江天一色,形成一个清澈透明的大容器,以一种无所不包的气度把人和万物都含在里面。这两句写的是大场面,不是局部的刻画。在这一点上，李白与杜甫不同，杜甫会具体到一棵树、一束花，而李白总是借助巨人般的胸怀和气魄，发现眼前景象的人的属性，然后把它整个摄入笔下，从而形成浑融的壮美。这两句就是如此。

在颔联总写以后，颈联写了具体的事物云和鱼。但诗人不是静止地、孤零零地去写它们，而是把自己写进诗里，和它们一起写。颈联的第一句说：我看着消失在海边的白云。这么写表达了什么呢？没有说。但假如读者设身处地地想象一下的话，诗人的形象就在这一句后面耸立着。南阳离海还有很远，天空里的白云要消失在海边，必然需要一个过程；在这个白云缓缓游动的过程里，诗人一直盯着它看。如果说，看云，刚开始的时候心情还有点浮躁的话，那么，过了一会儿，随着白云的游动，人会忘了自己。体味这一句，读者不难感受到诗人当时那种和白云一样沉静、悠然的状态。其次，诗人是一直看着白云消失在海边的，那么当白云消失在海边的时候，诗人的目光怎么样呢？它一定还停在那儿。诗人出神了。白云消失了，但诗人的魂魄还在天边游动。白云先是把诗人带上天空，然后让诗人一个人游。

再看颈联的第二句说：我的心情和水中的鱼儿一样悠闲。老实说，这一句因为一个"闲"字，就没有上一句含蓄，它虽然和上一句一样，表达的是诗人在山水中与物同化的出神境界，但没有上一句富于回味。

尾联从时间上强化了游览的兴致。落日、月和第一句的"朝"字相照应，表示诗人在这里玩了整整一天。可见诗人对山水的感情，也可见南阳白水对诗人的吸引力。一天时间，游玩的内容很多，收获也是多方面的，但律诗只能写八句四十个字。天才的诗人用时间来相照应，遵守了规矩又摆脱了规矩，给读者留下了想象的余地。落日西斜，到处都是诗人的歌声，一直唱到太阳下山，月亮升起来，沐浴着她素洁的光辉，诗人兴高采烈地回来了。

【评点】

朱谏《李诗选注》：此诗平顺，内有"佳"字、"涵"字、"送"字、"闲"字、"乘"字皆紧要，古人谓之诗眼也。

严沧浪、刘会孟评本：句句不轻放过，俱从淡处炼出浓色来。"目送"字唐人用得已厌。

【考据】

《唐宋诗醇》卷七云："《赤石》《石壁》诸作有此清境。"按《赤石》《石壁》乃指谢灵运《游赤石进帆海》《石壁精舍还湖中作》之作。兹录《石壁精舍还湖中作》以备考：昏旦变气候，山水含清晖。清晖能娱人，游子憺忘归。出谷日尚早，入舟阳已微。林壑敛暝色，云霞收夕霏。芰荷迭映蔚，蒲稗相因依。披拂趋南径，愉悦偃东扉。虑澹物自轻，意惬理无违。寄言摄生客，试用此道推。

关山月

明月出天山①,苍茫云海间。长风几万里,吹度玉门关②。汉下白登道③,胡窥青海湾④。由来⑤征战地,不见有人还。戍客望边邑⑥,思归多苦颜⑦。高楼⑧当此夜,叹息未应闲⑨。

【注释】

①天山:指今甘肃祁连山。《汉书·武帝纪》:"夏五月,贰师将军三万骑出酒泉,与右贤王战于天山。"颜师古注:"即祁连山也。匈奴谓天为祁连。祁音巨夷反。今鲜卑语尚然。"

②玉门关:古代通西域要道,故址在敦煌西边。此处泛指西北边地。

③汉下白登道:下,出兵。白登,白登山,在今山西大同东北。汉高祖刘邦曾在白登山附近与匈奴作战,被围困七日。

④胡窥青海湾:胡,指吐蕃。窥,窥伺,侵扰。青海,今青海

青海湖，唐军在此曾多次与吐蕃交战。

⑤由来：从来。

⑥戍客：驻守边塞的士兵。边邑：边疆要塞。

⑦苦颜：愁苦。

⑧高楼：这里指高楼中的思妇。

⑨未应闲：不会停止。

【赏析】

"关"是边关，"山"是群山，"月"是明月，诗人能让它们组合出什么图景、表达什么情怀呢？

在古代，边关人烟稀少，一眼望去，到处只见苍茫的群山。边关又是最容易发生战争的地方。在汉代，好多次大的战争都集中在中国的北部和西北部。汉高祖能打败霸王项羽，但却无法抵御剽悍的马背民族匈奴。白登山被围七日，狼狈极了。到了唐代，战火在西部燃起，一个强大的吐蕃帝国开始崛起，开始向唐王朝显示他的实力。二虎相斗，巍巍群山之间，变成了血肉厮杀的屠宰场。

于是乎边关驻满了军队，而且还有大队人马在源源不断地集合、开拔、挺进。边关热闹起来了，而家园荒芜了。古代的兵士大部分是种地的农民，一辈子种地为生，但是大的战争起来的时候，他们当中年轻力壮的就会被政府强行征召，抛妻别子，投向性命难保的死地。而如果前线打了败仗，就是老弱病残也得拿起武器。"由来征战地，不见有人还"，妻子想念丈夫，子女想念父亲，兵士思念家乡，那一轮明月就成了寄托相思的信物，而那茫茫的群山就成了生死离别的见证！

诗人把大爱的目光投向了边关，用笔蘸满征夫思归的愁容和思妇思夫的叹息，写下了这首诗。

【评点】

《童蒙诗训》：李太白诗如"明月出天山，苍茫云海间，长风几万里，吹度玉门关"，及"沙墩至梁苑，二十五长亭，大舶类双橹，中流鹅鹳鸣"之类，皆气盖一世，学者能熟味之，自然不褊浅矣。

《诗薮》内编卷六："千山鸟飞绝"二十字，骨力豪上，句格天成，然律以《辋川》诸作，便觉太闹。青莲"明月出天山，苍茫云海间。长风几万里，吹度玉门关"，雄浑之中，多少闲雅！

【考据】

"关山月"作为一类诗歌共同的母题，渊源甚古。《乐府诗集》卷二一"汉横吹曲一"下引《乐府解题》云："汉横吹曲，二十八解，李延年造。魏、晋已来，唯传十曲：一曰《黄鹄》，二曰《陇头》，三曰《出关》，四曰《入关》，五曰《出塞》，六曰《入塞》，七曰《折杨柳》，八曰《黄覃子》，九曰《赤之扬》，十曰《望行人》。后又有《关山月》《洛阳道》《长安道》《梅花落》《紫骝马》

《骢马》《雨雪》《刘生》八曲,合十八曲。"卷二三《关山月》下引《乐府解题》云:"《关山月》,伤离别也。古《木兰诗》曰:'万里赴戎机,关山度若飞。朔气传金柝,寒光照铁衣。'"关山月上,战士泪下。历代以来,屡有兴作。宋长白《柳亭诗话》云:"徐孝穆《关山月》二首,其一曰:'关山三五月,客子忆秦川。思妇高楼上,当窗应未眠。星旗映疏勒,云阵上祁连。战气今如此,从军复几年。'李太白五言佳境俱从此出,不止似阴铿而已也。"初唐诗人崔融《关山月》云:"月生西海上,气逐边风壮。万里度关山,苍茫非一状。汉兵开郡国,胡马窥亭障。夜夜闻悲笳,征人起南望。"与太白诗尤其接近。

游泰山六首（其三）

平明登日观①，举手开云关②。精神四飞扬，如出天地间。黄河从西来，窈窕③入远山。凭崖览八极④，目尽长空闲。偶然值青童⑤，绿发双云鬟⑥。笑我晚学仙，蹉跎凋朱颜⑦。踌躇忽不见，浩荡难追攀⑧。

【注释】

①日观：日观峰，是泰山东南方的一座山峰。

②云关：指云层如门。

③窈窕：曲曲折折的样子。

④八极：上下四方。

⑤青童：仙童。

⑥绿发：乌黑发亮的头发。云鬟：浓密修长的头发挽成高高的发髻。

⑦凋朱颜：指变老。凋，凋谢。朱颜，红颜。

⑧浩荡：广阔。追攀：追随。

【赏析】

　　泰山在现在的山东，巍峨挺拔，雄奇壮阔。到了山东，人人都想登泰山，何况诗人。天宝元年，李白登上泰山，写下了六首诗。这里选了第三首。

　　泰山的魅力首先来自于它的高度，人登上泰山，泰山的高度就变成了人的高度。一般人高不过七尺，处处都会受到限制；但登上泰山，就会觉得自己能力无限、快乐无限。李白这首诗的三、四、五、六、七、八六句，写的就是这种情况。站在泰山顶上，心胸豁然开朗，看黄河如带，自己就好像变成了巨人。天空底下，四面八方就自己一个人，这不就是自由的最高境界吗？

　　泰山还充满神话色彩。而李白登临诗的特点之一就是仙化山水，幻化想象，营造空灵缥缈的境界，表达出诗人对仙道生活的景仰和追求。这六首诗，每首都有神仙境界的描写。如第一首诗写诗人登上泰山，极目远眺，似乎望见了仙山蓬莱和瀛洲。它们似有若无，时隐时现；金碧辉煌，光芒四射。忽然间，一声长啸，天门大开，万里清风，扑面而来。这时，仙女们从九天之上下来，彩带飘拂，舞袖生风，美目流盼，笑着招呼诗人。第二首写他遇到"方瞳"的"羽人"（凡人成仙以后，身有两翅，而且八百岁以后，眼珠呈方形），那老仙人送给他一种"鸟迹书"，即文字非常古老难懂的仙书。第四首写他在日观峰斋戒，抄写道经，希望得到不死药，能飞到仙山上去。第五首结尾写道：

173

"终当遇安期，于此炼玉液。"（安期，仙人。玉液，道家炼成的所谓仙液）第六首则写月光下，空中似乎有仙女在飞。

这一首也是这样。"举手开云关"，所开者天门也。在受道教熏陶的诗人的想象里，云彩后面就是一个神仙世界。"偶然值青童"一句以后，诗人就着力想象自己和仙童的邂逅。诗人通过想象和联想，把神仙世界描绘得神奇美妙，光彩夺目，使之具有引人入胜的艺术魅力。这样的诗叫游仙诗。

【评点】

《诗归》卷一五："笑我晚学仙"五字，说尽富贵文章人病根。

〔日〕近藤元粹《李太白诗醇》卷四：使人有雄飞啸傲于岳巅之想。

【考据】

严沧浪、刘会孟评本云："六首俱主在求仙，音调亦本郭景纯《游仙》。"按郭景纯《游仙》云者乃郭璞《游仙诗》十九首。兹录其第三首以存梗概。诗曰："翡翠戏兰苕，容色更相鲜。绿萝结高林，蒙笼盖一山。中有冥寂士，静啸抚清弦。放情凌霄外，嚼蕊挹飞泉。赤松临上游，驾鸿乘紫烟。左挹浮丘袖，右拍洪崖肩。借问蜉蝣辈，宁知龟鹤年。"

别储邕之剡中①

借问②剡中道,东南指越乡③。舟从广陵④去,水入会稽⑤长。竹色溪下绿,荷花镜⑥里香。辞君向天姥⑦,拂石卧秋霜。

【注释】

①储邕:诗人的朋友。剡中:今浙江嵊州、新昌一带,当地有剡溪,山清水秀,产生了很多名人逸事。

②借问:请问,打听。

③越乡:今浙江绍兴周围,春秋时是越国统治的中心,剡中就在这个中心的边缘。

④广陵:今江苏扬州。

⑤会稽:今浙江绍兴。

⑥镜:指水面。因为一则阳光照射,水面闪闪发光,二则水面清澈见底,所以比喻为镜子。

⑦天姥：即天姥山，在今浙江新昌，传说有仙人在山上唱歌，此山被道教尊为仙山。

【赏析】

这是一首诗人要去剡中的时候向友人告别的诗歌。

诗人很早就神往剡中山水，希望到此一游。位于浙江嵊州、新昌一带的剡中，不仅富于像剡溪、天姥山这样山清水秀的自然景观，还蕴含着深厚的人文景观。西晋灭亡之际，东晋定都现在的南京，大批士大夫南下，发现了江南山水的美。《世说新语·言语》记载："王子敬云：'从山阴道上行，山川自相映发，使人应接不暇。若秋冬之际，尤难为怀。'"山阴即今浙江绍兴。士大夫作为具有较高艺术修养的文人，也在这一带留下了他们的足迹。《世说新语·任诞》记载："王子猷居山阴，夜大雪，眠觉，开室，命酌酒，四望皎然。因起彷徨，咏左思《招隐》诗。忽忆戴安道。时戴在剡，即便夜乘小船就之。经宿方至，造门不前而返。人问其故，王曰：'吾本乘兴而行，兴尽而返，何必见戴？'"王子猷和戴安道都是当时的名士。天姥山还是道教的仙山，传说上面住着神仙。

这首诗歌就是李白乘兴而行的产物，整首诗歌都洋溢着对剡中名胜的神往之情。因此，当别人向东南方给他指示剡中所在的时候，诗人的心一下子飞向远方：马上就动身，从山阴道上行！诗人相信，有那样青青的溪水，溪水旁的竹子肯定更青葱；有那样清澈的溪水，水上的荷花肯定香味更清新。

那就再见吧,朋友!我的目的地是天姥山,如果你听说那山上传来歌声,那是我们在唱呢!

【评点】

严沧浪、刘会孟评本:亦平稳,但"舟从"二句觉搭色。

【考据】

《李诗纬》卷三云:"体裁同工部《东柯谷》一首,而各自出意。"工部者,老杜也。然查《杜诗详注》目录,无《东柯谷》诗者,惟《示侄佐》下有老杜自注云"佐草堂在东柯谷"。此诗乃老杜弃官携家去华州而之秦州所作,然意旨不类。老杜同期又有《秦州杂诗二十首》,其十三首曰:"传道东柯谷,深藏数十家。对门藤盖瓦,映竹水穿沙。瘦地翻宜粟,阳坡可种瓜。船人近相报,但恐失桃花。"《杜诗详注》引赵汸注云:"起用传道二字,则此下景物,皆是未至谷中而先述所闻。东柯佳胜如此,故嘱舟人相近即报,唯恐失却桃源也。"殆即此耶?甚矣古人欺后人不读书也!

清平调词三首

其一

云想①衣裳花想容,春风拂槛露华②浓。若非群玉山头见,会向瑶台③月下逢。

【注释】

①想:如,像。
②槛:栏杆。华:同"花"。
③群玉山、瑶台:神话传说中的仙山。《穆天子传》卷二:"癸巳,至于群玉之山。"郭璞注:"即《西山经》玉山,西王母所居者。"

【赏析】

《清平调词三首》作于长安。由于李白的诗名很大,再加上别人的推荐,唐玄宗下旨,宣李白进京,从而开始了李白一生中最辉煌的时期。到了长安,唐玄宗让李白待诏翰林。在一个春天的月夜,皇宫内沉香亭畔的牡丹开了。唐明皇与杨贵妃在观赏的时候,命李白作新乐章。诗人就写了这三首,因为它们是入乐演唱的歌词,所以叫做"清平调词"。清平调就是演唱它们的曲调。

这是第一首。它的意思就是:云霞是她的衣裳,牡丹花是她的颜容;春风吹拂栏杆,露珠润泽着的牡丹更加华艳。如此国色天香,若不见于群玉山头,那一定只有在瑶台月下,才能相逢。

但诗讲究意外意和味外味。第一句用两个"想"字就产生了这种效果。这一句可以理解为两个比喻,即诗人用天空的云比喻杨贵妃的衣裳,用眼前的牡丹比喻杨贵妃的容貌。但"想"字让读者觉得这一句还有一层意思:连天上的云都羡慕杨贵妃的衣服,连眼前的牡丹都羡慕杨贵妃的容貌。回味之中,杨贵妃的穿着和容貌就在言语之外了。另外,第一句用两个"想"字,读起来也加强了节奏感。

第二句也是这样。表面上这一句是在写春风和牡丹:春风吹拂着栏杆,被露珠滋润着的牡丹格外娇憨。但杨贵妃也是倚着栏杆的,春风吹拂着栏杆,不也吹拂着杨贵妃吗?春风吹拂的美人会是怎样一副模样呢?诗人没说,但紧接着的三个字"露华浓"给我们提供了线索:被露珠滋润着的牡丹,不就是沉浸在爱河中的杨贵妃吗?所以这一句实际上是用春风暗写杨贵妃的心态,用露花暗写杨贵妃的仪态。

三、四两句分开来看，没什么稀奇，但用"若非""会向"这样两个选择连词把它们连接起来以后，就强化了诗人对美的赞叹：真美啊！真美啊！

【评点】

吴昌祺《删定唐诗解》卷一三：愚谓首句李言衣如云，容如花，用倒装句法加"想"字，则超矣。

《李诗纬》评首句："想"字妙入天际。总评：以贵妃为主，以花为客，使情景俱现。

《唐诗笺注》：此首咏太真，着二"想"字妙。次句人接不出，却映花说，是"想"字之魂。"春风拂槛"想其绰约，"露华浓"想其芳艳，脱胎烘染，化工笔也。

沈谦《填词杂说》："云想衣裳花想容"，此是太白佳境。柳屯田"拟把名花比，恐旁人笑我，谈何容易"，大畏唐突，尤见温存，又可悟翻旧换新之法。

《雨村词话》卷一：太白词有"云想衣裳花想容"，已成绝唱。韦庄效之"金似衣裳玉似身"，尚堪入目，而向子谭"花容仪，柳想腰"之句，毫无生色，徒生厌憎。

其二

一枝红艳露凝香,云雨巫山枉断肠①。借问汉宫②谁得似?可怜飞燕③倚新妆。

【注释】

①云雨巫山:宋玉《高唐赋》说:楚王梦见一位神女,就问宋玉来历。宋玉说,巫山之女,高唐之姬,旦为行云,暮为行雨。朝朝暮暮,阳台之下。枉断肠:惭愧也没有用。枉,枉然,徒劳。断肠,惭愧。

②借问:请问。汉宫:汉代。

③可怜:可爱。飞燕:汉成帝的皇后赵飞燕,貌美身轻,能作掌上舞。

【赏析】

这是《清平调词》的第二首。和第一首先写杨贵妃不同,这一首的首句写花。"红艳",既写色,又写香;"露凝香",不但写天然的美,而且写含露的美;"一枝",则有了暗示三千宠爱在一身的杨贵妃的意味。

以下就转为写杨贵妃。楚王为神女而断肠，其实梦中的神女，哪里比得上当前的花容人面！再数下来，汉成帝的皇后赵飞燕，可算得绝代美人了，可是赵飞燕还是倚仗新妆，哪里比得上眼前花容月貌般的杨贵妃，不施粉黛，便是天然绝色。

第一首和这一首合起来看，更可见诗人的生花妙笔。第一首先写杨贵妃，"衣裳"和"容"都是实实在在的东西。但从第二句起就由实入虚。因为美人如花，则"露华浓"之"华"既可实指雨露滋润下的牡丹，也可虚指滋润在爱情雨露中的杨贵妃；美人、名花都在栏边，则"春风拂槛"，二者风韵皆可想见。三、四两句亦然。"见"什么？"逢"什么？这样的国色天香，恐怕都是在天国才能看得到的宝贝。这一首先写牡丹，"一枝"给了线索，但下面三句也由实入虚。"枉断肠"，为什么羞愧难当？美人美得炫目，难道露中牡丹就不足以夺人魂魄？"谁得似"，似什么呢？像美人？像牡丹？都说得通，二者都有资格。所以可怜的赵飞燕既可以是那倚在栏杆外的牡丹，也可以是那倚在栏杆内的杨贵妃。

就这样，两首都从不同的角度，虚实接合着写美人牡丹，让名花美人在短短的四句诗中互相衬托，叠映成绮丽而又动感的赏花图。

【评点】

〔日〕近藤元粹《李太白诗醇》卷二：谢叠山曰：以巫山夜梦、昭阳祸水入调，盖微讽之也。

《诗法易简录》：仍承"花想容"言之，以"一枝"作指实之笔,紧承前首。三、四句作转,言如花之容,虽世非常有,而现有此人,实如一枝名花,俨然在前也。两首一气相生,次首即承前首作转。如此空灵飞动之笔,非谪仙孰能有之?

《唐诗摘钞》:首句承"花想容"来,言妃之美,惟花可比。彼巫山神女,徒成梦幻,岂非"枉断肠"乎!必求其似,惟汉宫飞燕,倚其新装,或庶几耳。

【考据】

古代中国是诗歌的海洋,也是政治的海洋,中国古代的诗歌和中国古代的政治有着微妙而特殊的关系。中国古代诗人很早就学会了采取诗歌的形式干预政治,或耳提面命,瞠目直斥,或连类譬喻,宛转兴讽;问世之后,诗人或以谠言而获宠,或因悖逆而受诛;尤其是第二类诗作主文而谲谏,意旨在有无之间,若议者别有用心,或有原无意而竟罹祸者,这就是中国古代的独特的人文现象——诗祸。

以诗取祸的现象,春秋就有了。《左传·襄公十六年》记载:晋侯与诸侯宴于温,使诸大夫舞,曰:"歌诗必类。"齐高厚之诗不类。荀偃怒,且曰:"诸侯有异志矣!"使诸大夫盟高厚,高厚逃归。于是,叔孙豹、晋荀偃、宋向戌、卫宁殖、郑公孙虿、小邾之大夫盟曰:"同讨不庭。"

这是一个外交官因为诗歌让自己国家招致其他诸侯国围攻的惨烈事件。

到了汉代，诗祸降临到了司马迁外孙杨恽的头上。杨恽恃才傲物，被罢免回家，闲居无事，给朋友写了封信，即文学史上文采飞扬的《报孙会宗书》。信里有首四言诗，自述劳动的乐趣。诗曰："田彼南山，芜秽不治，种一顷豆，落而为萁。人生行乐耳，须富贵何时！"后被人告发，汉宣帝拿到了这封信，读出来满纸的激怨，于是大怒，杨恽于是被判以大逆不道，腰斩。

这是一个因文因诗而丧命的个人事件。李白的《清平调词》第二首，也让李白遇见了相似的历史命运。李白没有丢了性命，他只是失了宠。据说李白借酒使气，又仗着唐玄宗的抬爱，一时间忘乎所以，让高力士脱靴。高力士咽不下这口气，暗地里拿这首诗撺掇杨贵妃而激怒之，杨贵妃又于玄宗面前挑拨而离间之，据说玄宗本有意重用李白，竟因此事而疏远之，疏之远之，淡之忘之，终至于逐之。

宋代以后，讫于明清，诗祸更烈。这里且说《清平调词》一案，真也假也？是耶非耶？古人历有分辨，相持不下。今人陈植锷写有《李白遭谗于杨贵妃说考辨》，见《思想战线》1981年1期，读者可以参阅。

其三

名花倾国①两相欢，长得君王带笑看。解释②春风无限恨，沉香亭北倚阑干③。

【注释】

①名花倾国：名花，指牡丹。倾国，指美女。《汉书·外戚传》：(李)延年侍上起舞，歌曰："北方有佳人，绝世而独立。一顾倾人城，再顾倾人国。宁不知倾城与倾国，佳人难再得！"

②解释：化解。

③沉香亭：皇宫内的一座亭子。阑干：栏杆。

【赏析】

第三首总承前两首，把牡丹、杨贵妃与君王融为一体：前两句写牡丹和杨贵妃互相生发，牡丹更艳，美人更美，皇帝怎么也看不厌，由此带出"君王"。"带笑看"三字，贯穿了三者，把牡丹、贵妃、明皇三位一体化了。三、四句写君王在沉香亭依偎贵妃赏花，所有胸中忧恨全然消释。人倚阑干、花在栏外，多么优雅，多么风流！

这一首也有虚实相生的特点。因为有了"带笑看"，第三句似乎以唐玄宗为主角，但也未尝不是在说美人和牡丹。被君王带笑看，人生何恨？美人满足了，深深沉浸在爱的喜悦中。被君王、佳人带笑看，牡丹还有什么奢望呢？花魂有知，栏杆外的寂寞也必会一扫而空！

这三首诗是组诗，它们写牡丹、美人和君王，从不同的方面构成一个整体。第一首，第一句实写杨贵妃，第二句化实为虚，三、四两句又以杨贵妃为主；第二首，第一句实写牡丹，第二句化实为虚，三、四两句又以杨贵妃为主；第三首，第一句合写两者，带出君王，第三句化实为虚，第四句以一个场景结束，留下无限想象的空间。三首合起来，构成一件极其匀称、平衡的艺术珍品，而每一首也都是匀称而均衡的。

这三首从整体上看，还有一个艺术特色。沉香亭畔的牡丹花开了，君王、美人在沉香亭赏花，但诗歌一开始并不交代牡丹开放和赏花的地点，而是挪到组诗的最后一句。另外，在赏花的事件里，实际上君王是主角。贵为一国之主，至高无上，但诗人只一味地写美人、牡丹，到最后才带出这一切的主宰者。诗人似乎有意冷落世俗的权力，着意突出美，讴歌美。

【评点】

《唐诗解》：太白于极欢之际，加一"恨"字，意甚不浅。

《增订唐诗摘钞》：婉腻动人，"解释"句情多韵多。

〔日〕近藤元粹《李太白诗醇》卷二：潘稼堂曰：有名花不可无倾国，有倾国不可无君王，三者更拆开不得。

朱谏《李诗选注》：按明皇与贵妃游乐淫佚之情无由宣泄，托李白以发之。白则迎合为靡靡之辞以助其欢，不能因其情而导以正，乃欲借此取媚固宠。

【考据】

《诗薮》内编卷六:"'明月自来还自去,更无人倚玉阑干','解释东风无限恨,沉香亭北倚阑干',崔橹、李白同咏玉环事,崔则意极精工,李则语由信笔,然不堪并论者,直是气象不同。"按崔橹诗见《华清宫》其一,全诗为:草遮回磴绝鸣銮,云树深深碧殿寒。明月自来还自去,更无人倚玉阑干。

宫中行乐词八首

其一

小小生金屋①,盈盈在紫微②。山花插宝髻,石竹③绣罗衣。每④出深宫里,常随步辇⑤归。只愁歌舞散,化作彩云飞。

【注释】

①小小生金屋:小小,很小,幼小。生金屋,指汉武帝金屋藏娇的故事。汉武帝小的时候,他姑母指着女儿阿娇对他说:娶阿娇作媳妇好不好?汉武帝就说:好,若得阿娇作妇,当作金屋贮之。这里指生长在深宫。

②盈盈:仪态美好的样子。紫微:天子住的地方。

③石竹:一种花,花朵繁密,色泽鲜艳,质如丝绒,是优良的草花。

④每：常常。

⑤步辇：一种人抬的坐榻。

【赏析】

传说李白进京当了翰林以后，天天喝酒。有一次，唐玄宗在宫中听歌赏舞的时候，对高力士说：有这样的良辰美景，如果诗人才子写进诗里，那是再好不过了。就宣李白进宫。当时李白已经喝醉了，就向玄宗说道：假使你能让我放胆直言，无所畏忌，方能一尽薄技。玄宗答应了。于是诗人濡笔向纸，一口气写下《宫中行乐词》十篇。因为它们也是配乐歌唱的，就叫《宫中行乐词》，今存八首，都是五言律诗。这是第一首。

这一首五律，描写一位年轻的甚或是年幼的宫女。诗的首联写她的丰姿仪态。"小小""盈盈"，有爱怜意；"金屋""紫微"，透露出她的尊贵。颔联写她的服饰。头上插着山花，衣上绣着石竹，妖艳而带着山野气息，尊贵而富于健康之美。颈联描绘她随步辇出入宫禁的情景。她常常出入皇宫，和皇帝在一块儿。诗人用这样两句来衬托这位宫女的尊贵，其气质、仪态就可想而知了。

最后两句是此篇的点睛之笔。它以彩云之轻飞，想象其人的舞姿，那柔软的腰身，那轻盈的舞步，似乎是天空舒卷的彩云。诗人禁不住无端地恐怕这朵彩云凌空飞走，因而希望：歌舞别停！这两句也是衬托法。它不说宫女之风韵神采，也不直说其轻歌曼舞，只是在"歌舞散"后突然接上"彩云飞"三个字，让读者在惊诧中发现,歌舞场上就是彩云在飞。而那个"愁"字,说尽了该宫女在歌舞中放散出来的情韵!就是这种魅力勾起了诗人的奢望和虚妄。这两句让全篇熠熠生辉。前六句缓缓道来,不动感情;而到这里迸出一声撕心裂肺的叹息,从而产生了奇妙的艺术魅力。

这首诗清丽飘洒,神韵飞逸。能将这种宫廷行乐诗,写得丽而不腻,工而疏宕,前人所谓"丽语难于超妙",正是诗人本领所在处。

【评点】

严沧浪、刘会孟评本:"山花"联:山花泛指,石竹专指,似一实一虚。插宝髻,虚者实之;绣罗衣,实者虚之。尾批:是乐不可极意,出之逸,不觉腐。

《瀛奎律髓汇评》卷五载纪昀评语:丽语难于超妙,太白故是仙才。又,结用巫山事无迹。

其二

柳色黄金嫩,梨花白雪香。玉楼巢翡翠,珠殿锁鸳鸯①。选妓随雕辇②,征歌出洞房③,宫中谁第一?飞燕在昭阳④。

【注释】

①玉楼、珠殿：指华丽的宫殿。翡翠、鸳鸯：都是水鸟。

②妓：歌女，这里指能歌善舞的宫女。雕辇：装饰华丽的步辇。

③歌：歌女。洞房：幽深的宫殿。

④飞燕在昭阳：据《汉书》，赵飞燕及其妹均有宠于汉成帝，其妹居"昭阳舍"，但《三辅黄图》又称赵飞燕居之，所以诗人这么说。

【赏析】

李白这组诗作于早春。这第二首的首联即写春景：柳色如金，梨花似雪，为寻常比喻。但以"嫩"和"香"点染，则柳枝摇金，其质地可感；雪海烂漫，其馨香可嗅。虽着意点染，但仍极自然，不露雕琢痕迹。这两句为全篇作环境渲染。

中间两联描写皇帝的宫廷生活。"玉楼""珠殿""雕辇""洞房"，铺陈皇家富贵旖旎风光。"翡翠""鸳鸯"均为水鸟，前者羽毛光泽艳丽，可作装饰，这里诗人拿来比喻那些给皇帝装点场面的宫女；后者雌雄双栖，常以喻情人或夫妇。鸳鸯，其中之一当指李隆基，而另一位，当然就是指"三千宠爱在一身"的杨玉环。这就给尾联埋下伏笔。

"妓"即"伎"字，指女乐；"歌"指歌女，两个字是互文的关系，都指能歌善舞的漂亮的女孩子。"随雕辇"和"出洞房"也是互文，都是跟随皇帝仪仗出行的意思。这两句是说，后宫里密密麻麻的宫殿里，住满了翡翠鸟一样可爱的宫女，她们能歌善舞，但皇帝需要的时候，还要优中选优，美中选美。从技巧上讲，这两句是为最后两句作铺垫用的。尾联指杨玉环也与赵飞燕一样，在宫中美貌第一，得宠亦第一。那么多的美女，还要精挑细选，已经给我们造成美不胜收的视觉感受了，但尾联把杨贵妃抬高到众美之上，其美貌其才艺可想而知。

此诗前三联对仗工整，全诗词藻华赡，音韵和谐，极富视觉美和音乐美，"律度对属，无不精绝"（《本事诗》）。且承转自然，一气呵成，诚如清人翁方纲所说："太白五律之妙，总是一气不断，自然入化，所以为难能。"（《石洲诗话》）

【评点】

严沧浪、刘会孟评本：口头语，人却不能到。

《瀛奎律髓汇评》卷五引纪昀评语：此首纯用浓笔，而气韵天然，无繁缛冗排之迹。

其三

卢橘为秦树①，蒲桃出汉宫②。烟花宜③落日，丝管④醉春风。笛奏龙鸣水⑤，箫吟凤下空⑥。君王多乐事，还与万方⑦同。

【注释】

①卢橘：柑橘。秦树：唐朝长安这地方过去属于秦国，故云。

②蒲桃：即葡萄。汉宫：指唐朝皇宫。

③宜：适合、适宜。

④丝管：演奏民族音乐的乐器，这里指用它们演奏出来的音乐。

⑤龙鸣水：笛子以竹子为材料，相传采竹子的时候，有龙鸣水中。

⑥箫吟凤下空：相传秦穆公的时候，一个叫萧史的人擅长吹箫，凤凰都纷纷下来听。

⑦万方：四面八方，指天下。

【赏析】

这首诗的首联来自《史记·司马相如列传》和《史记·大宛列传》。司马相如在夸耀汉朝皇家园林无所不有的时候，说里面种着橘子，夏天就熟了。因为橘子本来产于长江以南，北方不容易存活。另外，据《史记·大宛列传》记载，西方的大宛国和中国不同，他们用葡萄酿酒。张骞通西域以后，葡萄传入中国，天子把它种在肥沃的土地里。唐朝诗人作诗，爱用汉代的故事，比如用汉宫指唐宫，用汉皇指唐玄宗等等。李白这二句写宫廷中有各种珍异果木，也用汉代全盛时天下一家的气象暗示盛唐的自豪感。

颔联承上启下。春天的景色是，有树就有烟花，花上浮动着若有若无的青烟，青烟缭绕着高高低低的花朵。所以诗人说：烟花一片的春景与太阳西斜时候的景色是相宜的。而白天将要结束的时候，正是宫廷宴乐行将开始的时候。所以诗人说，春风中到处都是令人陶醉的乐声，连传播它们的春风都陶醉了。

有了这一句，下面就具体描写。诗人说，笛鸣箫吟，惹得潜伏于水中的蛟龙都要出来共鸣，仙山上的凤凰也会纷纷飞来。诗人用这样两个例子说明宴乐场面之盛。龙和凤在古代是被看作神物和吉兆的，它们的出现，说明了音乐的魅力；它们的出现，也将带来吉祥。

这样的歌舞场面，能不让人陶醉并忘记一切吗？更何况它们是为皇帝准备的！所以诗人接着说，君王享受到的这么多快乐，其实天下百姓也都能享受得到。君王是在与民同乐啊！唐朝在唐玄宗在位的时候，进入到全盛的阶段。唐玄宗前期奋发图强，而早在李白进京以前，就开始厌倦政治、不思进取了。他沉溺于歌舞享受之中，朝廷奸臣当道，边境也潜伏着危机，唐朝已经处在由盛转衰的关头。在这种现实背景之下，最后两句似乎隐藏着诗人的一丝焦虑，它似乎是想暗暗摇醒沉迷了的唐玄宗，说：君王啊，当您享受着这么多快乐的时候，还要想到天下百姓啊！

这首诗在结构上的特点是起承转合：诗以卢橘、葡萄发端，以烟花承接，气象氤氲，虚实相生；以丝管转折，以笛箫分写，最后以多乐事总结，并赋予全诗更进一层的现实意义。有局部有整体，有颂扬有警戒，达到了艺术性与思想性的统一。

【评点】

《唐诗选脉会通评林》：周珽曰：苑囿声乐，足称巨丽，君上岂可独享其乐？末句托讽昭然。一篇得此结，振起几多声调！

《李诗纬》：不着议论，而议论在其中。且先后虚实，步步不错，词格俱美。

其四

玉树①春归日，金宫②乐事多。后庭③朝未入，轻辇夜相过。笑出花间语，娇来烛下歌。莫教明月去，留着醉姮娥④。

【注释】

①玉树：芳树。
②金宫：华丽的宫殿。
③后庭：后宫。
④姮娥：嫦娥。

【赏析】

当春天回到树上的时候，华丽的宫殿里充满了快乐。君王白天上朝听政,到了晚上,才乘坐步辇来到后宫。于是华丽的宫殿里热闹起来了,一阵阵的笑声从花丛中响起,仙女们盈盈走来,在烛光下如黄莺般宛转地唱歌。多么美妙的歌声,多么让人流连!诗人多么希望空中的月亮别落下去,让人多享受一会儿这美妙的歌声呀!

这首诗值得注意的艺术技巧是前四句制造的层次感。当春回大地的时候,宫中充满了快乐。但接下来诗人并没有细说"乐事",而是笔锋一转,横插进"朝未入"的话题:君王白天无暇游玩!这就在审美心理上留下暂时的欣赏空白,"乐事多"和"朝未入"造成的反差似乎让读者看见宫殿群里无边的春色,和在无边的春色里等待赏识的仙女们。君王面前是她们表现自己的唯一场合,是她们寻找机会、改变命运的唯一场所。春天来了,正是时候。而君王忙于国事,是不会来的!读到这里,读者无法领略乐事,失望;而诗中仙女们无法施展才艺,也是失望。这样,在等待中就蓄积起情感的力量。

"轻辇夜相过"一句让中断了的意脉重新流淌。"轻"和"相过",轻描淡写,似乎君王是轻车便装,只打算从后宫经过,但它引起了不平凡的反应。接着两句是一个连续的过程,叙述仙女们从住处来到君王面前的不同审美效果。远远地,只闻其声,未见其人,一阵阵的笑声从花丛中传来;一转眼,像花神派出的使者似的,她们三三两两走出花丛,说着笑着;最后,只有到了烛光下面,才看得清她们的神态是娇娜的。歌声起来了,君王也被迷惑了,他深深地陷进去,陷进去,终于希望这夜再长一点儿了。

【评点】

《瀛奎律髓汇评》载纪昀批语：此首除"玉树""金宫"外纯是淡写，而浓艳鲜秀之气溢于句外，直是神思不同。

其五

绣户①香风暖，纱窗曙色新。宫花②争笑日，池草暗生春。绿树闻歌鸟，青楼③见舞人。昭阳桃李月，罗绮自相亲。

【注释】

①绣户：装饰华丽的门。
②宫花：宫中的花。
③青楼：南朝齐武帝曾用青漆粉刷宫殿，称青楼。这里指皇宫里的楼。

【赏析】

这一首与前面几首写法不同，它是一个个的环境描写，没有人物、场面和叙事。它只给读者一幅幅静景，让读者自己去拼接。

首联是近景，是小场面。装饰一新的门窗沐浴在早晨温暖的阳光里，阵阵春风吹过，是香的。中间两联分咏花、草、树、楼，是远景，是大场面。皇宫里的花争奇斗艳，在太阳的照耀下开心地笑着；池塘边，野草丛生，郁郁葱葱。枝叶茂盛的树上传来小鸟的歌唱，楼上时时可以看见有人在跳舞。赋予事物以意义的人物终于出现了。有了人物，景物就不再是诗人表现自己的环境，而是诗人表现人物的环境了，它们因为人物而存在，说明或暗示着人物的身份和生存状态。这首诗就是这样。诗人先描写景物，不出现人物，就构成阅读中的审美期待；而人物出现以后，又会让读者再读，发现更新更深的内涵。现在让我们再从头读一遍。

不用说，前两句说的是"舞人"的住处。诗人描写门窗，又说它们装饰华美，沐浴着温暖的春晖，显然让人感觉到这里是一个舒适的小巢。但下面两句说的是什么，就不容易断定了。它们很像是客观的景物描写，说春天欣欣向荣的景象。但细细咀嚼，"宫""池"两字就把花、草同世界隔离开来，也把"舞人"和人间隔离开来。联系开头两句，那令人惬意的小窝就突然变成了精致的鸟笼，"舞人"就像金丝雀一样被拘禁在里面。像花草趁着春天这大好时光来展示自己一样，"舞人"在生命的大好时光里，也要展示自己青春的魅力。这就是"争"的潜台词。而一个"暗"字，似乎预告了生命的孤芳自赏和悲剧结局。"青楼见舞人"一句因此就又有了丰厚的味道。

但"舞人"也只是稍露圭角而已。诗人并没有接着写她的舞姿，而是说，昭阳舍里的桃李春风和明月，是佳人亲密的朋友。昭阳舍是汉代赵飞燕的居所，而赵飞燕是皇后。据此我们可以断定"舞人"就是杨贵妃。这样，人物的身份清楚了，但其面目情态却还模糊。"青楼见舞人",只给读者一个远远望去的影子,接下来就是"桃李月""自相亲"的话。跳舞本是应该热闹的,而其实只有"桃李月";跳舞本是欣赏、被欣赏的,而其实只有"自相亲"。昭阳舍的凄凉哀怨和自恋被诗人曲折隐晦地表达出来了。"舞人"虽然舞着,却未必是对着知音知己,其内心的落寞,恐怕只有天上的月亮知道;而虚度着的青春,将无法面对桃李春风吧?

【评点】

严沧浪、刘会孟评本:排联皆可析。分看好,总看不好。

其六

今日明光[1]里,还须结伴游。春风开紫殿,天乐下珠楼[2]。艳舞全知巧,娇歌半欲羞。更怜[3]花月夜,宫女笑藏钩[4]。

【注释】

[1] 明光:明光宫,汉武帝建造的宫殿,这里指唐王朝的宫殿。
[2] 紫殿、珠楼:都是指皇宫。天乐:仙乐,美妙的音乐。
[3] 怜:爱。
[4] 藏钩:古代的一种游戏。

【赏析】

唐代诗人爱把唐玄宗比作汉武帝。公元前 140 年，年仅十六岁的刘彻即位，他就是我国历史上赫赫有名的汉武帝。汉武帝在位五十四年，这期间，他励精图治，对内广揽人才，创设制度，发展经济；对外征伐四夷、开通西域，从而使汉王朝走向鼎盛。然而综观我国古代史的进程，真正当之无愧的"盛世"，时间跨度其实并不太大。每一个特定历史阶段的"盛世"，大多难以维持很长时间，衰乱之局接踵而至，几乎是无可回避的历史归宿。汉代是这样，唐代也是这样。汉武帝之后，汉代很快就衰落了；唐玄宗之后，唐代也很快走向了下坡路。唐代诗人把唐玄宗比作汉武帝，是因为他励精图治，把唐朝推向极盛，和汉武帝把汉代推向极盛一样。但让诗人们始料未及的是，在好大喜功、荒淫误国这一点上，二人也是惊人的相似。

汉武帝是非常喜欢搞大型的土木建设工程的。汉初建的宫殿很少，萧何建了个未央宫，还因为太过壮丽，受到汉高祖刘邦的批评。此后，文景时期基本没有宫殿建筑出现。但是到了武帝这个时期，大兴土木，规模非常宏大的明光宫建起来了，汉武帝率领着大批后宫佳丽游走其间，过着穷奢极欲的生活。史书谓："元朔中，上起明光宫，发燕赵美人二千人充之，率皆十五以上，二十以下，年满三十者出嫁之。"说的就是这种情况。

唐玄宗也是这样。天宝三载（744），唐玄宗对高力士说："朕不出长安近十年，天下无事，朕欲高居无为，悉以政事委林甫，何如？"这说明唐玄宗不思进取、贪图享受。于是奸臣李林甫把持朝政，美人杨贵妃专宠后宫，唐朝就这样走上了败亡之路。

李白这首诗，就是把唐玄宗高大雄伟、娇娃充斥的后宫比作汉代的明光宫，描写发生于其中的享乐生活。几百年前，汉武帝在成群结队的宫女们的簇拥下，尽情享受明光宫的春花秋月。而今明光宫里，也应该结伴游。为什么呢？因为现在是春天。

于是宫门大开，仪仗奏着仙乐从巍峨的高处下来。在百花盛开的春天，享乐的场面排开了：小姑娘跳着艳舞，唱着稚嫩的歌。就这样到了夜晚也不休息。宫女们嘻嘻哈哈地相互追逐，从这棵树藏到那棵树，从这朵花藏到那朵花，那是她们在玩藏钩的游戏呢！

通观全篇，有场面，如"开紫殿""下珠楼""艳舞""娇歌""藏钩"之类，它们占了大部分的篇幅。诗人只是在最后一句才点出人物，即"宫女"，让人觉得这首诗似乎是写宫女的。但品味全诗，她们只是上述种种场面上的表演者，而这些场面上的欣赏者，并没有出现。无疑地，这个欣赏者是皇帝，他是这首诗要表现的主角。诗人不直接写他，而只是用皇家气派暗示他的在场，就构成含蓄的艺术魅力。

【评点】

严沧浪、刘会孟评本：（前两联）流丽。

《李诗纬》：（首联）此指侍直者而言。（颔联）言大景。（颈联）言细景。（尾批）"更怜"二字有讽意。（总批）气骨好。引丁谷云批语：此唐风之变，然六首体格得风人刺美遗意，故入正风，且使人观风化所由也。

其七

寒雪梅中尽,春风柳上归。宫莺娇欲醉,檐燕语还飞。迟日①明歌席,新花艳舞衣。晚来移彩仗②,行乐泥③光辉。

【注释】

①迟日:春天的太阳。
②彩仗:宫中仪仗。
③泥:本义谓纠缠不休。这里为怜,喜爱。

【赏析】

雪把冰清玉洁滋润到寒梅的傲骨里,而寒梅,则把妩媚和馨香柔情脉脉地吻在大地丰满而雪白的胸脯上:就是在冷与艳的律动中,生命不仅获得了它整个历程的营养,而且获得了最初的尊严和品格。可以说,春天就是从冬天里的第一场雪正式开始的,也是从冬天里的第一朵梅花开始的。抒写春天而从雪和梅下笔,是再合适不过了。因此李白这两句成了千古名句。

在这两句中,"尽"是冰雪消融的意思。诗人说,冰雪消融,生命的汁液成就了寒梅的妩媚，春天的第一朵笑脸在大地上绽放。再后来，就请到柳枝上寻找春天的足迹吧，但要小心别被她那轻盈的舞步和袅娜的倩影迷惑了！

但李白写宫词，不是泛咏春色。当我们把赞叹的目光转向宫廷，春意已经浓到十分了。春暖花开，黄莺在歌唱，燕子们时而呢喃对语，时而双双飞去。在这个背景上，诗人写了宫廷的游乐生活。

最高统治者要是玩起来，总能够夜以继日的。五、六两句就写白天。缓缓移动的阳光温暖着唱歌之地，舞衣上面新绣着清晰可见的花儿。高明的诗人不写歌者，只写歌席；也不写舞者，而只写舞衣。七、八两句写晚上。大好春色让享受它的愿望统治了一切，虽然太阳下山了，君王还不肯收心，那就把彩仗移到花前灯下，接着唱，接着舞！

这么白天玩，晚上也玩，正事儿恐怕就要给撂在一边儿去了吧？

【评点】

严沧浪、刘会孟评本：（前六句）时物、禽鸟、人事三联耳，与其五同。

《唐诗解》卷三三：行乐词不为高、李所取（指高棅《唐诗品汇》之类诗选不录《宫中行乐词》），然其托兴超凡，意出言表，迥非江（总）、庾（信）所及。

其八

水绿南熏殿,花红北阙楼。莺歌闻太液[①],凤吹[②]绕瀛洲。素女[③]鸣珠佩,天人弄彩球[④]。今朝风日好,宜入未央[⑤]游。

【注释】

①太液:太液池,为汉武帝所凿,并于水中堆起三座山,起名瀛洲、蓬莱、方丈。

②凤吹:笙的外形像凤凰,故用来指笙奏出的音乐。

③素女:神女,这里指宫女。

④天人:杰出人物,也用来指绝色美女。弄彩球:唐代的一种游戏,或者就是抛球戏,是宴会上的一种游戏。当酒酣时,以抛球为戏,伴以名叫《抛球乐》的音乐,乐停,球在谁手中,罚谁喝酒或出节目。

⑤未央:汉代的未央宫,这里指唐代宫殿。

【赏析】

南熏殿是兴庆宫的别殿,旧址位于今陕西西安东南部。兴庆宫是唐代三大宫殿之一,原为唐玄宗即位前与其他四个兄弟居住的地方。唐玄宗即位以后,对它进行扩建,用作听政的地方。因此,兴庆宫是唐玄宗朝的政治中心,大臣在这里觐见唐玄宗,君臣在这里商议国家大事,制定并颁布国家一系列的大政方针。同时这里也是唐玄宗和他的爱妃杨玉环长期居住的地方,宫内原有兴庆殿、南熏殿、大同殿、勤政楼、花萼楼和沉香亭等大大小小的建筑物,是集办公、娱乐于一体的场所。

北阙楼是借用了汉代的典故。史书记载,萧何建立未央宫,在宫城四面各辟一门,东、北两门外筑有阙楼,称东阙、北阙。诸侯来朝,进出东阙;士民上奏,入诣北阙。在这首诗里,南熏殿和北阙楼一是皇帝听政的地方,一是下层百姓自诉疾苦的地方,两者结合起来,就构成政治昌明的前提,而与下面四句形成了格格不入的对立关系。

听,太液池中传来歌声,音乐绕着小洲传过来。美女们环佩叮当,手里拿着彩球。这是在玩,起码是玩的架势。

"弄彩球"涉及唐代的一种游戏,有人说是像现代羽毛球一样,有人说是筵席上助兴下酒的游戏。但不管它是哪一种游戏,诗人在这里都是用来说明宫中行乐的。如果这是一种助酒之术,那么她们准备在哪里摆开筵席呢?诗人的建议是:天气这么好,还是到未央宫去吧!

最后两句值得玩味。未央宫由萧何所建,是汉代君臣议事的地方,是汉代的行政中枢,是国家机器运转的心脏。它一旦成为游乐场所,国家管理上将会发生什么事情?因此,诗人这个建议是什么意思呢?他是建议在未央宫摆开酒席,吆五喝六,还是借用未央宫所携带的励精图治的信息,和开头两句照应起来,暗中规劝玩疯了

205

的唐玄宗呢？

【评点】

严沧浪、刘会孟评本：上三联与前首一拍，上结晚，此结朝政，相对耳。

《瀛奎律髓汇评》：冯舒曰："天然富贵。"冯班曰："亦似晚唐。"纪昀："此首亦艳而清。"又，"五首秾丽中别余神韵，觉后来宫词诸作，无非剪彩为花"。

【总评】

《唐诗别裁》卷一〇：原本齐、梁，缘情绮靡中不忘讽意，寄兴独远。

《梅崖诗话》：太白七言近体不多见，五言如《宫中行乐》等篇犹有陈、隋习气，然用律严矣。音节稍稍振顿。

【考据】

陈仅《竹林答问》："太白《宫中行乐词》诸作，绝似阴铿，少陵之评，故非漫下。"按，阴铿，南朝梁陈诗人。杜甫《与李十二白同寻范十隐居》有句云："李侯有佳句，往往似阴铿。"

《本事诗·高逸》："（玄宗）尝因宫人行乐，谓高力士曰：'对此良辰美景，岂可独以声伎为娱？倘时得逸才词人吟咏之，可以夸耀于后。'遂命召白。时宁王邀白饮酒，已醉。既至，拜舞颓然。上知其薄声律，谓非所长，命为《宫中行乐》五言律诗十首。白顿首曰：'宁王赐臣酒，今已醉。倘陛下赐臣无畏。始可尽臣薄技。'上曰：'可。'即遣二内臣掖扶之，命研墨濡笔以授之，又令二人张朱丝栏于其前。白取笔抒思，略不停缀，十篇立就，更无加点。笔迹遒利，凤跱龙拏。律度对属，无不精绝。"按：王定保《唐摭言》卷一三"敏捷"条亦言及此事。或谓小说家言，未可尽信云。

汪瑗《李诗五言辩律》序："夫太白秉天纵之资，积渊泉之学，每欲以恢复大雅自任，故平生不甚喜作律诗，非不能律也。后人不谅，遂谓太白为偏才，长于古不长于律。而选李诗者亦多草草此编，虽仅百余首，然对偶精妙，音韵铿锵，众体咸备，莫不合格，雄浑悲凉之句，互见递呈。其《宫中行乐词八首》，非特辞调可爱，寓意深婉，深得国风讽谏之体，尤非他人所能及者。孰谓三百篇之后，独杜少陵也欤哉？孰谓太白不闲于律，为一偏之才也欤哉？"

黄彻《䂬溪诗话》卷二："世俗夸太白赐床调羹为荣，力士脱靴为勇。愚观唐宗渠渠于白，岂真乐道下贤哉？其意急得艳词媟语以悦妇人耳！白之论撰，亦不过为'玉楼''金殿''鸳鸯''翡翠'等语，社稷苍生何赖？就使滑稽傲世，然东方生不忘纳谏，况黄屋既为之屈乎？说者以谋谟潜密，历考全集，爱国忧民之心如子美语，一何鲜也！力士闺闼腐庸，惟恐不当人主意；挟主势驱之，何所不可，脱靴乃其职也。自退之为'蚍蜉撼大木'之喻，遂使后学吞声。余窃谓：如论其文章豪逸，真一代伟人；如论其心术事业，可施廊庙，李杜齐名，真忝窃也。"

喻文鏊《考田诗话》："黄彻《碧溪诗话》谓李、杜齐名，而太白集中爱君忧国如子美者绝少。然《蜀道难》《远别离》，忠爱之忧，溢于楮墨；《战城南》《独漉篇》《梁父吟》等作，亦寓忧时之意。第其天才纵轶，出入变幻，令人莫可端倪。且凡不能显言者，每隐言之，是其忠爱之心，不能已也。至《宫中行乐词》，一曰'君王多乐事，还与万方同'，一曰'宫中谁第一？飞燕在昭阳'，一曰'只愁歌舞散，化作彩云飞'，既规讽之，又深警之。徒以玉楼、金殿、翡翠为艳词，则失之矣。"

胡无人

　　严风①吹霜海草凋，筋干精坚胡马骄②。汉家战士三十万，将军谁者霍嫖姚③。流星白羽④腰间插，剑花秋莲⑤光出匣。天兵照雪下玉关⑥，虏⑦箭如沙射金甲。云龙风虎尽交回⑧，太白入月敌可摧⑨。敌可摧，旄头灭⑩，履⑪胡之肠涉胡血。悬胡青天上，埋胡紫塞⑫旁。胡无人，汉道昌。陛下之寿三千霜⑬，但歌大风⑭云飞扬。安得猛士兮守四方。

【注释】

①严风：寒风。

②筋干：弓箭的代称。《考工记》云："凡为弓，冬析干而春液角，夏冶筋，秋合三材。"胡：古代对北方游牧民族的蔑称。骄：形容战马强壮。

③霍嫖姚：汉代名将霍去病，曾为嫖姚校尉，故云。

④流星:宝剑的名字。白羽:指箭。

⑤剑花秋莲:宝剑泛出秋天莲花一般的白色。

⑥天兵:雄师。照雪:趁着雪光。玉关:玉门关。

⑦虏:对敌人的蔑称。

⑧云龙风虎昼交回:这一句是说双方摆成各种阵势,战斗非常激烈。云、龙、风、虎,都是古代兵阵。交回,双方交战。

⑨太白入月敌可摧:这一句是说敌人必败。太白,太白金星,即启明星。古代认为太白星能预示战争,太白星的光芒射入月亮,是大将伤亡的征兆。

⑩旄头灭:指敌人败下阵去。旄头,天上一颗预示边疆民族兴亡成败的星宿。

⑪履:踏。

⑫紫塞:指长城,因为秦朝用紫色土筑长城,故云。

⑬三千霜:三千年,这里是万寿无疆的意思。

⑭大风:大风歌。

【赏析】

这是一首表现民族意识、颂扬朝廷的边塞诗。边塞诗多描写发生在中原政权与周边政权之间的流血战争,通过恶劣的战争环境和残酷的生死较量,表达视死如归的豪迈气概、建功立业的人生理想和对所属政权的强烈认同。

古代中国的对外战争多发生在胡汉接壤的西北、正北和东北三个方向，这首诗以西北战场为背景。西北边陲自秦汉以来，一直是以匈奴为主的少数民族和以汉族为主的中央政权发生战争的主要战场。匈奴民族野蛮剽悍，以游牧和劫掠为生存的主要内容，锤炼出原始凶残的杀气；而以秦皇汉武为代表的汉族政权，志得意满总掩盖不住开拓疆土的帝国野心，必以对外战争为国力强盛的顶点：宿命让两大政权在西北的草原上、沙漠中和崇山峻岭之间相会。在这种延续了几百年的刀光剑影中，诗人提起了笔。

诗人首先以边疆恶劣的气候和对方的兵强马壮开篇。寒风凛冽，遍地白霜，满眼枯黄。扑面的寒意反衬着出征将士的勇武，诗人要用极端困难的环境来证明生命和斗志！疾风知劲草，在强大的敌人面前，看看谁是弱者！接着，战无不胜的霍去病出现了，他是此次战斗的指挥者，于是诗歌充满了必胜的乐观和莲花雪花式的浪漫。果然，太白入月的征兆应验了。

【考据】

《诗人玉屑》引苏辙语云："李白诗类其为人，俊发豪放，华而不实，好事喜名，不知义理之所在也。语用兵则先登陷阵，不以为难；语游侠则白昼杀人，不以为非：此岂其诚能也？白始以诗酒奉事明皇，遇谗而去，所至不改其旧。永王将窃踞江淮，白起而从之不疑，遂以放死。今观其诗固然。唐诗人李杜称首，今其诗皆在。杜甫有好义之心，白所不及也。汉高祖归沛丰，作歌曰：'大风起兮云飞扬，威加海内兮归故乡，安得猛士兮守四方。'高帝岂以文字高世者,帝王之度固然发于中而不自知也。白诗反之,曰:'但歌大风云飞扬,安用猛士守四方。'其不识理如此。老杜赠白诗有'重与细论文'之句,谓此类也哉?"至元人萧士赟分类编集李白诗,于末三句下注云:"诗至'汉道昌',一篇之意已足,一本云无此三句者是也。"后人录此诗者,多删去后三句。按:敦煌残卷《唐诗选》《唐文萃》即无后三句,然《文苑英华》《乐府诗集》不但有此三句,其后复有"胡无人,汉道昌"两句,注云:"一无此六字。"

玉壶吟[1]

烈士击玉壶,壮心惜暮年。三杯拂剑舞秋月,忽然高咏涕泗涟[2]。凤凰初下紫泥诏[3],谒帝称觞[4]登御筵。揄扬九重[5]万乘主,谑浪赤墀青琐贤[6]。朝天数换飞龙马[7],敕赐珊瑚白玉鞭[8]。世人不识东方朔[9],大隐金门是谪仙[10]。西施宜笑复宜颦[11],丑女效之徒累身。君王虽爱蛾眉[12]好,无奈宫中妒杀人。

【注释】

①玉壶吟:据《世说新语·豪爽》记载,王敦喝酒喝到一定程度,就吟咏曹操的诗句:"老骥伏枥,志在千里。烈士暮年,壮心不已。"并用如意敲击唾壶伴奏,壶口尽缺。李白这首诗就从这个故事发端,而且开头两句中的"烈士""壮心""暮年"三个词都是从曹诗中来。

②涕泗:眼泪和鼻涕。涟:不断流淌。

③凤凰初下紫泥诏：北朝后赵武帝石虎下诏的时候，常端坐高台，让一木凤凰衔诏飞下，称凤诏。紫泥，一种紫色有黏性的泥，用来封诏书，因此诏书又叫紫泥诏、紫诏。

④称觞：举杯。

⑤揄扬：称颂，赞扬。九重：皇帝所居之处，这里指皇帝。

⑥谑浪：调戏，不尊重。赤墀青琐贤：指朝中大臣。赤墀，宫殿的台阶。因为用红漆涂抹，故名。青琐，宫殿门窗。因为用青色装饰，故名。

⑦朝天：谒见皇帝。飞龙马：皇宫内六厩之一飞龙厩中的宝马。唐制，进为翰林，可以借一匹飞龙马。

⑧珊瑚白玉鞭：用珊瑚、白玉等装饰的鞭。

⑨东方朔：东方朔被汉武帝视作滑稽弄臣，地位不高，内心很苦闷，曾作歌曰："陆沉于俗，避世金马门，宫殿中可以避世全身，何必深山之中，蒿庐之下。"于是后人就有了"小隐隐林薮，大隐隐朝市"的说法。金门即金马门，是东方朔等人等候皇帝召见的地方。

⑩谪仙：传说李白在长安拜访贺知章，被贺知章称为"谪仙人"，即天上贬谪下来的仙人。

⑪嚬：皱眉。

⑫蛾眉：美女，诗人在这里指自己。《离骚》：众女嫉余之蛾眉兮，谣诼谓余以善淫。

【赏析】

这首诗大约写于天宝三载（744）李白供职翰林的后期，赐金还山的前夕。这时李白在官场上开始陷入困境，我们可以从这首诗中发现一些原因。

诗可分为三段。

第一段共四句，写一种情绪的转折。诗人本来是像曹操、王敦那样，悲歌慷慨，叹息生命不常，盛年难再的，但一下子涕泪交流，情绪由壮怀激烈转为辛酸呜咽了。为何？

原因在第二段。这一段共六句。作者从头道来：想当初刚奉旨进京那会儿，我是皇帝酒席上的人物，颂扬我主的时候，我根本不把殿下臣子放在眼里！人家都只有借用一匹御马的殊荣，而我却可以不断更换。挥舞着皇帝赐给我的珊瑚白玉鞭，多么风光！诗人沉浸在飞黄腾达的回忆中，还没有直接交代"涕泗涟"的原因。

其原因在最后六句，即第三段。作者用历史人物和曲笔，交代了苦闷的由来：诗人遭到了和东方朔一样的命运。没有人知道滑稽可爱的才子还胸怀大志，没有人知道嘻嘻哈哈爱开玩笑的文学家还抱着严肃的志向，这是"世人不识"两句的意思。东方朔是不愿意隐的，李白也是如此。他们这么说，是愤激之言；他们这么做，是不得已而为之。不识庐山真面目的"世人"，也包括仅把作者当作帮闲的皇帝，而且皇帝的态度是导致作者沉沦的关键原因，上有所好，下必从焉；上有所恶，下亦必从焉。

接着两句表达了对追随者和模仿者的态度。李白诗名满天下，再加上皇帝亲下诏书，将诗人一下子从一介草民提拔为身边的翰林学士，谁不羡慕！但李白对这些追捧者持傲慢的不屑态度。他用东施效颦的故事说，我嬉笑怒骂无所不可，你们可不行。最后两句用后宫争宠的现象说，自己实有才干，皇帝也确实爱才，但就是皇帝周围的那些小人，专拿暗箭伤人！

这一段六句，两句一个转折，夹叙夹议地道出了作者的苦闷来自于自己的不被理解和小人的嫉妒谗毁。这是直接原因，而第二段则提供了间接原因：你恃才傲物，谁受得了？

清代刘熙载论李白的诗说："太白诗虽若升天乘云，无所不之，然自不离本位，故放言实是法言。"（《艺概》卷二）所谓"不离本位"，就是指有一定的法度可寻，而不是任其横流，漫无边际。《玉壶吟》大概就是这样一首既有奔放的气势，又讲究法度的好诗。

【评点】

严沧浪、刘会孟评本：（"揄扬"两句）去"九重""赤墀"字，便成好句。

《唐诗镜》卷一八：步骤之奇，歌颂之妙。

《围炉诗话》卷二：太白云："君王虽爱蛾眉好，无奈宫中妒杀人。"无余味。

翰林读书言怀呈集贤院内诸学士①

晨趋紫禁②中,夕待金门③诏。观书散遗帙④,探古穷至妙。片言苟会心,掩卷忽而笑。青蝇易相点⑤,白雪难同调⑥。本是疏散人,屡贻褊促诮⑦。云天属⑧清朗,林壑忆游眺。或时清风来,闲倚栏下啸。严光桐庐溪⑨,谢客临海峤⑩。功成谢⑪人间,从此一投钓。

【注释】

①翰林:即翰林院,是唐代设立的各种艺能之士供职的机构,到了唐玄宗时候,演变为草拟机密诏制的重要机构。任职者称翰林待诏,又称翰林供奉。天宝二年,唐玄宗诏李白进京,召见金銮殿,谓曰:"卿是布衣,名为朕知,非素蓄道义,何以得此。"命供奉翰林,专掌密命。集贤院:即集贤殿书院。唐代开元中改丽正修书院为集贤殿书院,掌刊辑经籍、征求隐逸等事。学士:文学儒生

的泛称。

②紫禁：皇帝居住的地方。

③金门：即金马门，这里指李白供职的翰林院。

④散：打开。遗帙：这里指不常见的珍贵书籍。帙，书套，代指书籍。

⑤青蝇易相点：苍蝇爬上纯洁无瑕的白玉，弄脏了它。

⑥白雪难同调：《白雪》，古代非常高雅的曲子，欣赏者很少。曲高和寡的典故即从此而来。

⑦贻：招致。褊促：心胸狭窄。诮：嘲笑。

⑧属：当……的时候。

⑨严光：字子陵，西汉末年人，东汉光武帝刘秀同学，刘秀当了皇帝以后，他在家乡隐居。桐庐溪：严光隐居在富春江，以钓鱼为生。因富春江流经桐庐，故云。

⑩谢客：指南朝宋诗人谢灵运。他小字客儿，故云。临海峤：谢灵运喜爱登临山水，写有《登临海峤初发强中作》。

⑪谢：辞别。

【赏析】

李白奉旨进京以后，供职翰林，这是一个能经常见到皇帝的宠职，自然而然的，诗人就成了嫉妒的对象。由于放荡不羁的个性（李白在这首诗里也承认：本是疏散人），流言蜚语和诽谤蜂拥而至，诗人感到有澄清事实、辨明是非的必要，于是就写下了这首诗，算是给正反两个方面的一个交代，一份声明。

开头两句就写自己忠于职守：早晨上朝，晚上在翰林院待命。接着四句写读书：皇家图书馆里有的是好书，正可以探究世界无穷无尽的妙处。看到会心的地方，哪怕是只言片语，也会让人高兴得笑出声来。诗人也并非不学无术。接着四句是写给集贤院内诸学士的：自己纯洁的人格很容易受到玷污，但自己高雅的志趣却没有人来应和。诗人本来是个不拘小节的人，却还是被人看作心胸狭窄。诗人在诉说委屈，寻求理解。

最后八句是言怀：我喜欢淡泊而自由自在的山林生活，像严光那样不慕富贵，像谢灵运那样性爱山水。我为什么不离开这个是非之地呢？我入世出仕只是为了追求政治理想，而我的理想还没有实现。一旦理想实现，大功告成，我就会辞别世人，归隐山林了。这里诗人仍然是在诉说委屈，寻求理解。

【评点】

严沧浪、刘会孟评本：轻妙。又，此是得意时作，悠然自肆，虽有青蝇贻诮等语，若不在心上。

【考据】

《新唐书·百官志》：学士之职，本以文学言语被顾问，出入侍从，因得参谋议、纳谏诤，其礼尤宠；而翰林院者，待诏之所也。唐制，乘舆所在，必有文词、经学之士，下至卜、医、伎术之流，皆直于别院，以备宴见；而文书诏令，则中书舍人掌之。自太宗时，名儒学士时时召以草制，然犹未有名号；乾封以后，始号"北门学士"。玄宗初，置"翰林待诏"，以张说、陆坚、张九龄等为之，掌四方表疏批答、应和文章；既而又以中书务剧，文书多壅滞，乃选文学之士，号"翰林供奉"，与集贤院学士分掌制诏书敕。开元二十六年，又改翰林供奉为学士，别置学士院，专掌内命。

送友人入蜀

见说蚕丛路①,崎岖不易行。山从人面起,云傍马头生。芳树笼秦栈②,春流绕蜀城③。升沉④应已定,不必问君平⑤。

【注释】

①见说:听说。蚕丛路:指入蜀道路。蚕丛,传说中远古时代的蜀王。

②秦栈:从秦入蜀的栈道。

③蜀城:今四川成都。

④升沉:指个人荣辱得失。

⑤君平:严君平。西汉人,隐居不仕,在成都以算命占卜为生。

【赏析】

这首诗是李白在长安时,送友人到蜀地(今四川)而写的送别诗,诗中极写旅途的苦与乐,同时寄托了诗人对人生的精辟见解。

全诗先从蜀道之难开始:听说到四川去的路可不太好走啊!"见说"的巧妙使用,让这两句像临别之际的亲切交谈,从而把读者拉到对话的位置上,以一个旅人的身份聆听诗人的牵挂。

首联以议论提出不易行的主题,是起。颔联就这一点作进一步的具体描画,是承:一座座高山就竖在面前,可见蜀道的陡峻;一片片的白云就从马头处生出,然后才飘向远方和天边,可见蜀道的高绝。这样,首联的"见说"就得到了落实,"崎岖"和"不易行"就有了丰富的内容。

前两联说旅行之苦,但颈联不顺着这个意思往下说,而是转而说旅行之乐:郁郁葱葱的树木,浩浩荡荡的江水,足以缓解旅途的劳顿。这是转。此联中的"笼"字和"绕"字很见功夫。相传栈道长达三十里,一个"笼"字,就把野生的树木在读者的眼里整合成生机勃勃的仪仗,排列在旅人入蜀的路上。而"绕"字又让大江大河在读者眼里收缩成蜿蜒妩媚的丝带。此联在写景上也有特点:"芳树笼秦栈"已是远望所见,但是自下往上望,或者是山间平望;而"春流绕蜀城"只能是站在高山上从上往下望。这两种形式的远望必定能收到心旷神怡的心理效果,从而实现转的功能。

尾联跳出前两联写景的圈子,像是临别赠言。诗人意味深长地劝诫:人生就像这崎岖难行而又有苦有乐的蜀道,旅人非得去走不可,此道是不会有什么捷径的。事先知道了,不会因而好走一些;

事先不知道，也不一定就更难走一些，因此没有必要去询问善卜的君平，做提前的准备。

尾联又像是诗人折回自己，写对自己命运的平静的安之若素的态度：我的前途是一定的，不是某个人所能改变的。你到了成都，不必请严君平占卜了。言下之意是让友人不必为他的政治前途操心了，担心也是没有用的。尾联提高了整首诗歌的境界，让它在写景生动以外，寄托了人生哲理，是合。

这是首律诗，它风格清新俊逸，曾被前人推崇为"五律正宗"（《唐宋诗醇》卷一）。清人赵翼曾指出李白所写的五律，"盖才气豪迈，全以神运，自不屑束缚于格律对偶，与雕绘者争长。然有对偶处，仍自工丽；且工丽中别有一种英爽之气，溢出行墨之外"（《瓯北诗话》卷一）。这一评语很精确，正好道出了这首五律在对偶上的艺术特点。

【评点】

《唐宋诗醇》卷七：此五律正宗也。李梦阳曰："叠景者意必二，阔大者半必细。"极得诗家微旨。此诗颔联承接次句，语意奇险，五、六则秾纤矣。颔联极言蜀道之难，五、六又见风景可乐，以慰征夫，此两意也。一结翻案，更饶胜致。

《瀛奎律髓汇评》卷二四：太白此诗，虽陈、杜、沈、宋不能加。引纪昀评：一片神骨，而锋芒不露。

《唐宋诗举要》卷四引吴汝纶评语：（一、二两句）起浑雄无迹。(三、四两句)能状奇险之景,而无艰深刻画之态。(末二句)牢骚语抑遏不露。

【考据】

《瓯北诗话》卷一:青莲集中古诗多,律诗少。五律尚有七十余首,七律只十首而已。盖才气豪迈,全以神运,自不屑束缚于格律对偶,与雕绘者争长。然有对偶处,仍自工丽;且工丽中别有一种英爽之气,溢出行墨之外。如:"洗兵条支海上波,放马天山雪中草。"(《战城南》)"天兵照雪下玉关,房箭如沙射金甲。"(《胡无人》)"边月随弓影,胡霜拂剑花。"(《塞上曲》)"笛奏龙吟水,箫鸣凤下空。"(《宫中行乐词》)何尝不研炼,何尝不精采耶?惟七律究未完善。内有《送贺监归四明》及《题崔明府丹灶》二首,尚整练合格,其他殊不足观,且有六句为一首者。盖开元、天宝之间,七律尚未盛行,至德以后,贾至等《早朝大明宫》诸作,互相琢磨,始觉尽善,而青莲久已出都,故所作不多也。

读诸葛武侯传书怀赠长安崔少府叔封昆季①

汉道昔云季②，群雄方战争。霸图各未立，割据资③豪英。赤伏起颓运④，卧龙得孔明。当其南阳时，陇亩躬自⑤耕。鱼水三顾合⑥，风云四海生⑦。武侯立岷蜀，壮志吞咸京⑧。何人先见许，但有崔州平⑨。余亦草间人，颇怀拯物⑩情。晚途值子玉⑪，华发同衰荣⑫。托意在经济⑬，结交为弟兄。无令管与鲍⑭，千载独知名。

【注释】

①诸葛武侯传：诸葛亮的传记。诸葛亮被封为武乡侯，简称武侯，下文武侯即指诸葛亮。长安崔少府叔封昆季：少府，县尉，这里指长安县尉。长安，指长安县，今陕西西安。崔少府叔封，叫崔叔封的县尉。昆季，兄弟，这里指崔叔封兄弟。

②汉道：汉运，汉朝的气数。这里的汉朝包括西汉和东汉。

昔：往昔，从前。云：助词。季：末年。

③资：依靠，凭借。

④赤伏：指东汉开国皇帝刘秀。在他未发迹的时候，有人献赤伏符，说他要当皇帝。起：使振作，使复兴。颓运：衰落的趋势。

⑤躬自：亲自。

⑥鱼水三顾合：这一句说三顾茅庐以后，两人关系像鱼和水一样亲密无间。三顾，指三顾茅庐的故事。

⑦风云四海生：这一句说到处是建功立业的机会。风云，风起云卷，比喻让事业成功的机会。

⑧咸京：秦朝建都咸阳，因此后人用咸京指一个国家的首都，这里指三国时北方的曹魏。

⑨但有崔州平：据《三国志》记载，诸葛亮没有出山的时候，自比管仲、乐毅，人们都以为他是自吹自擂，只有他的两个朋友崔州平、徐元直相信。这里因为诗人赠诗的对象姓崔，诗人想得到他的帮助，故而这么说。

⑩拯物：拯救苍生。

⑪晚途：晚年。值：遇到。子玉：东汉的名士崔瑗，因为姓崔，这里借指崔叔封。

⑫华发：花白头发。衰荣：偏义复词，指衰老。

⑬经济：经营事业，救世济民。

⑭管与鲍：春秋时的管仲和鲍叔牙。管仲比鲍叔牙贤能，但比鲍叔牙穷，管仲未发迹的时候，鲍叔牙处处帮助他。

【赏析】

李白是个没有什么家庭背景的普通人，但是野心不小，一心想挤到政治舞台上去亮相。在我国古代，要想大显身手，只有做官这条路，而要想当官，一是靠血统，二是靠举荐，三是靠科举。不知为何，李白没有选择读书考试的道路，而是走干谒路线，让朝中的官员赏识自己，推荐自己。为此，李白结识了大大小小的政治人物，他们有高贵的公主驸马，也有一般的县官。崔叔封兄弟俩属于后者。

一般而言，非亲非故，要他在政治上帮助你，你得在感情上拉近距离，还得让他知道你非等闲之辈。为此你得夸奖他，比如说他为人豪爽、文章写得好、仪表堂堂等等，而且最好把他比作历史上的名人，因为这样得体，不算太露骨。你还得表白自己，比如说自己书读了不少，文章也有名气，而且以天下为己任，但是不贪图荣华富贵等等。同样的，为了含蓄得体，你最好借助古人来抬高自己。但是，政治上的帮助与合作，永远以利益为砝码，永远以利害关系为天平。因此，要想求助成功，一要把对方当成自己人，也要让对方把自己当作自己人，比如兄弟之类；二要实实在在地说一些自己的政治才能，不能大而无当，更不能华而不实。

李白这首诗就是求人帮助的。诗人把自己比作躬耕垄亩、等待赏识的诸葛亮，而把崔氏兄弟比作慧眼识英雄的崔州平和才子崔瑗，并以管仲、鲍叔牙的佳话作结，含蓄地表达出希望崔氏兄弟效法鲍叔牙的意思。这首诗全部用古人和故事来表白自己、寄希望于对方，是一篇得体的干谒诗。

【评点】

严沧浪、刘会孟评本：赠人适以自赠，见任达，然有望而无怨，亦见温厚。（又载明人批：）"武侯""壮志"二句：复出"武侯"字，觉调法不顺，不若用泛字对下"壮志"为善。（"何人""但有"二句）公叙事每于脱卸拍合处，见弹丸脱手之妙。此下殊草草。（"晚途"句）子玉不如改昆季妙。

《李诗通》：即云州平，不得复云子玉，况又云管、鲍乎！或谓余，子玉不如改为之子，则管鲍亦不妨用。是则然，但青莲政不如此拘拘耳。

《删定唐诗解》卷二：一文士而自比武侯，何其夸也。

月下独酌四首（其一）

花间一壶酒，独酌无相亲。举杯邀明月，对影成三人。月既不解饮，影徒随我身。暂伴月将①影，行乐须及春。我歌月徘徊，我舞影零乱。醒时同交欢，醉后各分散。永结无情游②，相期邈云汉③。

【注释】

①将：与，和。
②无情游：忘情之游。
③相期：相待，相约。邈：遥远。云汉：银河，意指天上。亦为仙境之代词。

【赏析】

《月下独酌》作于长安。李白到长安，与他登泰山、庐山不同，也与他游扬州、金陵不同。李白到长安，目的很明显，就是寻找政治上的出路的。诗人抱着建功立业的天真热情，怀着对政治的无知与信任来到长安，一心想捞个一官半职。而这样一种精神状态一旦遭到挫折和打击，就会成为愤世嫉俗和自暴自弃。在政治上，李白总是处于感情的两极，只有山水和酒，能让他的心情恢复平静。诗人对政治的热情，产生了很多好诗。

这首诗就是这样一种人格的产物。《月下独酌》一共四首，这是第一首，也写得最好。它是以感情的跌宕起伏为线索，组织出三个层次的悲喜剧。前四句是序幕的拉开，在花间月下的场景中，诗人举杯向月。第一句是扬，"花间一壶酒"；而第二句紧接着抑，"独酌无相亲"；接下来的两句"举杯邀明月，对影成三人"，又一扫这种无相亲的冷落与孤单。诗人是孤独的，但诗人与大自然为友，这种亲近感天然地让李白感到安慰，所以清代沈德潜说："脱口而出，纯乎天籁。此种诗，人不易学。"

诗歌的第二个层次是"独酌"的场面，也是四句。李白虽然请出了月亮与身影做伴，可是到头来只有他一个人喝酒，而月亮远在天边，不能和李白同酌共饮；影子虽然近在咫尺，但也只会默默地跟随，无法进行真正的交流。挣扎了一番以后，诗人再次陷入孤独寂寞当中。而时值美好的春天，如此良辰美景，怎能虚度！诗人的主观战斗精神开始抬起头。尽管"暂伴月将影"一句的"暂伴"多多少少透露了作者心中那一丝无可奈何的惋惜，但是"行乐须及春"却说明了诗人已经调整了自己的心态，预示着诗人要依靠自身的力量获得"独酌"的乐趣。诗人的情感同样经历了一个由悲凉到喜悦的转化。

最后六句是第三个层次。在这一段，诗人通过主观努力，填补了月不解饮、影徒随身的不足，从而达到了物我同乐的完美境界。凌乱的舞步、徘徊的月光，似醉似醒，物我一体，诗人在尽欢之后，还要和与他一起成就"独酌"的月亮、身影做出长久的约定："永结无情游，相期邈云汉。"这一层也是一个悲喜的圆圈，但诗人孤芳自赏的人格参加进来，最终升华了孤独，也升华了物我关系，因而是独酌的克服。

这首诗是一首五言古诗，全诗一共十四句，前八句平声韵，后六句仄声韵。这种平仄转换造成的铿锵恰好就是诗人由逃避寂寞到直面寂寞、由颓唐到亢奋、由犹豫到坚定的节奏，平声韵向仄声韵的转换很好地配合了诗歌主题的表现。

【评点】

《唐诗品汇》卷六引刘辰翁评"举杯"二句云：古无此奇。

严沧浪、刘会孟评本：饮情之奇，于孤寂时觅此伴侣，更不须下酒物。且一叹一解，若远若近，开开阖阖，极无情，极有情，如此相期，世间岂复有可相亲者耶？

朱谏《李诗选注》：李白此诗，化无为有，浮云生于太虚之中，悠扬变态，倏忽东西，而文采光辉，自然发越，人皆见之，可仰而不可及也。白之诗，其神矣乎？

【考据】

　　《唐宋诗醇》卷八云:"千古奇趣,从眼前得之。尔时情景虽复潦倒,终不胜其旷达。陶潜云:'挥杯劝孤影',白意本此。"按此乃渊明《杂诗十二首》其二中句。诗曰:"白日沦西阿,素月出东岭。遥遥万里辉,荡荡空中景。风来入房户,中夜枕席冷。气变悟时易,不眠知夕永。欲言无予和,挥杯劝孤影。日月掷人去,有志不获骋。念此怀悲凄,终晓不能静。"

　　《停云阁诗话》云:李诗"举杯邀明月,对影成三人",东坡喜其造句之工,屡用之。予读《南史·沈庆之传》,庆之谓人曰:"我每履田园,有人时与马成三,无人则与马成二。"李诗殆本此。然庆之语不及李诗之妙耳。

夕霁杜陵①登楼寄韦繇

浮阳灭霁景②,万物生秋容。登楼送远目,伏槛观群峰。原野旷超缅③,关河纷错重④。清晖⑤映水竹,翠色明云松。蹈海寄遐想⑥,还山迷旧踪⑦。徒然迫⑧晚暮,未果谐心胸⑨。结桂空伫立,折麻恨莫从⑩。思君达永夜⑪,长乐闻疏钟⑫。

【注释】

①夕霁:傍晚的时候,雨停了,天晴了。杜陵:西汉宣帝的陵墓,在今陕西西安东南。

②浮阳:日光。霁景:雨后晴朗的景色。

③旷超缅:平远。

④关河:指函谷等关与黄河。纷错重:纷纷纠缠在一起。

⑤清晖:同"清辉",清澈明亮的光辉。

⑥蹈海:战国时齐国人鲁仲连不满秦王称帝的计划,曾说,秦

如称帝，则蹈东海而死。后以"蹈海"或"鲁连蹈海"表示宁死而不受屈辱的气节、情操。

⑦还山：指归隐。迷旧踪：指想归隐而不能。

⑧迫：逼近。

⑨果：最终。谐：顺从，实现。心胸：心中所想，愿望。

⑩"结桂"两句：出自《楚辞·九歌·大司命》："结桂枝兮延伫，羌愈思兮愁人""折疏麻兮瑶华，将以遗兮离居"。诗人借以表达归隐而不能，只能思念友人的惆怅。

⑪达永夜：直到深夜。永夜，长夜。

⑫长乐：西汉的长乐宫，这里指长安城里的宫殿。疏钟：稀疏的钟声。

【赏析】

这首诗作于长安。根据"蹈海"六句表达的欲去不能而思念友人的矛盾心理，似乎作者当时正在皇帝身边任职，但已经心灰意冷，而韦繇似乎是一个隐士，作者和他曾相约一块归隐。

这首诗可分三段。前八句是夕霁杜陵登楼所见，接着四句是抒发情怀，最后四句表达对友人的思念，照应题目。第一段写道：

雨后天晴，万物都带着秋意。诗人登上楼，手扶栏杆，极目远眺，大大小小的山峰尽收眼底。无边的原野平铺开去，一座座雄关点缀着蜿蜒曲折的河流。近处，竹声瑟瑟，清光细碎；远处传来松涛阵阵，白云下面是一片苍翠。

第二段抒发宿愿与现实的矛盾。鲁仲连是诗人仰慕的一个历史人物，诗人不止一次提到他。他不畏强权，高风亮节，傲视当时正在扫平天下的强秦。诗人一直在效仿鲁仲连，但现在不得不违心从俗，周旋于大小官员之间，在皇帝面前也得唯唯诺诺。几十年来，为了实现政治上的抱负，隐居的心愿也一拖再拖，可政治上也不得意。

最后四句是寄韦繇。当初两人约好了一起隐居，但直到现在，只有朋友过着逍遥自在的生活，而自己只有眼巴巴地羡慕的份儿；不顺心的时候，也只有对朋友的思念让人好受一点，那种对归隐生活的向往，和着城里一下一下的钟声，让深夜无眠的诗人久久不能平静。

【评点】

严沧浪、刘会孟评本：近陆（机）、谢（灵运）。又："清晖"两句却是唐律。

西岳云台歌送丹丘子①

西岳峥嵘何壮哉！黄河如丝天际来。黄河万里触山动,盘涡毂转秦地雷②。荣光休气③纷五彩,千年一清圣人在④。巨灵咆哮擘两山⑤,洪波喷流射东海。三峰却立如欲摧⑥,翠崖丹谷高掌⑦开。白帝金精运元气⑧,石作莲花云作台⑨。云台阁道连窈冥⑩,中有不死丹丘生。明星玉女⑪备洒扫,麻姑⑫搔背指爪轻。我皇手把天地户⑬,丹丘谈天与天语。九重⑭出入生光辉,东求蓬莱⑮复西归。玉浆倘惠⑯故人饮,骑二茅龙⑰上天飞。

【注释】

①西岳：即华山,在今陕西华阴南。云台：云台峰,在华山东北方,山峰高峻,如同台形。丹丘子：即元丹丘,李白的好友。

②盘涡毂转秦地雷：这一句是说黄河水深流急,回旋震荡形成一个一个的漩涡,发出雷鸣般的轰鸣。涡,漩涡。毂（gǔ）,穿在

车轮中心的圆木。秦地：华山一带曾为秦地，故云。

③荣光：五色光彩，是祥瑞的象征。休气：瑞气。

④千年一清圣人在：古代传说黄河千年一清，清则圣人出现。

⑤巨灵咆哮擘两山：巨灵，河神。古代神话传说认为华山与黄河对岸的首阳山本为一山，因为阻挡了黄河水流，河神以手擘开其上，以脚踏离其下，中分为二，以通河流。

⑥三峰：指华山东峰朝阳峰、南峰落雁峰、西峰莲花峰。却立：退而立定。欲摧，要折断的样子。

⑦高掌：今华山东北的"仙人掌"。

⑧白帝：古代神话中西方之神。金精：古代阴阳五行说认为西方属金，故白帝又被称为金精。元气：古人认为天地未分之前，宇宙充满了混一之气，叫元气。

⑨莲花：莲花峰。云作台：指云台峰。

⑩阁道：栈道。窈冥：极深极远处。

⑪明星玉女：神话中居住在华山的仙女。

⑫麻姑：神话中的仙女，手似鸟爪，有个叫蔡经的人见了，觉得用来搔痒很好。

⑬我皇：唐朝皇帝。天地户：天地门户。

⑭九重：帝王所居之处，元丹丘曾出入宫廷。

⑮蓬莱：传说中海上仙山。

⑯玉浆：琼浆玉液，饮之成仙。傥：同"倘"。惠：赐，给予。

⑰茅龙：神话中传说一个叫呼子先的老人，和酒家妪一起骑着两只茅狗升天成仙，到了天上，茅狗变成了龙。

【赏析】

　　元丹丘是个道士，是李白的好朋友，他到山东访道，又要回到华山去。当时李白在山东游玩，就写下这首诗歌给他送行。本诗通过对华山奇景和道士生活的极度夸张的渲染和描绘，表达出对遗世脱俗甚至是惊世骇俗的生活方式的赞颂和向往。

　　诗以强烈的感叹开篇，用"峥嵘"一词形容西岳华山的高峻壮伟，紧接着转而写黄河。登上华山，极目远眺，黄河从西边流来，就像一根铁丝。但是到了跟前，在几万里的征途上积累起来的力量让这里地动山摇。这虽然不是写华山，但在给华山造势。浑浊的黄河水让诗人想起了千年一清圣人出的乌托邦。因为唐朝皇帝尊奉道教，道士受到优待，诗人的友人元丹丘也是如此，所以诗人说：我朝皇帝就是这样的圣人。

　　诗人的想象继续升腾，仿佛回到了华山形成的年代。那时候一座臃肿的大山挡住了黄河的去路，水路不通，天怒人怨，于是巨灵神怒吼咆哮，手劈脚踩，一座俊秀的华山脱颖而出。在神话的世界里，稍稍倾斜的华山似乎仍保留着后退欲倒的惊恐，崖谷间似乎还挥舞着巨灵神的巨掌。主管西天的白帝也参加进来。

　　华山属于花岗岩山体，它主要是由该地区的断裂、抬升的地质构造活动形成的。由于断块的大规模上升以及花岗岩垂直节理的发育，华山壁立如削，耸峙关中。北魏郦道元《水经注》描写道："高千仞，削成而四方。远而望之，又若华状。"古代"华""花"二字相通，华山诸峰并峙，形似盛开的莲花，故名华山。而在诗人的生动世界里，那是主管西方的白帝的杰作。他是一个伟大的雕刻家，精挑细选，在最合适的时间和最合适的地点造出两大奇迹：莲花峰和云台峰。

这是一首送别诗。上面这一切都只是为了营造出一个神奇缥缈之境，为友人的"出场"作铺垫。就是在这样一个上接云天的神奇的地方，住着诗人的友人。元丹丘就住在云台峰，华山上的两个仙女为他洒扫门户，麻姑经常为他搔背止痒；他还经常出入天宫，与天帝谈天说地。这样的神仙生活怎么不令人羡慕！于是诗人亦真亦假地提出了自己的愿望：老朋友，你如果有幸酣饮天上的金精玉液，别忘了我！说它假，是因为这只是神话传说；说它真，是因为华山离长安近而山东远在海边，而且李白这个友人也有机会见到皇帝。九重，既可以指天上神仙居住的地方，也可以指人间君主居住的地方。玉浆，既可以指让人成仙的琼浆玉液，也可以指皇帝的赏赐。上天飞，既可以指升天成仙，也可以指一人之下，万人之上。据专家研究，李白进京当上翰林，就是元丹丘推荐的结果。

这首诗中运用了大量的神话传说，华山与黄河、山河景色与隐居环境、人间与仙界在想象中融为一体，其间交织着万里黄河的惊涛骇浪和绚丽多姿的山峰烟霞，显得格外壮丽和妩媚。篇章精心构撰，又挥洒自如，极见豪逸浪漫之风。

【评点】

严沧浪、刘会孟评本：强为大言，殊鄙俗可厌。是伪作。
《唐宋诗醇》卷五：健笔凌云，一扫靡靡之调。

杜陵^①绝句

南登杜陵上，北望五陵^②间。秋水明落日，流光灭远山。

【注释】

①杜陵：西汉宣帝刘询的陵墓，位于今陕西西安雁塔区曲江乡三兆镇南，潏、浐两河之间的鸿固原上，古为杜伯国，秦置杜县，汉宣帝在此筑陵，改称杜陵。

②五陵：为西汉五个皇帝陵墓所在地。它们是西汉高祖、惠帝、景帝、武帝、昭帝的陵园长陵、安陵、阳陵、茂陵、平陵，均在渭水北岸，今陕西咸阳市附近。

【赏析】

  杜陵在长安东南约五十里。诗人在秋天的一个下午,出了长安城,登上鸿固原,别的不望,就只是望北,望着渭水北岸的西汉五个帝王的陵墓。

  五十里,离开城市已经很远了,城市的喧嚷在耳边微弱地响着,逐渐变成了回忆。城市的繁华与热闹,首都的人物与气象,总之在首都发生的一切,以及诗人在里面经历的一切,现在有了思索的可能。然而诗人只是转向北方,望着渭水北岸的西汉五个帝王的陵墓。

  这五个帝王,汉高祖、汉惠帝、汉景帝、汉武帝、汉昭帝,是带领着西汉王朝从无到有,又一步步从弱小到强大,从贫穷落后到繁荣昌盛的帝王,也是生活上吃喝玩乐,政治上犯下一个又一个错误,终于让汉帝国在登上极盛顶峰的同时迅速滑向衰亡深渊的罪魁祸首。北望五陵,诗人看到了什么?

  只见一条河水在落日下闪闪发光,逶迤远去,最后,这粼粼的波光终于消失在遥远的山中了。

  即将消失的残阳和终于远去的河流充满了诗人的忧患意识。在瑟瑟秋风中,一个高大的背影伫立在杜陵上,他向北望着一字排开的五座陵墓,像是感受到了历史的不可抗拒。

【评点】

严沧浪、刘会孟评本：写景入妙。（又末二句）此景从无人拈出。

朱谏《李诗选注》：按此见帝王陵寝叹息而已，若夫事功之崇卑，德泽之远近，有不可泯者，虽死而犹存也。

前有樽酒行二首（其一）

春风东来忽相过，金樽渌酒①生微波。落花纷纷稍觉多，美人欲醉朱颜酡②。青轩桃李能几何，流光欺人忽蹉跎③。君起舞，日西夕。当年意气不肯倾，白发如丝叹何益？

【注释】

①渌酒：清酒。
②朱颜：红颜。酡：面容因饮酒而鲜红。
③流光：时光。蹉跎：虚度光阴。

【赏析】

《前有樽酒行》原为乐府题目，多表达宾主之间祝寿的内容，李白此篇只是借来作题目，其内容则变为叹息虚度光阴了。

撩起诗人情思的是春风。它从东边吹过来，轻轻拂动诗人的衣角，面前的酒杯里，立刻泛起一层涟漪。微风过去，花儿扑扑簌簌地往下掉；顺着声音往下看，地上的落花渐渐多了。

人生有少年、青年、壮年和老年。少年不知忧愁，但愚昧无知；青年最好，血气方刚，精力充沛，其聪明才智足以让其拼搏进取，而其健康乐观又足以为其抵御忧愁烦恼；到了壮年，家庭的重担、社会的责任压在肩上，外在的压力就像皮带扣子，越抽越紧；到了老年，行将就木，万念俱灰，一切都成了回忆。在这些阶段当中，美好的青少年时期就像这春天枝头鲜艳的花朵，看到枝头绽放的花朵，极易联想到朝气蓬勃、容光焕发的青少年时期，而看到花儿枯萎落下，就极易想到人生必然走向沉重灰暗、衰老死亡的命运，也极易唤起对美好时光的回忆。

但人生是一次性的，往事无法回头。回首往事，成熟的中年和老年会发现太多的无知荒唐，太多的虚度浪费，于是踊动的生存欲望希望抓住现在，尽可能最大限度地享受生命仅有的每一天，尽可能少地留下悔恨和遗憾。

所以，当春风落花打扰了诗人李白以后，诗人本能地握着了酒杯，这时，他变成了普通人。当然，李白是有宏伟的抱负与远大的理想，普通人也是这样；但当理想不能实现，在现实中处处碰壁的时候，就像普通人一样，诗人只想从生活本身去获得乐趣和满足，而附加于生活上面的种种责任和义务只让诗人感到被欺骗和被玩弄的屈辱，自小从教育和训诫处得到的空洞而抽象的行为准则在现实面前一一暴露原形。所以，当春风吹过酒杯，不但酒杯里泛起涟漪，诗人心海里也泛起涟漪，这时春风、落花和美酒就像生命女神派出的使者，向诗人诉说着人生的真谛。诗人倏然明白：为什么非要削尖了脑袋往政界钻呢？它们浪费了我太多的时间！

【评点】

严沧浪、刘会孟评本：浅语炼得恰好，读之快甚，正是太白本色。又，结语令人不胜慷慨。

《唐宋诗醇》卷二：即白所云"浮生若梦，为欢几何"之意，写来偏自细致，不是一味豪放，又不是齐梁卑靡之音，故妙。

望终南山寄紫阁①隐者

出门见南山,引领②意无限。秀色难为名③,苍翠日在眼。有时白云起,天际自舒卷。心中与之然④,托兴每不浅⑤。何当造幽人⑥,灭迹栖绝巘⑦?

【注释】

①终南山:在长安南边,即诗中"南山"。紫阁:紫阁山,为唐时终南名山,西南距西安约三十公里,夹在高冠峪与太平峪之间。

②引领:伸长脖子,表示注意或出神。

③难为名:难以准确描述。

④心中与之然:心中和那天边自由自在的白云一样。

⑤托兴每不浅:天边舒卷着的白云总给我无限的愉快。

⑥造:造访。幽人:隐者。

⑦灭迹：绝迹，远离人间，即隐居。绝巘：高不可攀的山峰。

【赏析】

　　这首诗作于长安。李白到长安，是想在政治上出人头地。他有远大的理想，有一套完美的但不切实际的人生规划，那就是帮助皇帝治平天下，然后在功成名就的时候归隐。为此他到处写诗作文，求人推荐，毫不谦虚地把自己比作张良、诸葛亮、谢安等大政治家。后来如愿以偿进了翰林院，能经常见到皇帝了，但事实证明了李白的志大才疏。李白既没有所有大政治家的治国方略，也没有所有大政治家的善于观察、善于把握时机的政治素质，更不用说亲自实践、以身作则的政治才干了。

　　诗人就是诗人。李白的人格分裂成了两半，一半是对诗歌艺术的热爱与探索，一半是对君主政治的幻想与献媚。前者多出于天性与本能，而后者主要是教育的结果。李白进了翰林院以后，诗人的本性让他忍受不了行政事务的单调机械，也让他无法适应官场的人际关系与生存方式，心中烦闷就是必然的了。这时，他突然望见了巍峨的终南山，心情一下子舒畅了。

　　因为那无法说出的秀色正与诗人的眼相宜。满山的苍翠把自然美慷慨施与，天边自由自在的白云送来解放自己的呼唤，于是诗人的心情一下子变得轻松了，感觉就像天边的白云一样舒服。

　　这时诗人的本性对目前的处境提出了强烈的抗议：与其被关在笼子里，还不如归隐！于是诗人的这一半就对那一半说：那我们什么时候归隐呢?这时,已经在紫阁山隐居的那个人就成了这一半李白的镜像。

【评点】

《删定唐诗解》卷二:率其自然,颇近泉(渊)明。

《艺概·诗概》:"有时白云起,天际自舒卷","却顾所来径,苍苍横翠微",即此四语,想见太白诗境。(又,)幕天席地,友月交风,原是平常过活,非广己造大也。太白诗当以此意读之。

【考据】

《唐宋诗醇》卷六云:"淡雅自然处,神似渊明,白云天际,无心舒卷,白诗妙有其意。"按渊明《归去来兮辞》有句云:"策扶老以流憩,时矫首而遐观。云无心以出岫,鸟倦飞而知还。""神似渊明"云者,殆谓此乎?然渊明佳处不止于此也,摘句说诗,适造其蔽。鲁迅指出:"我总以为倘要论文,最好是顾及全篇,并顾及作者的全人,以及他所处的社会状态,这才较为确凿。要不然,是很容易近乎说梦的。"(《且介亭杂文二集》之《〈题未定〉草(七)》)

登太白峰[①]

西上太白峰，夕阳穷登攀。太白[②]与我语，为我开天关[③]。愿乘泠风[④]去，直出浮云间。举手可近月，前行若无山。一别武功去，何时复更还？

【注释】

①太白峰：在今陕西武功县南九十里，为秦岭秀峰，高耸入云，终年积雪。
②太白：太白星。
③天关：通向天界的大门。
④泠（líng）风：轻妙的和风。庄子《逍遥游》：夫列子御风而行，泠然善也，旬有五日而后反。

【赏析】

贺知章是唐朝著名诗人,他写过《咏柳》:"碧玉妆成一树高,万条垂下绿丝绦。不知细叶谁裁出,二月春风似剪刀。"还写过《回乡偶书》。就是这样一位诗人,一见到李白,惊呼为"谪仙人",意思就是说李白是神仙下凡。这首《登太白峰》就是表现李白神仙风采的篇章。

首先,神仙是住在远离人间、高不可攀的地方。太白峰高耸入云,终年积雪,俗语说:"武功太白,去天三百。"李白自己也在《古风》其五中说:"太白何苍苍,星辰上森列。去天三百里,邈尔与世绝。"在《蜀道难》中,从太白山往西,只有鸟道,没有人走的路,可见其高。山势如此高峻,李白登上去了。一个"穷"字,说明诗人不畏其高,最后征服了它。整座高山都在脚下,是一种什么气魄?

其次,神仙与日月星辰在一起,生活在一个仙境中。在这首诗里,太白金星主动与诗人搭话,而且举手之间,月亮就在旁边冉冉出现了。

再次,神仙体轻如羽毛,想飞就飞。在这首诗里,习习和风托起诗人的身躯,让他在同样没有重量的云彩中穿行。

但李白是谪仙人,即贬下人间的仙人,他食人间烟火,忍受着世俗的痛苦,再想返回天庭而不能。在这首诗里,诗人希望乘清风归去。太白金星似乎同情诗人在人间所遭受的磨难,也愿意为他打开重返上界的大门。浮云以上的世界,对诗人来说,是多么熟悉呀!

但李白是谪仙人,虽有了离开的机会,他却割舍不下人间的悲欢离合，又牵挂凡人的兴衰荣辱。

"一别武功去，何时复更还？"

正当李白幻想乘泠风，飞离太白峰，神游月境时，回头望见了太白山旁边和它一样峻高的武功山。一种留恋人间，渴望有所作为的思想感情不禁油然而生，深深地萦绕在心头。

什么时候再回来呢？这两句细腻地表达了他那种欲去还留，既出世又入世的微妙复杂的心理状态，言有尽而意无穷，蕴藉含蓄，耐人寻味。

留恋人间的诗人看来注定要永历烦恼。这只生命的小船，注定要在苦恼的大海上漂泊。

晚唐诗人皮日休说过："言出天地外，思出鬼神表，读之则神驰八极，测之则心怀四溟，磊磊落落，真非世间语者，有李太白。"此诗是已。世界何时不龌龊？人生何时无烦恼？操何业然后可以慷慨？处何地然后可以逍遥？与何人谓之得志？死何事谓之得所？于是大想象者，忧则驰骋天际，乐则回首人间，身心卓绝，满怀深沉的泪水和爽朗的笑声，雄奇跌宕，有李太白。

【评点】

严沧浪、刘会孟评本："与我语"同"天关"，太白每有此等，然不为佳，此俗夫所慕。又："近月"两句好胸襟。结太寻常少味。

〔日〕近藤元粹《李太白诗醇》：与《望松廖山》同一奇想奇语，非谪仙决不能言。

题东溪公幽居①

　　杜陵贤人清且廉②,东溪卜筑岁将淹③。宅近青山同谢朓④,门垂碧柳似陶潜⑤。好鸟迎春歌后院,飞花送酒舞前檐。客到但⑥知留一醉,盘中只有水精盐⑦。

【注释】

　　①东溪公:即杜陵贤人,姓名不详。幽居:幽静的住处。
　　②杜陵贤人清且廉:此句谓东溪公原为居住在杜陵的清廉贤人。杜陵,长安东南的汉宣帝陵墓。
　　③东溪:今安徽当涂青山附近的水溪。卜筑:择地建筑住宅,即定居之意。岁将淹:指东溪公已经隐居了很长时间。岁,岁月。淹,时间很久。
　　④同谢朓:南朝齐梁诗人谢朓任宣城太守时,在今安徽当涂东南三十里的青山建造房屋,打算隐居。

⑤似陶潜：陶潜隐居以后，写《五柳先生传》说："先生不知何许人也，亦不详其姓字。宅边有五柳树，因以为号焉。"

⑥但：只。

⑦水精盐：亦作"水晶盐"，一种晶莹明澈如水晶的盐。

【赏析】

当涂在长江南岸，山清水秀，风景秀美。南朝齐梁诗人谢朓做宣城太守期间，喜欢上了这里，就盖了房子，打算日后在这里隐居。李白也爱上了这里，而且谢朓又是李白景仰的诗人，所以李白也愿栖息在这里，与山水古人做伴。如今东溪公隐居在这里，怎能不让诗人赞赏以至羡慕呢？

况且东溪公为人清廉正直呢！"杜陵贤人清且廉"一句，是全篇的灵魂，它让卜筑这种隐居的决定和"岁将淹"这种隐居的长期性，同人品联系起来，使幽居旁边的青山碧柳闪耀着人性的光辉，也唤醒了几百年前具有相同志趣的古人。

这样，隐居就不再是寂寞的。活泼的鸟儿歌唱，娇艳的飞花翩翩起舞，前院后院一派春色，面对青山，请举杯！

诗人来了。但是对不起，东溪公不懂什么客套，没有繁缛的礼节，也没有罗列的酒席，请随意，你只管自己高兴吧！

正合吾意。李白说。

【评点】

严沧浪、刘会孟评本：犹存浑气。

《唐诗品汇》卷八三引刘辰翁批语：律稳丽意浓。

朱谏《李诗选注》：此乃李白之律诗也，一气浑成，不事雕琢。其态度语句清丽，唐之诸诗人竭力为者，反不能及。晚唐纤细，又安能望其后尘乎？

《唐诗合解》"客到但知留一醉"下批："'但'字妙，是不问有无肴馔，全脱略于形骸。"又评末句云："只有也。其外并无他物，其清廉于是可见矣。"

灞陵①行送别

送君灞陵亭,灞水流浩浩。上有无花之古树,下有伤心之春草。我向秦人问路岐②,云是王粲南登之古道③。古道连绵走西京④,紫阙⑤落日浮云生。正当今夕断肠处,骊歌⑥愁绝不忍听。

【注释】

①灞陵:位于长安东南三十里处,有一条灞水,因为汉文帝葬于此,遂称灞陵。

②问路岐:问路。路岐,岔路口。

③王粲南登之古道:王粲,东汉末年建安时著名诗人。汉献帝初平三年,董卓的部将李傕、郭汜等在长安作乱,王粲避难荆州,临行作了著名的《七哀诗》,其中有"南登灞陵岸,回首望长安"的诗句。

④西京:指长安。

⑤紫阙：帝王居住的地方。
⑥骊歌：指逸诗《骊驹》，是一首离别时唱的歌。

【赏析】

这首诗作于长安，从诗中"古道连绵走西京，紫阙落日浮云生"两句来看，这首诗当作于诗人遭到谗毁以后。古代诗人把浮云和太阳放在一起，组成浮云蔽日意象的时候，往往有"谗邪害公正"的寓意，象征着朝廷中邪佞蔽主、谗毁忠良的黑暗政治局面。

李白以浮云比喻小人的诗歌，不止一首。《古风》第三十七首云："浮云蔽紫闼，白日难回光。"《登金陵凤凰台》最后两句写道："总为浮云能蔽日，长安不见使人愁。"寓意和这首一样。大概李白做了翰林以后，恃才傲物，得罪了同僚和权贵，他们纷纷向唐玄宗进谗，说李白的坏话，以至于唐玄宗慢慢疏远了李白。李白忧愁烦闷，于是就借送别抒发自己政治上的伤心，并借过去发生在送别地的故事，回望长安，创造出浮云蔽日的意象，含蓄地表达自己对朝廷的眷恋和无奈。

这首诗最大的艺术特点是借景抒情，作者不直接抒发心中的愁闷，而是重笔涂抹，营造出一个伤感的送别场面。

在唐代，人们出长安东门送亲别友，常常在灞陵分手，因此，包含着"灞"字的灞上、灞陵、灞水等，已经带上了离别的伤感的色彩。"送君灞陵亭，灞水流浩浩。""灞陵""灞水"重复出现"灞"字，烘托出浓郁的离别气氛。写灞水水势"流浩浩"，固然是实写,也象征诗人那种惜别的感情。这是赋,而又略带比兴。紧接着的两句一笔宕开,用"伤心"一词为朋友临别营造一个氛围,也用"古"字为王粲出场、为此诗的多种用途埋下伏笔,从而拓展了诗的意境。这样,前面四句,由于点到灞陵、古树,在伤离、送别的环境描写中,已经透露着怀古的情绪了。

因此五、六句的出现就显得自然:朋友南行的路,乃是当年王粲避乱时走过的古道,于是"南登灞陵岸,回首望长安"的名句在耳边响起,诗人不由得回过头,顺着王粲的目光看。"古道连绵走西京,紫阙落日浮云生。"浮云漫漫,看不见皇帝居住的地方;而那轮红日,已经没有了早晨的朝气,而带上了黄昏的苍茫。这可能是写实,但在送别的题目里,这种景色描写带有更多的寄托。大唐王朝在诗人的眼里,已经走上了衰落的下午和傍晚,昔日王粲回头,伤心地看着被兵火摧毁了的长安;而现在,诗人眼里的长安,前景也不妙。在这个小人当道的地方,诗人也不知道该怎么办。"我向秦人问路岐",李白不可能不知道这条古道的来历,因此,此问固然可以说有确证此路的意思,但更多的,还是对人生出路和国家命运的一个伟大的问号。

因此,五、六、七、八四句完成了此诗由简单的送行诗向多重寓意诗的转换,从而赋予此诗以多棱的艺术光彩。

此诗只是拿送别做话头,因此真正明说离别的只有收尾两句。诗在形式上也很好地配合了诗歌所要表达的思想内容。它以两个较短的五言句开头,用"浩浩"造成语势,以下都是"浩浩"的具体内容,"浩浩"就是全诗诗眼。以下都是七言长句。三句、四句和六句用了三个"之"字,一方面造成语气的贯注,一方面又在句中将语势勒住，造成顿挫。诗的一、二句有两个"灞"字在音响和意义上进行强调；三、四句用排比来蓄积感情；五、六句和七、八句的顶针句式更是造成断而复续、回环往复的语气，并和换韵的技巧一起，配合着诗意的转换和思想境界的挖掘。李白的诗挥洒自如，但绝不是信口开河。

【评点】

〔日〕近藤元粹《李太白诗醇》卷三：谢叠山云：缀景清新。

《唐诗评选》卷一："夹乐府入歌行，掩映百代。"

《昭昧詹言》卷一二：叙起。"上有"二句奇横酣恣，天风海涛，黄河天上来。"我向"句倒点题柄，更横。"古道"句入"送"。

上李邕[①]

大鹏一日[②]同风起,扶摇[③]直上九万里。假令风歇时[④]下来,犹能簸却沧溟[⑤]水。时人见我恒殊调[⑥],见余大言[⑦]皆冷笑。宣父犹能畏后生[⑧],丈夫未可轻年少[⑨]。

【注释】

①李邕:唐代一位名闻海内的大名士,著名的书法家、文学家,做过渝州(今重庆)刺史和北海(今山东益都)太守。

②一日:有朝一日,一旦。

③扶摇:像自下而上的旋风一样。

④假令:如果。时:偶尔。

⑤簸却:簸去。簸,簸扬。却,去。沧溟:大海。

⑥恒:经常。殊调:与众不同的观点。

⑦大言:大话。

⑧宣父犹能畏后生：宣父，孔子，唐朝封孔子为宣父。《论语·子罕》："子曰：后生可畏。焉知来者之不如今也？"意思是说，年轻人可能暂时不如老年人，但说不定后来会超过老年人，因此，不要看不起年轻人。

⑨丈夫：对男子的尊称，此指李邕。轻：轻视。年少：少年，年轻人。

【赏析】

大鹏是庄子笔下的庞然大物。《庄子·逍遥游》说："北冥有鱼，其名为鲲。鲲之大，不知其几千里也。化而为鸟，其名为鹏。鹏之背，不知其几千里也。怒而飞，其翼若垂天之云。是鸟也，海运则将徙于南冥。"又说："鹏之徙于南冥也，水击三千里，抟扶摇而上者九万里。"大鹏鸟是庄子哲学中自由的象征，理想的图腾。李白胸怀大志，非常自负，又深受道家哲学的影响，故多以大鹏自比。他在《大鹏赋》里极力夸张大鹏的能力的无限性，它"蹶厚发，揭太清，亘层霄，突重溟"，"其动也神应，其行也道俱"，看不起只知炫耀羽毛的"蓬莱之黄鹄"和"苍梧之玄凤"。

这首诗也是把自己比作大鹏。看那大鹏，一旦乘风飞起，就会直上云霄。即使风停了，落下来还能把大海里的水溅得哪儿都是。这前四句构成第一个层次，只刻画了一个大鹏的形象，但李白强烈的自信与自负流淌在言语之外。按说，李邕作为一个名人，又是长辈，写诗给他，首先应该奉承他才算尊重，即使说起自己，也应该谦虚才是。但李白鄙视这种贬低自己抬高别人的丑陋伎俩。他要先声夺人,用自己的真实面目来同名满天下的李邕相抗衡。

诗的后四句,是世人对自己的态度和自己对李邕的期望。世人听不进不同意见,只把它当成大话而付之一笑。因此,当诗人把自己比作大鹏的时候,总被人讥笑为自不量力。但是孔子还知道后生可畏的道理,更何况李邕不是一般人,怎么能像庸人那样轻视诗人呢?对于这位名士,李白竟敢与之分庭抗礼,足见诗人的狂傲和胆量。

这首诗,有人说是李邕任渝州刺史,而李白还没有离开四川时候的作品。当时李白还是一个小青年,不被已经成名的李邕所看重。还有人认为这是李白赐金放还以后,到山东散心时的作品,当时李邕任北海太守。但这时李白已经四十多了,不应该还自称"年少"。还有人认为此诗不全。现在看这首诗,突如其来,戛然而止,给人造成的是一种电光石火般的惊艳,因此很有可能仅仅是中间一段。但即使如此,这八句意义相对完整,已经塑造出一个巨人式的李白形象和平视对手的傲岸人格。

【评点】

严沧浪、刘会孟评本:小儿语,岂可使北海见?又:是伪作。又:稚甚。

【考据】

　　古人以此诗口气轻慢,非所以谒大官、见长者、待师儒之礼,且与李白干进诸作大异,故疑为伪作。今人有辨之者。可参阅葛景春《李白〈上李邕〉写于蜀中》一文,载《社会科学研究》1986年6期。

金乡送韦八之西京①

客自长安来,还归长安去。狂风吹我心,西挂咸阳②树。此情不可道,此别何时遇?望望③不见君,连山起烟雾。

【注释】

①金乡:今山东金乡。西京:长安。
②咸阳:亦指长安,为避免重复,故云。
③望望:望了又望。

【赏析】

这首诗或许作于天宝年间,李白离开长安,东游宋、鲁以后。这时李白的思想感情是极其矛盾的,一方面,他已经看透了开元盛世的虚假本质，建功立业的诱惑开始减退；可是另一方面，他又对国家、民族前途担心。他想向最高统治者进言，但朝廷的大门对李白已经关闭，昏庸的唐玄宗完全被小人和奸臣包围，李白像同时代的许多清醒的正派人一样，焦急万分，然而孤立无援。这时，正好一个朋友要回长安，李白抒发忧国忧民情怀的机会来了。

这个朋友是韦八。韦八其人，具体情况不详。他姓韦，在兄弟中排行第八。唐人相互之间爱以排行相称，而所谓的排行，也大多不是亲兄弟之间的排行，而是一个祖父甚至曾祖父下面的所有兄弟之间的排行。

韦八从长安来到山东，现在要回长安了。长安牵动了诗人最敏感的那根神经，那里是李白的天国，但那里又是伤害李白最深、最让李白迷失自己的地方。除了长安，祖国的任何一个地方，李白说来就来，说走就走；唯独长安，来了又想走，走了又想来。究其原因，还不是因为那里住着一个皇帝！

所以，李白念叨了两遍"长安"，情绪似乎突然失控，喊出了心里话：苍天！为我刮起一阵狂风，把我这颗对皇帝忠心耿耿的红心吹到长安，挂在长安的树上，让那些奸诈小人瞧瞧！也让那个昏君瞧瞧！

在那个是非颠倒的时代，乱说话是很危险的，所以李白马上遏制住感情的洪水，改用隐晦曲折的笔法暗示自己的幽愤与关爱。

表面看来，这是一首送别诗。由于开头两句说到韦八的离开，照应了题目，三、四两句似乎表达的是不忍离去和离别后强烈的思念。"此情不可道"一句也似乎说的是无法言说的离别之情。但这是一种寄托的创作手法，诗人在离别的题目上还寄托着更多的忧伤,这种忧伤就像满山遍野的风烟迷雾,即使是普通的离别,也会不可遏制地反映到诗歌中来。

【评点】

《分类补注李太白集》评此诗:"太白此诗因别友而动怀君之思,可谓身在江海,心存魏阙者矣。或者谓白诗全无关于人伦风教,其厚诬太白哉!"

严沧浪、刘会孟评本:只是昔人惜别常语,更无新意,然道得快逸,亦是超然。

经下邳圯桥怀张子房①

子房未虎啸②,破产不为家③。沧海得壮士,椎秦博浪沙④。报韩虽不成,天地皆振动⑤。潜匿游下邳⑥,岂曰非智勇?我来圯桥上,怀古钦⑦英风。唯见碧流水,曾无黄石公⑧。叹息此人去,萧条徐泗空⑨。

【注释】

①下邳圯桥:在今江苏睢宁古邳镇。圯桥,又叫圯上。圯,即桥。张子房:西汉留侯张良。
②未虎啸:还没有名声的时候。
③破产不为家:据《史记》记载,张良是战国时期韩国贵族,祖父和父亲曾相继为韩国国相。秦灭韩后,张良散尽家财,隐姓埋名,立志为韩国报仇。
④"沧海"两句:后来,张良"东见沧海君,得力士,为铁椎

重百二十斤"。秦皇帝东游,"良与客狙击秦皇帝博浪沙中"。博浪沙,在今河南原阳。

⑤"报韩"两句:力士椎击秦始皇时,误中副车。秦皇帝大怒,"大索天下",天下都知道张良了。

⑥潜匿游下邳:张良为逃避追捕,更换姓名,隐藏在下邳。

⑦钦:仰慕。

⑧曾无黄石公:张良隐藏在下邳的时候,有一次在圯上散步,遇一老父,让张良为他拾鞋、穿鞋,以为"孺子可教",就传授给他《太公兵法》一书,曰:"读此书则为王者师矣。后十年兴,十三年孺子见我济北,谷城山下黄石即我矣。"曾,竟然。

⑨徐泗:唐朝的徐州和泗州,这里指下邳一带。

【赏析】

张良是秦末汉初的风云人物,他辅佐刘邦打败了项羽,建立了汉朝。但李白这首诗,着眼点不是张良如何运筹帷幄之中,决胜千里之外,也不是张良如何权高位重而不贪恋名位,而是张良还在默默无闻时候的两件事迹。

一是张良倾家荡产结交天下英雄豪杰,为韩国报仇的事迹。当时秦始皇威震天下,几个诸侯国一个一个地都被他消灭了。但张良以个人的力量对抗手里握有百万铁甲雄师的暴君。这是李白这首诗赞颂张良的一个重点。李白认可的活法是个人主义式的英雄,这种英雄不爱惜家产祖业,也不依赖世交故知;他四海为家,赤手空拳接受时代风雨的洗礼,只凭百折不挠的意志和惺惺相惜的意气,在人生和命运的大海上冲波劈浪。这也就是李白的活法。所谓"萧条徐泗空",就是说没有人像张良那样立身行事,而李白感到孤独了。

一是张良被黄石公赏识并栽培的事迹。在为黄石公捡鞋子、穿鞋子之前,张良一直处于人生低谷。秦国军队让他国破家亡,一下子从贵族的地位跌进难民的行列;刺杀秦始皇又没有成功,招来追捕的弥天大网,他只能到处躲藏,成了一个在逃犯,随时有生命危险。在遇到黄石公以后,胸中有了本事,有了叱咤风云的自信;接着就是秦始皇病死,陈胜、吴广起义,秦朝灭亡,张良的机会来了;再然后就是天下大乱,英雄的时代到来了,张良如鱼得水,稳步走向自己人生的辉煌。李白在这首诗里提到黄石公,就是羡慕张良有人助他成功,而自己一直落拓不遇。所谓"曾无黄石公",就是在说没有人赏识、提拔自己。

因此,这首诗虽然是一首怀古诗,却处处在写自己,在抒发自己的人生理想和怀才不遇的感慨。但是诗人并没有完全消沉。"潜匿游下邳,岂曰非智勇?"一个人要能屈能伸,在逆境中潜伏下来等待机会,是智勇而不是愚勇。李白写这首诗的时候,已经离开长安,充满了失意和惆怅,于是就拿张良"未虎啸"的历史事实来安慰自己。

【评点】

《诗归》卷一五:谭元春曰:数语将子房说活了。无数断案,在"岂曰非智勇"五字,可作《留侯世家》小赞。

《唐诗镜》卷一七:奇杰。似与古人把臂披豁,不徒为歔欷凭吊之辞。

〔日〕近藤元粹《李太白诗醇》卷四:潘稼堂曰:子房之为人,从下邳圯桥分界。以前是一截人,以后又是一截人。此诗亦分两半篇,从"岂曰非智勇"句止,是上半篇,是宾;从"我来圯桥上"句起,是下半篇,是主。

《唐诗合解》卷一:是一首绝妙咏史诗。钟伯敬曰:"读太白诗,当于雄快中察其静远。精出处,有斤两,有脉理。"

《石洲诗话》卷一:太白咏古诸作,各有奇思。沧溟只取《怀张子房》一篇,乃仅以"岂曰非智勇""怀古钦英风"等句,得赞叹之旨乎?此可谓仅拾糟粕者也。入手"虎啸"二字,空中发越,不知其势到何等矣,乃却以"未"字缩住;下三句又皆实事,无一字装他门面。及至说破"报韩",又用"虽"字一勒,真乃逼到无可奈何,然后发泄出"天地皆振动"五个字来,所以其声大而远也。不然,而但讲虚赞空喝,如"怀古钦英风"之类,使后人为之,尚不值钱,而况在太白乎?

【考据】

《水经注》卷二五"沂水":沂水于下邳县北,西流,分为二水,一水于城北西南入泗,一水径城东屈从县南,亦注泗,谓之小沂水。水上有桥,徐、泗间以为圯。昔张子房遇黄石公于圯上,即此处也。

梦游天姥①吟留别

　　海客谈瀛洲,烟涛微茫信难求。越人语天姥,云霞明灭或可睹。天姥连天向天横,势拔五岳掩赤城②。天台③四万八千丈,对此欲倒东南倾。

　　我欲因之梦吴越④,一夜飞度镜湖⑤月。湖月照我影,送我至剡溪⑥。谢公宿处⑦今尚在,渌水荡漾清猿啼。脚著谢公屐⑧,身登青云梯⑨。半壁见海日,空中闻天鸡⑩。千岩万转路不定,迷花倚石忽已暝。熊咆龙吟殷⑪岩泉,栗深林兮惊层巅。云青青兮欲雨,水澹澹兮生烟。列缺霹雳⑫,丘峦崩摧。洞天⑬石扉,訇然中开。青冥浩荡不见底,日月照耀金银台⑭。霓为衣兮风为马,云之君⑮兮纷纷而来下。虎鼓瑟兮鸾回车,仙之人兮列如麻⑯。忽魂悸以魄动,恍惊起而长嗟。惟觉时之枕席,失向来之烟霞⑰。

　　世间行乐亦如此,古来万事东流水。别君去兮何时还,且放白鹿青崖间,须行即骑访名山。安能摧眉折腰⑱事权贵,使我不得开心颜!

【注释】

①天姥：天姥山，在今浙江新昌县东五十里，乃括苍山脉余支，道书列为第十六洞天，传说山上有神仙唱歌。

②赤城：山名，在今浙江天台县北六里，土色皆赤，状似云霞，故名。

③天台：山名，在今浙江天台县。

④吴越：此篇指越。

⑤镜湖：在今浙江绍兴，又叫鉴湖。

⑥剡溪：在今浙江嵊州市。

⑦谢公宿处：谢公，诗人谢灵运，有"暝投剡中宿，明登天姥岑"的诗句。

⑧谢公屐：谢灵运爱登山，常着木屐，上山则去其前齿，下山去其后齿。

⑨青云梯：谓山路曲折向上，直入云霄，就像登天的梯子。

⑩天鸡：《述异志》：东南有桃都山，上有大树名曰桃都，枝相去三千里，上有天鸡，日初出照此木，天鸡则鸣，天下之鸡皆随之鸣。

⑪咆：怒吼。吟：长鸣。殷：震动。

⑫列缺：闪电。霹雳：雷声。

⑬洞天：神仙所居之名山胜境。

⑭金银台：神仙所居之处。

⑮云之君：云神，即《楚辞》所谓"云中君"。

⑯如麻：形容神仙很多。上元夫人《步玄曲》：忽过紫微垣，

真人列如麻。

⑰烟霞：泛指梦中景物。

⑱摧眉：蹙眉。折腰：弯腰。

【赏析】

　　梦是人类忠实的奴仆，它像行驶在洪荒时代的古代尼罗河上的太阳船，从蛇守护着的巴胡山缓缓驶来，把我们的身体留在床上，带着我们的心灵，由创造世界的拉神陪伴着，缓缓驶过长满灯芯草的尼罗河；当夜幕降临以后，又增加了十二位女夜神的陪伴，并且躺在睡莲花瓣之上，驶过悲凉凄清的夜幕，缓缓升上天空，从闪烁的猎户座旁边驶过，最后在太阳照耀着的尼罗河水面上醒来。它又如三世诸佛具足的六种神通，神妙不测，无碍自在，从无始以来，遍一切处，可以深入地狱而救母，种种哀嚎痛楚皆所耳闻目见；可以升至三十三天而听法，天乐香花，周匝围绕，种种吉祥，种种妙好；可以忆及久远以前，身心清净而堕恶道，转世为人而修行；可以亲见恒河沙数诸佛，无有众苦，但有极乐，于是决定往生彼所。它又如《西游记》里的美猴王，闪转腾挪，一个筋斗即至十万八千里以外；随喜变化，对妖则为人，对人或为妖，遇恶魔则为善神，遇善神或为恶魔；又可入耳穿鼻，愿言则嚏；又可入其肺腑，牵其肠而挂其肚。它又如阿拉伯民间故事里的飞毯，阿拉丁的神灯，四十大盗的咒语，在人间的沙漠里留下一串串温暖的驼铃……

　　梦，至矣神矣！试问天下谁非做梦者？汤显祖《牡丹亭题辞》

云:"天下岂少梦中之人邪?"人人都要做梦,每个人每天都要做梦,只是大多数人的大多数梦都伴随着醒来而遗失了,而诗人把它们保存了下来,非但如此,诗人还使用梦的形态来讲述人间悲喜。就中国古代文学来说,诗歌有汉乐府《饮马长城窟》中开头六句:"青青河畔草,绵绵思远道。远道不可思,宿昔梦见之。梦见在我傍,忽觉在他乡。"又有晚唐温庭筠词《菩萨蛮》十四首其二上阕:"水精帘里颇黎枕,暖香惹梦鸳鸯锦。江上柳如烟,雁飞残月天。"文则有战国时代楚国人宋玉《高唐赋》开头一段:昔者楚襄王与宋玉游于云梦之台,望高唐之观。其上独有云气,崒兮直上,忽兮改容,须臾之间,变化无穷。王问玉曰:"此何气也?"玉对曰:"所谓朝云者也。"王曰:"何谓朝云?"玉曰:"昔者先王尝游高唐,怠而昼寝,梦见一妇人曰:'妾巫山之女也,为高唐之客。闻君游高唐,愿荐枕席。'王因幸之。去而辞曰:'妾在巫山之阳,高丘之阻,旦为朝云,暮为行雨。朝朝暮暮,阳台之下。'"戏曲则有关汉卿《蝴蝶梦》《西蜀梦》,汤显祖玉茗堂四梦;小说有黄粱一梦,梦醒而饭犹未熟;然后就是伟大的《红楼梦》,至今国人犹在其中梦梦……

文人骚客之梦作也夥矣!李白何独不然。翻检太白诗,有梦处各有主旨,而大端有四,其下又有变体,无不托梦以言情言志。有思考整个世界而终归虚无者,如《古风》其八:"庄周梦胡蝶,胡蝶为庄周。一体更变易,万事良悠悠。乃知蓬莱水,复作清浅流。"此种哲思很容易为玩世提供方便,如《登高丘而望远海》:"登高丘,望远海,六鳌骨已霜,三山流安在。扶桑半摧折,白日沉光彩。银台金阙如梦中,秦皇汉武空相待。"神仙之说徒虚语耳。于是《春日醉起言志》直言不讳："处世若大梦，胡为劳其生。所以终日醉，颓然卧前楹。"有感叹个人抱负蹉跎者，如《早秋赠裴十七仲堪》："荆人泣美玉，鲁叟悲匏瓜。功业若梦里，抚琴发长嗟。"感叹得不到施展才智的机会，于是就有了《酬张卿夜宿南陵见赠》这样的诗篇："傅说未梦时，终当起岩野。万古骑辰星，光辉照天下。"以古人成功之梦激励自己。这种成功取决于君王一人，于是就有了"忽复乘舟梦日边"的幻想；又因为皇帝在长安住着，就有了"东风吹梦到长安""长安如梦里"，长安成了做梦的原因和内容。有代男女言情者，如《长干行》其二："八月西风起，想君发扬子。去来悲如何，见少离别多。湘潭几日到，妾梦越风波。"《大堤曲》："春风无复情，吹我梦魂散。不见眼中人，天长音信断。"或戍卒闺妇，或估客商妇，或宫女怨望，或弃妇决绝。有朋友离别相思者，如《鸣皋歌奉饯从翁清归五崖山居》："忆昨鸣皋梦里还，手弄素月清潭间。觉时枕席非碧山，侧身西望阻秦关。"或惆怅联翩同游的往昔，如《洞庭醉后送绛州吕使君果流澧州》："昔别若梦中，天涯忽相逢。"或神往只影独往的远方，如《赠别舍人弟台卿之江南》："去国客行远，还山秋梦长。"或游子思乡，如《淮南卧病书怀寄蜀中赵征君蕤》："朝忆相如台，夜梦子云宅。旅情初结缉，秋气方寂历。风入松下清，露出草间白。故人不可见，幽梦谁与适。"《江上寄巴东故人》："汉水波浪远，巫山云雨飞。东风吹客梦，西落此中时。"《赠别王山人归布山》："我心亦怀归，屡梦松上月。"或归隐学仙，如《书情题蔡舍人雄》："我纵五湖棹，烟涛恣崩奔。梦钓子陵湍，英风缅犹存。"《寄韦南陵冰余江上乘兴访之遇寻颜尚书笑有此赠》："梦见五柳枝，已堪挂马鞭。"《酬王补阙惠翼庄庙宋丞泚赠别》:"学道三千春,自言羲和人。轩盖宛若梦,云松长相亲。"

在有梦的众作之中,《梦游天姥吟留别》是比较特殊的一篇。在其他作品中,梦只是整个作品的局部要素,在这里梦却是作品的整个结构。全诗分三段。开头至"对此欲倒东南倾"为第一段,用海上仙山和陆上名山作陪衬,写传闻中的天姥山的可游,引起诗人的游兴,是入梦的契机。从"我欲因之梦吴越"到"失向来之烟霞",是入梦。诗人利用梦境无所不能的神奇力量,完整地记述了从出发到到达,从山脚到山顶,从白天到晚上,从人间到仙境的亦幻亦真的精神历程。余下七句是第三段,是梦醒,是出梦。梦和作品合二为一,没有梦就没有《梦游天姥吟留别》。

在有梦诸作里,这篇作品的特殊之处还在于它广为人知,播在人口。然而,在人们非常熟悉它的情况下,是不是有必要指出:不会做梦者,绝对写不出这样的佳作,不会做梦者,绝对读不懂这样的佳作?

然而这篇佳作却包含深刻的悖论。"我欲因之梦吴越,一夜飞度镜湖月。"心向往之切,刻不容缓,竟然化梦而行,这是怎样的高兴与期待?然而梦醒长嗟,"世间行乐亦如此,古来万事东流水",又是怎样的空虚与失望?这样的梦还值得做吗?好梦一场,却发现了人生的无意义,诗人会不会后悔此行?把天姥想得那么好,海上仙山不如它,五岳名山不如它,气象万千,叫唤黎明的天鸡在这里,日月同耀的仙界在这里,然而结果无非是一个梦,这是怎样的意义世界的崩塌?世间行乐亦如此,则世间还须行乐否?既然亦如此,为何还放白鹿于青崖间?此次名山之访已经如此,下次名山之访又将何如？"安能摧眉折腰事权贵，使我不得开心颜。"抗击世俗有效否？安知事与不事不同一梦乎！

梦终须醒。有一等诗人，却留恋梦境，徘徊而不能去。晏几道词《鹧鸪天》云："小令尊前见玉箫。银灯一曲太妖娆。歌中醉倒谁能恨，唱罢归来酒未消。春悄悄，夜迢迢。碧云天共楚宫遥。梦魂惯得无拘检，又踏杨花过谢桥。"纳兰容若词《金缕曲》"亡妇忌日有感"一首云："此恨何时已。滴空阶、寒更雨歇，葬花天气。三载悠悠魂梦杳，是梦久应醒矣。"

太白，是梦久应醒矣。尚飨。

【评点】

《批选李翰林集》卷三：（"海客"四句下）瀛洲难求而不必求，天姥可睹而实未睹，故欲因梦而睹之耳。（"半壁"二句下）甚显。（"千岩万转"二句下）甚晦。（"洞天"四句下）又甚显。（"霓为衣兮"四句下）又甚晦。"梦吴越"以下，梦之源也；次诸节，梦之波澜。其间显而晦，晦而显，至"失向来之烟霞"极而与人接矣，非太白之胸次、笔力，亦不能发此。"枕席""烟霞"二句最有力。结语平衍，亦文势之当如此也。

《批点唐诗正声》：《梦游天姥吟》胸次皆烟霞云石，无分毫尘浊，别是一副言语，故特为难到。

《唐诗别裁》卷六：（"海客谈瀛洲"）引起。（又，）"飞度镜湖月"以下，皆言梦中所历。（"訇然中开"）一路离奇灭没，恍恍惚惚，是梦境，是仙境。（"恍惊起而长嗟"）梦醒。（"古来万事东流水"）因梦游推开，见世事皆成虚幻也。（"别君去兮何时还"）留别意只末路一点。（总评：）托言梦游，穷形尽相，以极洞天之奇幻，至醒后顿失烟霞矣。知世间行乐，亦同一梦，安能于梦中屈身权贵乎？吾当别去，遍游名山以终天年也。诗境虽奇，脉理极细。

《唐宋诗醇》卷六：七古歌行，本出楚骚、乐府。至于太白，然后穷极笔力，优入圣域。昔人谓其"以气为主，以自然为宗，以俊逸高畅为贵，咏之使人飘飘欲仙"，而尤推其《天姥吟》《远别离》等篇，以为虽子美不能道。盖其才横绝一世，故兴会标举，非学可及，正不必执此谓子美不能及也。此篇夭矫离奇，不可方物，然因语而梦，因梦而悟，因悟而别，节次相生，丝毫不乱；若中间梦境迷离，不过词意伟怪耳。

《昭昧詹言》卷一二：陪起，令人迷。"我欲"以下正叙梦，愈唱愈高，愈出愈奇；"失向"句，收住。"世间"二句，入作意，因梦游推开，见世事皆成虚幻也；不如此，则作诗之旨无归宿。留别意，只末后一点。韩《记梦》之本。

《老生常谈》：《梦游天姥吟留别》诗，奇离惝恍，似无门径可寻。细玩之，起首入梦不突，后幅出梦不竭，极恣肆幻化之中，又极经营惨淡之苦，若只貌其格句字面，则失之远矣。一起淡淡引入，至"我欲因之梦吴越"句，乘势即入，使笔如风，所谓缓则按辔徐行，急则短兵相接也。"湖月照我影"八句，他人捉笔可云已尽能事矣，岂料后边尚有许多奇奇怪怪。"千岩万转"二句，用仄韵一束，以下至"仙之人兮"句，转韵不转气，全以笔力驱驾，遂成鞭山倒海之能，读去似未曾转韵者，有真气行乎其间也。此妙可心悟，不可言喻。出梦时，用"忽魂悸以魄动"四句，似亦可以收煞得住，试想若不再足"世间行乐"二句，非但喝题不醒，抑亦尚欠圆满。"且放白鹿"二句，一纵一收，用笔灵妙不测。后来惟东坡解此法，他人多昧昧耳。

〔日〕近藤元粹《李太白诗醇》：严云："半壁"二句，不独境界超绝，语音亦复高朗。（"云青青兮"二句下）严云：有意味在"青青""澹澹"字作叠。（"霓为衣兮"四句下）严云：太白写仙人境界皆渺茫寂历，独此一段极真，极雄，反不似梦中语。又云："世间"云云，甚达，甚警策，然自是唐人语，无宋气。

【考据】

《梦游天姥吟留别》是中学阶段就已学过且要求背诵的一首诗歌。专攻古代文学以来，又不时读到这首诗，但最近却诧异了，因为发现以前特别熟悉的"云霞明灭或可睹"变成了"云霓明灭或可睹"。

詹锳先生主编的《李白全集校注汇释集评》校记云："英灵、英华、咸本、萧本、郭本、朱本、胡本、缪本、《唐诗品汇》《唐诗解》均作云霓。王本改作云霞，不知何据。"按，詹先生所说王本指清代王琦编注的《李太白全集》，这是一个最晚出的版本。在这个版本里，这一句作"云霞明灭或可睹"。

"云霞"与"云霓"的区别在"霞""霓"二字。"霞"字，《说文解字》解释说："赤云气也。"《古代汉语词典》解释说："日落、日出前后天空及云层上出现的彩色光象（多为红色）。""霓"字，《说文解字》解释说："屈虹，青赤，或白色，阴气也。"《古代汉语词典》解释说："虹的外环，颜色较淡者称霓，亦称副虹；其内环，颜色鲜亮者称虹，亦称正虹。"可见，霞常见而虹不常见；霞随太阳而生，多为红色；霓随雨水而至，与虹不可分而为七色：在渲染天姥山明灭或可睹的这句诗中，"霞""霓"二字孰安？

试比较"云霓"一词较早的用例。《孟子·梁惠王下》："《书》曰：汤一征，自葛始，天下信之。东面而征，西夷怨，南面而征，北狄怨，曰，奚为后我。民望之，若大旱之望云霓也。"屈原《离骚》："吾令凤鸟飞腾兮，继之以日夜；飘风屯其相离兮，帅云霓而来御。"试比较云霞一词较早的用例。谢朓《和宋记室省中》："落日飞鸟还，忧来不可极。行树澄远阴，云霞成异色。"张九龄《登郡城南楼》："闭阁幸无事，登楼聊永日。云霞千里开，洲渚万形出。"

采莲曲①

若耶溪②傍采莲女,笑隔荷花共③人语。日照新妆水底明,风飘香袂④空中举。岸上谁家游冶郎⑤,三三五五映垂杨。紫骝⑥嘶入落花去,见此踟蹰⑦空断肠。

【注释】

①采莲曲:南朝民歌。

②若耶溪:在今浙江绍兴南。溪旁有浣纱石古迹,相传春秋美女西施浣纱于此。

③共:和。

④袂:袖子。

⑤游冶郎:出游寻乐的青年男子。

⑥紫骝:赤身黑鬣的马。

⑦踟蹰:逗留。

【赏析】

《采莲曲》是江南民歌，是江南女子采莲时唱的歌。"江南可采莲，莲叶何田田。鱼戏莲叶间。鱼戏莲叶东，鱼戏莲叶西。鱼戏莲叶南，鱼戏莲叶北。"可见它是和劳动结合在一起的，生活气息很浓，节奏感也很强。

后来到了文人手里，变成了描写采莲女子的艺术样式。唐朝诗人王昌龄有诗云："荷叶罗裙一色裁，芙蓉向脸两边开。乱入池中看不见，闻歌始觉有人来。"

此诗就把重点放在采莲女子身上，用荷叶、芙蓉衬托她的美丽，用满池的荷花和歌声来烘托这位采莲女子的天真可爱。荷花出污泥而不染，摇曳于清水之上，其清香沁人心脾，有一种朴素而清秀的自然美，因而成了感知江南女子纯真活泼的最佳参照物。

李白这首《采莲曲》也是写江南的采莲女子。诗人也把荷花当作道具：这位女子藏在荷叶后头对陌生人说话，但是在笑着。其天然的羞涩像那枝摇晃着的荷花一样生动。但诗人把这位采莲女子放在若耶溪旁。若耶溪是西施濯锦的地方，这位采莲女子是西施的同乡。西施的美是已知的，因而这位采莲女子的美也不言而喻，诗人是让读者通过想象西施的美来获得对这位采莲女子的美的认识。这里水清沙净，太阳照在水面上，采莲女子的身影清晰地映在水中。

江南民歌《西洲曲》有句云："采莲南塘秋，莲花过人头。低头弄莲子，莲子清如水。"可以想见，李白笔下的采莲女子在把身影投射到水中去的时候，旁边肯定是摇曳的荷花，风中传送的肯定是荷花的清香，也肯定有从这位女子袖口里散发出来的肤香。

这位清纯的采莲女子也把她的情影投射到每一个过路人的心灵的水面上。摇曳的荷花是她未经污染的绰约多情和羞涩，清澈的池水就是她那没有一丝杂念的心地。

同时摇曳着的，还有被采莲女子征服的陌生人的心旌；同时清澈着的，还有那城市里下来的浪荡公子淫猥的情欲。

眉目含情，但绝不是妓女那下流而商业化的勾引；在飘然离去的惆怅里，只会留下满池凉爽的风。

【评点】

《唐诗品汇》卷二五引刘辰翁评语：浅语近情。

《唐诗镜》卷一八：语致闲闲，生情布景。

《唐诗评选》卷一：卸开一步，取情为景。诗文至此，只存一片神光，更无形迹矣。

《唐宋诗醇》卷三：绮而不艳，此自关乎天分。王安石云："诗人各有所得。清水出芙蓉，天然去雕饰，此李白所得也。"于此亦可见之。

越女词五首

其一

长干吴儿女①,眉目艳星月②。屐③上足如霜,不著鸦头袜④。

【注释】

①长干吴儿女:今江苏南京一带的女孩子。
②艳星月:眉清目秀。
③屐:木屐。
④著:着,穿。鸦头袜:一种将拇指与其他四指分开的袜子,便于着屐。

其二

吴儿①多白皙,好为荡舟剧②。卖眼掷春心,折花调③行客。

【注释】

①吴儿:今江苏南京一带的女孩子。
②剧:游戏。
③调:挑逗。

其三

耶溪①采莲女,见客棹歌②回。笑入荷花去,佯③羞不出来。

【注释】

①耶溪:即若耶溪。
②棹歌:船歌。
③佯:假装。

【评点】

《唐诗归》卷一六：钟评："非'佯羞'二字，说不出'笑人'之情。"谭评："说情处，字字使人心宕。"

《闻鹤轩初盛唐近体读本》："笑人""佯羞"，如亲见之。

严沧浪、刘会孟评本：调客不如避客，眼掷不如突去，女儿情以此为深。如前者（按指前首中"卖眼掷春心，折花调行客"句）易喜，亦易贱也。

其四

东阳①素足女，会稽素舸②郎。相看月未堕③，白地④断肝肠。

【注释】

①东阳：今浙江东阳。

②会稽：今浙江绍兴。素舸：朴素的小船。

③堕：落。

④白地：犹俗语"平白地"。

【考据】

谢灵运有《东阳溪中问答》二首,其一曰:"可怜谁家妇,缘流洗素足。明月在云间,迢迢不可得。"其二曰:"可怜谁家郎,缘流乘素舸。但问情若为?月就云中堕。"杨慎、胡震亨、王琦皆以为此诗所本。

其五

镜湖①水如月,耶溪女似雪。新妆荡新波,光景两奇绝。

【注释】

①镜湖:在今浙江绍兴。

【评点】

《闻鹤轩初盛唐近体读本》:此等所谓"俊逸"。
〔日〕近藤元粹《李太白诗醇》:好句调,又好绝句。

【赏析】

　　这五首小诗生动描绘了我国东南水乡民间女子绰约多情的风神。它们是精心结构的一组民俗画，前后连贯，从不同侧面刻画出一个水乡女子的形象。

　　第一首是这位江南女孩的出场描写：她眉清目秀，赤脚穿着木屐，白皙的双脚吸引着人们的目光。这是我们所熟悉也经常使用的肖像描写，它直接向人们介绍主人公长得如何如何。在这里，诗人前两句给人一个笼统的印象，而后两句把目光集中到脚上。赤脚是江南水乡的特色，因为水的原因，也因为气候的原因。

　　下面几首不再重复使用这种直接的述说，而是同江南水乡风光结合起来，从不同侧面勾勒主人公的剪影。

　　江南女子皮肤白皙。当你坐上她的小船，你可得小心，因为她爱捉弄人；当你在岸上走，路过她的小船，小心她会蛊惑你！

　　但是，千万别因此就认为她轻浮、放荡。江南最宜人的风景是采莲，最迷人的声音是船歌。当你看到一只小船从水面上划来，渐渐地，船桨哗啦哗啦的水声和着歌声近了，一个姣好的女子的身影闯入你的眼帘。但是就在你魂飞魄散的当儿，她却拨转船头，躲进密密麻麻的荷花当中去了，只剩下悦耳的笑声。

　　她的真情留给了船上的哥哥。水乡的妹妹永远属于水乡。

　　异乡的诗人不禁慨然长叹。江南的水像天上的月儿一样素洁，月光下，分不清哪儿是水，哪儿是月光；江南的女子像雪一样素洁，月光下，也分不清哪儿是她，哪儿是月光。只是在水波被新妆的她荡起涟漪的时候，那水面上跳动的光与影才摇醒了怅惘的诗人！

闻王昌龄左迁龙标①遥有此寄

杨花落尽子规②啼,闻道龙标过五溪③。我寄愁心与明月,随风直到夜郎西④。

【注释】

①左迁:古人习惯上称降职为左迁。《汉书·周昌传》:"吾极知其左迁。"颜师古注:"是时尊右而卑左,故谓贬秩位为左迁。"龙标:古地名,唐朝置县,属巫州,治所在今湖南怀化市洪江区。王昌龄这次是被贬为龙标尉,诗中的龙标即指王昌龄。或云在今贵州锦屏县,现存有龙标书院。

②子规:即杜鹃鸟,又称布谷鸟。

③五溪:指湖南西部的辰溪、酉溪、巫溪、武溪、沅溪。

④夜郎西:指王昌龄被贬谪的地方。汉代中国西南地区少数民族曾在今贵州西部、北部和云南东北部及四川南部部分地区建立过

政权，称为夜郎。唐代在今贵州桐梓和湖南沅陵等地设过夜郎县。夜郎与龙标究属一地还是两地，尚有争议。

【赏析】

　　王昌龄和李白一样，也是盛唐著名诗人。王昌龄的诗歌久负盛名，但仕途却很坎坷，曾"屡见贬斥"。天宝年间，又因"不矜细行，谤议沸腾"，由江宁（今江苏南京）丞被贬为龙标尉。这首诗就是李白听说王昌龄被贬谪为龙标尉后所作。

　　首句点名诗人听说朋友被贬这一不幸消息的季节。"杨花落尽"是暮春时节。暮春是一个令人容易伤感的时候，因为百花凋零，令人很容易联想到容颜的衰老。"杨花落尽"，似乎暗示着青春已经逝去，生命的光彩暗淡下去了。

　　诗人似乎觉得杨花落尽还不够表达对青春的怀念，又加上了"子规啼"的意象。杜鹃在古代有一个"望帝春心托杜鹃"的典故。传说古蜀帝王死后化为一只杜鹃，夜夜哀鸣，嘴角流血，因此杜鹃就成了悲哀的象征。"子规啼"和"杨花落尽"合起来，表达的是伤春情结。

　　这就是诗人当时的心境。就是在这样一种心境里，诗人得到了老朋友被贬龙标的坏消息。龙标在那时是一个荒凉而僻远的地方，交通不便，人烟稀少，到了那里，怎么活下去呢？老朋友怎么见面呢？怎么打发孤独和寂寞呢？王昌龄后来在贬所曾写下《送柴侍御》和《龙标野宴》两首诗，对贬谪生活有所披露。前一首写道："流水通波接武冈,送君不觉有离伤。青山一道同云雨,明月何曾是两乡?"后一首写道:"浣溪夏晚足凉风,春酒相携就竹丛。莫道弦歌愁远谪,青山明月不曾空。"从这两首诗来看,虽然没有高朋满座和热闹的场面,只有"青山明月"和他相依,情调依然昂扬乐观。

但是听说老朋友被贬往人烟荒凉的不毛之地,李白不由得担心起来,对朋友的关心之情慢慢替代了春归的惆怅。诗人多想飞到朋友身边,陪伴着遭受了打击的人,和他一起度过这段艰难的日子啊。于是,诗人写下了让后人传诵不已的诗句:

我愿意把心儿托付给天上那一轮明月,照亮你前面的路;我又愿意化为万里长风,奔驰到夜郎去陪你!

多么出奇豪放的想象!多么真挚炽热的感情!这就是李白诗的特色。多少对友人的关心,多少对落难者的声援,都寄托在那轮明月和万里长风里了。这两句又是有来历的。前人有诗句曰:"愿作东南风,吹我入君怀。"又曰:"将心寄明月,流影入君怀。"它们和李白这两句相比,都属于奇思妙想,但有境界大小的区别。同是"风"和"明月"两个意象,但李白以一种宏伟的气魄,借助几个地名造成的空间感,提高了它们表现情感的力度和广度,好像整个天地之间都沐浴着李白的关心,好像神州大地从东到西都披拂着李白的牵挂。

【评点】

《唐诗摘钞》:趣。一写景,二叙事,三、四发意,此七绝之正格也。若单说愁，便直率少致，衬入景语，无其理而有其趣。

《诗法易简录》：三、四句言此心之相关，直是神驰到彼耳，妙在借明月以写之。

寻高凤石门山①中元丹丘

寻幽无前期②,乘兴不觉远。苍崖渺难涉,白日忽欲晚。未穷三四山,已历千万转。寂寂闻猿愁,行行见云收。高松来好月,空谷宜清秋。溪深古雪③在,石断寒泉流。峰峦秀中天④,登眺不可尽。丹丘遥相呼,顾我忽而哂⑤。遂造穷谷⑥间,始知静者⑦闲。留欢达永夜⑧,清晓方言还。

【注释】

①高凤:东汉名儒,南阳叶(今河南叶县)人。自幼勤奋耕读,遂成著名学者,授业石门山,太守连召不仕。石门山:在今河南叶县城西南六十里西唐山中。这里两山对峙,中有清溪流过,景色幽奇。为高凤读书、讲学处。元丹丘曾隐居于此。

②无前期:没有什么目的。

③古雪:经年的积雪。

④中天：半天，半空中。

⑤哂：微笑。

⑥穷谷：深谷。

⑦静者：老庄道家讲究清静无为，这里指元丹丘。

⑧永夜：长夜。

【赏析】

这首诗是诗人至石门山寻访元丹丘时所作。

诗歌基本上按时间顺序，由入山开始，一路写来。幽静的景色让诗人忘了此行的目的，也忘了累。一边走一边看，诗人时时放慢脚步，不知不觉就到了傍晚。这么长的时间，也不过就看了三四座山，但山体曲折，不知拐了多少个弯。寂静的山里，不时可以听到猿鸣，在傍晚的日色里，几乎勾起行者的哀愁来。落日西下，白云散去，一轮明月升上山顶，从松枝中露出脸来。月色中，一股凉意沁人心脾。渐渐走得深了，经年的积雪还在，岩石上流淌着清澈的溪水。只见前面一座俊秀的高山矗立在半空中，走啊走啊，终于爬到了山顶；无边的景色尽收眼底。就在这时，老朋友看到了我，他正在等待我的到来呢！看到我来了，他高兴得笑了，急不可耐地喊我，让我快点过去。在他的指引下，我来到了群山深处，真是一个静习的好地方！老朋友见面有说不完的话。我们因为都崇尚清静无为而相交，在这样一个地方，怎能不谈个痛快呢！我们说了一个晚上，第二天早上我才回来。

诗人在按照顺序组织材料的时候，为了补救这种缺少变化的叙述方式的不足，让表示时间的"白日""好月""永夜"比较均衡地分散在景色描写之中，并把表示节气的"清秋"放在诗篇差不多中间的位置，总上宜下。这样一波三折，就让读者产生阅读期待和审美快感。在形式上，诗人大量使用对偶，让景物互相映衬，也让情景相生。如"未穷三四山，已历千万转"就是这样，千转百折的自然风光和美不胜收的主观感受通过对偶表达得水乳交融，抵得上散文的百句千句。再比如"高松来好月，空谷宜清秋"，皎洁的月光和秋高气爽结合起来，再把这样的月亮放在山顶的松树上，然后让诗人同时也是读者从幽静的山谷里去看它，会是怎样一幅图画，怎样一种享受？

【评点】

严沧浪、刘会孟评本：（首二句）得游情，知游敝，方可与言此。（"高松"二句）笔具清洒之气，境每来会。

《李诗纬》：（首二句）起脱。（次二句）古而幽。（"高松"句）点晚景清新。（"溪深"二句）尽空山之致。（"始知"句）何等便利，何等简赅！（总评）曲尽山行野致。

寻阳紫极宫①感秋作

何处闻秋声？翛翛②此窗竹。回薄③万古心，揽之不盈掬。静坐观众妙④，浩然媚⑤幽独。白云南山来，就我檐下宿。懒从唐生决⑥，羞访季主⑦卜。四十九年非⑧，一往不可复。野情转萧散，世道有翻覆。陶令⑨归去来，田家酒应熟。

【注释】

①寻阳：今江西九江。紫极宫：为老子立的庙。唐代为李姓王朝，老子相传姓李名耳，被算作本家，为他立庙，以神化统治。
②翛翛：风吹竹子发出的声音。
③回薄：振荡。
④众妙：指世界万物运动变化的奥秘。《老子》第一章："常无，欲以观其妙；常有，欲以观其徼。此二者同出而异名，同谓之玄，玄之又玄，众妙之门。"

⑤媚：爱。

⑥懒从唐生决：《史记·范雎蔡泽列传》说蔡泽到处找官作，都以失败告终，就找一个叫唐举的善相术的人看相。

⑦季主：司马季主，据《史记·日者列传》记载，司马季主是一个从事占卜的人。

⑧四十九年非：语出《淮南子·原道训》："蘧伯玉（春秋时的贤人）年五十而知四十九年非。"陶渊明也说过"觉今是而昨非"的话。

⑨陶令：陶渊明，因为做过彭泽县令，故云。他写过一篇《归去来兮辞》。传为陶渊明诗《问来使》："归去来山中，山中酒应熟。"

【赏析】

秋天是一个万物萧条的季节。草木黄落，天高风凉，让人感到天地之间空荡荡的；而如果又碰巧这个人感到岁月蹉跎而一事无成，就更会另外感到生命的空虚。"悲哉，秋之为气也！"战国时期的宋玉这样写道。

现在，秋天对于人生的哲学意义，随着竹林萧萧的清响，传进诗人的耳边，袭上诗人的心头。这时诗人已经年过半百，在秋天这个收获的季节，却两手空空，什么都没有得到。自己确实也到长安去过，但现在却流落江湖；自己也确实大富大贵、大红大紫过，但现在孑然一身，无依无靠。一代又一代才杰之士的相同或不相同的命运，似乎就在竹子上暗示着。人总是要死的，而现在近了；大多数人的命运是相同的,而自己的结局看来也一定了。

那就顺其自然吧。这后半生应该怎么度过呢?老子给出了答案,陶渊明也给出了答案。既然这个世界已经欺骗了自己四十九年,那么剩下的生命应该交给自己。

白云从南边山上飘过来,停在屋檐下面,好奇地盯着犹豫不决的诗人。"采菊东篱下,悠然见南山。山气日夕佳,飞鸟相与还。此中有真意,欲辩已忘言。"陶渊明适时地吟唱起来,一种家的温暖击退了世态炎凉的寒冷。

【评点】

严沧浪、刘会孟评本:("回薄万古心,揽之不盈掬")上句得雄浑之气,遂无说理之病。("浩然媚幽独")"媚"字加"幽独"妙,着"浩然"字,又妙。(载明人批语:)大概飘逸,起四句尤醒快。(又,)"回薄"六句上下千古,俯视宇宙,有天空海阔之妙,鸢飞鱼跃之趣。

《诗归》卷一五:谭元春曰:取太白诗,贵以幽细之语,补其轻快有余之失,如此等句即妙矣。

北风行

烛龙栖寒门①,光耀犹旦开②。日月照之何不及此?唯有北风号怒天上来。燕山③雪花大如席,片片吹落轩辕台④。幽州⑤思妇十二月,停歌罢笑双蛾摧⑥。倚门望行人,念君长城苦寒良可哀。别时提剑救边去,遗此虎文金鞞靫⑦。中有一双白羽箭,蜘蛛结网生尘埃。箭空在,人今战死不复回。不忍见此物,焚之已成灰。黄河捧土尚可塞,北风雨雪恨难裁⑧。

【注释】

①烛龙:我国神话传说中的神龙,人面蛇身,身长千里,住在寒冷的北极之山。那里没有太阳,靠烛龙口衔蜡烛照明。它睁眼为昼,闭眼为夜,吹气为冬,吸气为夏。见《山海经·大荒北经》。寒门:神话中北极酷寒之地。

②光耀犹旦开:烛龙栖息在极北的地方,那里终年不见阳光,

只以烛龙的视瞑呼吸区分昼夜和四季，代替太阳的不过是烛龙衔烛发出的微光。

③燕山：山名，在今河北蓟县东南，东经玉田、丰润，直达海滨，绵亘数百里。

④轩辕台：《史记·五帝本纪》记载："黄帝者，少典之子，姓公孙，名曰轩辕。"轩辕台应为纪念黄帝的建筑物，或曰故址在今河北怀来乔山上。《山海经·大荒北经》记载："蚩尤作兵，伐黄帝，黄帝乃令应龙攻之冀州之野。"《史记·五帝本纪》载："蚩尤作乱，不用帝命，于是黄帝乃征师诸侯，与蚩尤战于涿鹿之野，遂禽杀蚩尤。"

⑤幽州：今北京及河北北部一带。

⑥双蛾：即双眉，古代常以蛾眉来形容女子眉毛之美。摧：双眉低垂。

⑦虎文金鞞靫：指饰有虎纹的金色箭袋。文，同"纹"。鞞靫，装箭的袋子。

⑧裁：消除。

【赏析】

李白离开长安以后，在河南开封、商丘一带游玩，听北方回来的朋友谈起安禄山，就动了到范阳走一趟的念头。范阳就是过去的幽州。据学者考证，天宝十一载（752）十月，李白到达幽州，看到了安禄山搜刮人民准备战争的不臣行径，于是就借被迫出征而牺牲的军人遗孀之口,写下了这首诗。

这是一首乐府诗。清人王琦说:"鲍照有《北风行》,伤北风雨雪,行人不归,李白拟之而作。"李白的乐府诗,不满足因袭模仿,而能大胆创造,别出新意,被誉为"擅奇古今"。《北风行》就是从一个"伤北风雨雪,行人不归"的一般题材中,出神入化,点铁成金,开掘出控诉战争罪恶、同情人民痛苦的新主题,从而赋予比原作深刻得多的思想意义。

诗分两段。第一段从开头到"片片吹落轩辕台",余下是第二段。诗歌按照古乐府通常使用的手法,先照应题目,从北方苦寒着笔。诗人借助神话传说,在读者面前展开一个幽暗寒冷的环境。在此基础上,作者又进一步描写足以显示北方冬季特征的景象:"日月照之何不及此?唯有北风号怒天上来。燕山雪花大如席,片片吹落轩辕台。"日月不临承上,"唯有北风"是转,接下来就写北风和大雪。但暗无天日的前三句和刮风下雪的后三句也是互相衬托的关系。这四句意境十分壮阔,气象极其雄浑。"号怒"写风声,"天上来"写风势,此句极力形容北风之凛冽;巨大的雪片飘落在历史悠久的轩辕台,更是大气包举,想象飞腾,精彩绝妙,是千古传诵的名句。

第二段写"幽州思妇"。作者用"停歌""罢笑""双蛾摧""倚门望行人"等一连串的动作来刻画人物的内心世界,塑造了一个忧心忡忡、愁肠百结的思妇的形象。这位思妇正是由眼前过往的行人,想到远征未归的丈夫;由此时此地的苦寒景象,引起对远在长城的丈夫的担心。这里没有对长城作具体描写,但幽州苦寒已被作者写到极致,则长城的寒冷、征人的困境便不言自明。前面的写景为这里的叙事抒情作了伏笔,作者的剪裁功夫也于此可见。

"别时提剑救边去"以下更进一层。这两句是写思妇忧念丈夫,但路途遥远,无由得见,只得用丈夫留下的饰有虎纹的箭袋寄托情思,排遣愁怀。这里仅用"提剑"一词,就刻画了丈夫为国慷慨从戎的英武形象。因丈夫离家日久,白羽箭上已蛛网尘结。睹物思人,而所思之人或许已经战死了。

当我们读到"念君长城苦寒良可哀"的时候,我们和诗中思妇一样,恍惚觉得被思念的人儿还活着,而看到结网生尘的箭袋,才从痴情的梦中醒来。真的死了吗?看到行人,还会想起送他出征的日子;他会回来吗?箭袋上落满灰尘,人还没有回来。箭袋于是成了折磨着思妇的相思,等了又等,谁还忍心再看到它!"不忍见此物,焚之已成灰"一笔,入木三分地刻画了思妇极端痛苦的绝望心情。

诗到此似乎可以结束了,但诗人并不止笔,他用惊心动魄的诗句倾泻出满腔的悲愤:"黄河捧土尚可塞,北风雨雪恨难裁。"滔滔黄河当然不是一捧土就可以堵住的,但这里说的是即使黄河捧土可塞,思妇之恨也难裁。这就极其鲜明地反衬出思妇愁恨的深广和她悲愤得不能自已的强烈感情。北风号怒,飞雪漫天,阴沉昏暗的冬季烘托出悲剧的气氛,它不仅又一次照应了题目,使首尾呼应,结构更趋完整;更重要的是使景与情极为和谐地交融在一起,使人几乎分辨不清哪是写景,哪是抒情。思妇的愁怨多么像那无尽无休的北风雨雪,思妇的世界多么像那不知什么时候天晴转暖的冬季!

【评点】

《唐诗笺要续编》：雪花如席，自属豪句，看下句接轩辕台，另绘一种舆图，另成一种义理。严冲甫訾为无此理致，是胶柱鼓瑟之见。太白诗如"白发三千丈""愁来饮酒二千石"，俱不当执文义观。

古朗月行

小时不识月，呼作白玉盘。又疑瑶台①镜，飞在青云端。仙人垂两足，桂树何团团②？白兔捣药③成，问言与谁餐？蟾蜍蚀圆影④，大明⑤夜已残。羿昔落九乌⑥，天人清且安。阴精此沦惑⑦，去去⑧不足观。忧来其如何？凄怆摧⑨心肝。

【注释】

①瑶台：神仙居住的地方。《穆天子传》卷三："天子宾于西王母，天子觞西王母于瑶池之上。"

②"仙人"两句：古代神话传说，月中有仙人和桂树。当月亮初生的时候，只能看见仙人的两只脚，月圆后才能看见仙人和桂树的全形。团团，圆貌。

③白兔捣药：传说月中有白兔捣药。

④蟾蜍蚀圆影：蟾蜍，俗称癞蛤蟆。传说月中有蟾蜍，月蚀就

是蟾蜍食月所造成。

⑤大明：指月亮。这两句诗说月亮被蟾蜍所啃食而残损，变得晦暗不明。

⑥羿昔落九乌：传说羿是尧时的神射手。当时天上有十个太阳，人类无法生存，羿就射掉九个。传说太阳里有三足乌，羿射中太阳的时候，里面的三足乌都被射死，羽毛纷纷落下。

⑦阴精：指月亮，古人把事物分为阴阳两大类，而认为月为阴精。沦惑：沉沦迷惑。

⑧去去：速去的意思。

⑨摧：悲伤。

【赏析】

这首诗大概是李白不满当时朝政的产物。唐玄宗晚年沉湎声色，宠幸杨贵妃，权奸、宦官、边将擅权，把国家搞得乌烟瘴气。诗中"蟾蜍蚀圆影，大明夜已残"似是讽刺这一昏暗局面。沈德潜说，这是"暗指贵妃能惑主听"（《唐诗别裁》）。然而诗人的主旨却不明说，而是通篇作隐语，化现实为幻景，以蟾蜍蚀月和阴精沦惑来影射现实，说得十分深婉曲折。诗中一个又一个新颖奇妙的想象，展现出诗人起伏不平的感情，文辞如行云流水，富有魅力，发人深思，体现出李白诗歌的雄奇奔放、清新俊逸的风格。

诗歌先从诗人小时候说起。小时候还不知道月亮就叫月亮，而是用家里经常使用的盘子来称呼它；听老奶奶讲神话故事听多了，又以为它是仙女们化妆用的镜子。听大人讲,月亮里面有仙人,有桂树,你看,我真的看到仙人的两只脚了,我还看见桂树了哩!它被圆圆的月亮围成一个圆圈,一个很圆很圆的圆圈!那个时候,诗人幼稚的小脑袋里装着很多关于月亮的问号。比如,大人都说月亮里面有只玉兔在忙着捣药,但是,捣好以后给谁吃呢?

这一段,以儿童的口吻,不仅传达出儿童的天真烂漫,还生动地描绘出月亮的形状和月光的皎洁可爱,使人感到非常新颖有趣。但接下来诗人就以一种成年人的口吻,根据神话传说,指责吞食月亮、弄得天昏地暗的蟾蜍,也就是把持朝政祸国殃民的奸臣小人;渴望有神勇的后羿那样的英雄出来,像射杀害人的太阳一样,为民除害。诗人接着又把批判的锋芒指向迷惑皇帝的杨贵妃。月亮既然已经昏暗不明,还有什么可看的呢!不如趁早走开吧,意思就是说,最高统治者都昏庸无能,这样的朝廷还能待吗?还是离开这个是非之地吧!但诗人走了是走了,而对国家对人民的担忧却反而更加沉重了。

【评点】

《唐音癸签》:卢仝《月蚀》诗,生于李白之《古朗月行》。李白《古朗月行》,生于《天问》"夜光何德?死则又育。厥利维何?而顾菟在腹"数语。始则微辞含寄,终至破口发村,灵均氏亦何料到此!

《诗比兴笺》:忧禄山将叛时作。月,后象;日,君象。禄山之祸兆于女宠，故言蟾蜍蚀月明，以喻宫闱之蛊惑。九乌无羿射，以见太阳之倾危，而究归诸阴精沦惑，则以明皇本英明之辟，若非沉溺色荒，何以安危乐亡而不悟耶？危急之际，忧愤之词。萧士赟谓禄山叛后所作者，亦误。

《王闿运手批唐诗选》：先本咏月，后乃思及杨妃。胡前后不相顾？

宣州谢朓楼饯别校书叔云[①]

弃我去者,昨日之日不可留。乱我心者,今日之日多烦忧。长风万里送秋雁,对此可以酣高楼。蓬莱文章建安骨[②],中间小谢又清发[③]。俱怀逸兴[④]壮思飞,欲上青天览[⑤]明月。抽刀断水水更流,举杯消愁愁更愁。人生在世不称意[⑥],明朝散发弄扁舟[⑦]。

【注释】

①宣州:今安徽宣城。谢朓楼:又名北楼或谢公楼。南朝齐诗人谢朓任宣城太守时所建,唐时重建。校书叔云:李云,官秘书省校书郎,是李白族叔。此诗题一作《陪侍御叔华登楼歌》,李华,唐代著名散文家。据学者考证,诗题应为《陪侍御叔华登楼歌》。

②蓬莱文章:蓬莱,此指东汉时藏书之东观。《后汉书》卷二三《窦融列传》附窦章传:"是时学者称东观为老氏藏室,道家蓬莱山。"李贤注:"言东观经籍多也。蓬莱,海中神山,为仙府,幽

经秘籍并皆在也。"建安骨：即建安风骨，指建安时期以曹操父子和"建安七子"的诗文创作风格为代表的文学风格。建安，为汉献帝（196—220）的年号。

③小谢：谢朓（464—499），字玄晖，南朝齐诗人。后人将其与南朝宋诗人谢灵运并列，称他为"小谢"。清发：清新俊逸。

④逸兴：飘逸豪放的兴致。

⑤览：通"揽"，一本径作"揽"。摘取。

⑥不称意：不如意，不称心。

⑦散发：古人的头发是扎起来戴着帽子的，因此散发就是摆脱束缚、狂放不羁的意思。弄扁舟：指自由自在的生活。扁舟，小船。《史记·货殖列传》："范蠡既雪会稽之耻，乃喟然而叹曰：'计然之策七，越用其五而得意。既已施于国，吾欲用之家。'乃乘扁舟浮于江湖，变名易姓。"

【赏析】

大约天宝十二载前后，诗人漫游江南，碰上因刚正不阿而遭贬的散文家李华，英雄末路，惺惺相惜，遂一同登楼散心。李华主张散文复古，而李白主张诗歌复古，二人除了人生遭遇相同以外，又有着相同的文学立场，心理上自然更亲近了一层。再加上同是李姓，这种叔侄关系虽不可靠，却是诗人放松自己、进入艺术自由的有利条件。

诗人的目光首先落在时光的激流上。在每一个人的脚下，时间都呈现出现在和过去两副面孔。过去虽然一样地充满悲喜,但过去的阵痛现在则变成了美好的回忆,而现在的阵痛则不得不细细经受。

那就酣饮一场来度过这个现在吧!何况高楼之上,看长风万里;秋雁凌空长鸣,唱响整个秋天!

此楼为大诗人谢朓所建,因此又名谢朓楼。谢朓是李白终生景仰的前辈,而李华等人崇尚六朝以前的散文风格,所以诗人在赞扬谢朓之前,把文学观念的范围扩大到散文,把文学史的范围扩大到东汉。东汉以来,才人辈出,当今文坛,舍我其谁?

至此,自由的艺术想象已经经历了出今入古式的飞翔。它先从当下的烦恼体味出时间的两重性质,又从生存的怪诞挣扎出高楼长风式的洒脱;这种与人生遭际若即若离的纠缠浮现出生动鲜明的文学史进程,不消说,已经文坛诗坛成名的二人分明感到了汹涌澎湃的历史激流。

就在这里,关心现实的诗人落下了想象的翅膀。中国传统文人向来不是为艺术而艺术的人,李白也不是。他们不仅要当文学家,还想当政治家。但是谈何容易。于是处处碰壁的诗人收获了流水那样多、掬起来杯满盏满的忧愁!

【评点】

《唐诗品汇》卷二七引刘辰翁云:崔嵬迭宕,正在起一句。"不称意",诺欲绝。(按,"诺"字疑误。)

《唐诗合解》卷三：此篇三韵两转，而起结别是一法。（前四句）起势豪迈，如风雨之骤至。言日月如流，光阴如驶已去之。昨日难留，方来之忧思烦乱，况人生之聚散不定，而秋风又复可悲乎！当此秋风送雁，临眺高楼，可不尽醉沉酣，以写我忧乎？

《昭昧詹言》卷一二：起二句，发兴无端。"长风"二句，落入；如此落法，非寻常所知。"抽刀"二句，仍应起意为章法。"人生"二句，言所以愁。

《唐宋诗举要》卷二：吴曰：破空而来，不可端倪（首二句下）。再用破空之句作接，非太白雄才，那得有此奇横（"长空万里"句下）？第四句始倒煞到题（"对此可以"句下）。翁覃溪曰："蓬莱"句从中突起，横亘而出（"蓬莱文章"句下）。吴曰："抽刀"句再断（"抽刀断水"句下）。吴曰：收倒煞到题（末二句下）。

秋登宣城谢朓北楼

江城①如画里,山晚望晴空。两水②夹明镜,双桥③落彩虹。人烟寒橘柚,秋色老梧桐。谁念北楼上,临风怀谢公④?

【注释】

①江城:即宣城。
②两水:宣城有宛溪、句溪绕城流过。
③双桥:相传宛溪上有凤凰、济川两座桥,为隋朝时所建。
④谢公:指谢朓。

【赏析】

谢朓北楼是南齐诗人谢朓任宣城太守时所建,又名谢公楼,唐时改名叠嶂楼,是宣城的登览胜地。茫茫历史长河里的一个晴朗的秋天的傍晚,有人独自登上了谢公楼。

只见句溪和宛溪环绕着宣城,缓缓地流着,波面上泛出晶莹的光,在晴朗的秋天里,用"明镜"来形容,是最恰当不过的。在宛溪之上有两座建于隋文帝开皇年间(581—600)的拱桥,一座叫作凤凰桥,在城的东南泰和门外;一座叫作济川桥,在城东阳德门外。这两条桥架在溪上,从高楼上远远望去,在夕阳的明灭照射之中,幻映出无限奇异的璀璨色彩,再加上秋天清澈的溪水和水中倩影,这哪里是桥呢?简直是天上两道彩虹。

明丽的景色带着欢愉的心情。在明净的镜子里,诗人似乎审视着自己的心地,也似乎洞察着自己所在的大千世界。而在连接天地的彩虹的想象里,诗人也似乎打通了现实与理想的通道。身在楼上,心在水中桥上,这是一种神游。

站在谢朓楼上的他想必忽然感到了凉意。秋风吹过,瑟瑟地掀起他的衣角和斑白的胡须。楼下的居民区里升起若有若无的烟霭,这是人类活动的迹象和结果,同样也是人类活动的迹象和结果的树木,伫立在寒风中,那秋天还能见到的橘柚,在风中和日光中带着寒意。不,是人感到了寒意。想想吧,一个年过半百的老人,花白了胡须,沧桑了身心,就像秋风中的梧桐一样,伫立在秋天的傍晚,该是怎样一种心绪?

因此,即使有了明镜彩虹的安慰,其奈老何!天地之间弥漫着一种无处不在的寒怆,紧紧裹着年老力衰、体弱怕冷的生灵。在这个令人想到毁灭的季节,在这个令人想到死亡的年纪,人类足下明镜般的秋水足以让人反省一生的冷暖与是非,足以净化暮年的留恋和恐惧；人类面前的弯弯彩虹也足以踏上残留着希望的双脚，也足以在枯黄的季节给生命延续一段绚丽。

他想到了自己景仰的诗人，自己不似乎正和谢朓并肩伫立在风中么？

这首律诗的写法很有规律。开头两句开门见山，用"如画"和"望"总摄全篇，生发出中间四句。但诗人运用虚实结合的技巧，既用颔联勾勒出一幅立体感很强的图画，从而富于写实的特点；又用颈联渲染成一个物我浑融的意义世界，从而增加了诗歌的启示性。视觉享受和情绪暗示结合起来，达到了回味无穷的境界。

【评点】

《瀛奎律髓》卷一：此诗起句似晚唐，中二联合景而豪壮，则晚唐所无也。（又，）起句所谓"江城如画里"者，即指此三、四一联之景，与五、六皆是也。

《唐诗镜》卷二〇：五、六清老秀出，是天际人语。

《唐律消夏录》："明镜""彩虹""寒"字"老"字，皆在秋天晴空中看出，所以为妙。乃知古人好句，必与上下文关合。若后人就句论句，不知埋没古人多少好处。

《闻鹤轩初盛唐近体读本》：三、四高华，非止骈丽；五、六句老成，复以自然，成其名句。方霞城曰：中四写景如画，正从起句生情。

《瀛奎律髓汇评》：冯舒："看第二联，何尝分景与情？直作宣城语,几不可辨。"冯班:"谢句也。太白酷学谢。"何义门:"中二联是秋霖新霁绝景。落句以谢朓惊人语自负耳。"纪昀:"五、六佳句,人所共知。结在当时不妨,在后来则为窠臼语,为浅率语,为太现成语,故论诗者当论其世。"

【考据】

《瀛奎律髓汇评》引无名氏(乙):"襄阳'微云''疏雨'一联澹逸,此苍深,并千古名句。"襄阳云者,乃孟浩然名句:"微云淡河汉,疏雨滴梧桐。"《艇斋诗话》云:"李白云:'人烟寒橘柚,秋色老梧桐。'老杜云:'荒庭垂橘柚,古屋画龙蛇。'气焰盖相敌。陈无己云:'寒心生蟋蟀,秋色上梧桐。'盖出于李白也。"诗人或许直写胸中妙处,本无意于胜负,而我辈正不妨参酌锱铢,辨析毫芒也。

过崔八丈[①]水亭

高阁横秀气,清幽并在君。檐飞宛溪[②]水,窗落敬亭[③]云。猿啸风中断,渔歌月里闻。闲随白鸥去,沙上自为群。

【注释】

①崔八:崔姓,排行第八,名未详。丈,对崔八的敬称。
②宛溪:流经今安徽宣城之东。
③敬亭:敬亭山,又称昭亭山。在今安徽宣城西北。

【赏析】

这是一首律诗。李白的律诗,有一种写法是开门见山,以第一句点出所要刻画的对象及其特点,以第二句点出诗中出现的人物。

这样以开头两句领起全篇，然后展开包含在开头两句里面的意象要素，用中间两联分写，或实或虚，实则错落鲜明，虚则物我无间。最后以人物结束，把写景写人完美地结合在一起。

这首律诗就是这样。它既写崔八丈的水亭，又写崔八丈这个人。首联以"横""秀气""清幽"等字眼奠定所写景物的格调，也暗示所写人物的风神。颔联为眼见之景，颈联为耳闻之声，皆实写宣城山水风物，又微有差异。三、四两句把眼前屋檐上飘洒着的溪水和悠长的宛溪之水联系起来，把窗外白云和广袤的敬亭山上的白云联系起来。宛溪水和敬亭山，一在宣城之东，一在宣城西北，但有了诗人诗笔的驱使，坐在水亭檐下，如荡舟宛溪水上；坐在水亭窗前，可极目敬亭山巅。檐有水、窗有云是实，然而说水是宛溪水、云是敬亭云则是虚，这样虚实结合，收到了咫尺千里的妙用。

五、六两句也是虚实结合。风中传来猿啸，是实；因啸知有猿，是虚；月下传来歌声，是实；因歌知有渔人，是虚。猿啸、渔歌，两者在水亭的外围组成了一个生机盎然的人类和自然界相和谐的淳朴世界。在水亭和这个世界之间，有清风朗月往来其间。这两个造物的使者，慷慨地向身在水亭的主人客人传送着大自然的馈赠，从而让他们与猿啸渔歌打成一片，也与自然和谐打成一片。

尾联以白鸥的典故归结到水亭的主人身上。《列子》是宣扬老庄学说的一部书。它的黄帝篇记载说，海边上有一个喜欢和海鸥嬉戏的人，有成百的海鸥来到他身边。后来他父亲让他捉几只来吃，海鸥就离他远去了。这是一个道家解释人类和自然界由和谐到对立的寓言。其人当初和海鸥亲密无间，是因为他心里没有捕捉海鸥杀了吃的念头，这叫"无心"；而对海鸥的欲望，就叫"机心"。推而广之，在社会交往中老想算计别人也是一种"机心"，老庄认为这就是社会和自然界分裂、人与人不能和谐相处的原因。这不是理想的生存状态。要回到理想的生存状态，就要"无心"，就要"闲"，就要远离尔虞我诈的人们，和海鸥（白鸥）为群。

这种人就是中国古代的隐士，崔八丈就是这样一个想远离人间是非的隐士。他修建水亭，就是想把自己和纷扰的人间隔开。清幽，李白准确地说出了水亭这个隐居地点的特征。在这样一个远离人间，而和大自然的自然状态息息相通的环境里，崔八丈无忧无虑地生活着。而今，诗人也来了。

【评点】

严沧浪、刘会孟评本：前两句，摄语意俱尽。取境甚夷，不求高，亦不堕下一格，此政太白以浅近胜人处。又载明人批语：起句高超隽妙，三、四秀气，五、六清幽。

独坐敬亭山

众鸟高飞尽，孤云独去闲。相看两不厌，只有敬亭山。

【赏析】

　　这是一首绝句。李白的绝句写得好，受到后人一致的推崇。绝句的做法和律诗有很大的不同。中国古典诗学在形（刻画）神（会意）关系上，要求形神兼备而以神为主。律诗有八句，可以有细致的景物描写，这一点我们可以在李白的众多律诗中看到。它们作为诗中人物的环境，为诗人所要表达的情绪服务。这种情绪决定着描写对象及其特征的选择和搭配，其具体表现就是虚实结合。由于是以会意为主，诗人可以把互不相干的描写对象或具体描写对象的不同特征组合在一起，也可以把关系紧密的事物或事物联系着的各个方面陌生化，从而获得诗人需要的心理效果，情景交融，产生意境。而绝句只有四句，虽然也可形神兼顾，但不能像律诗那样面面俱到，只能以会意为主，驱遣大块的景物；更不能具体刻画事物的各个方面，而只能以事物本身为最小单位。

这首绝句就是这样的。它用一句就说完了鸟，又用一句就说完了云。这两句写眼前之景，为诗题中的"独"服务。"独"是一种心理状态。最后两句应该一气读完，因为三句和四句语法结构不完整，不是两个独立的意义单位，这和一、二两句不同。这恰好说明了绝句在写景的时候要风驰电掣，惜墨如金，而表意的时候则应吞吐驰骤，不吝笔墨。

敬亭山是宣城边上一处游览胜地。在它的东边，是风帆点点的宛溪；它的南边，是人烟辐辏的宣城市井。宣城是六朝以来江南名郡，大诗人如谢灵运、谢朓等曾在这里做过太守。登上敬亭山，自然景色和人文景色皆佳。但李白没有向读者说明敬亭山的面貌，也没有交代在山上看到了什么。诗人只是用它来渲染这种心理状态：相互望着而不互相厌烦的，只有我和敬亭山。开头两句对鸟和云的描写也参加进来。一群叽叽喳喳的鸟儿都飞走了，一片片的白云也安闲悠然地游走了。留下的是静谧，天地之间恢复了宁静。

这首五绝作于天宝十二载（753）秋，诗人离开长安已有整整十年了。长期的漂泊生活，使李白饱尝了人间的辛酸和孤独。喧闹的众鸟象征着扰攘的人间，诗人虽然被赶出朝廷，备受冷落，但孤傲的诗人也不稀罕这种廉价的热闹。孤独的白云无依无靠，是诗人漂泊的身影，但在自然的静谧中，它也被诗人和敬亭山"相看两不厌"这种相互安慰驱走了，只剩下回到自然怀抱中的诗人沉静的心地和对敬亭山的审美欣赏。

【评点】

〔日〕近藤元粹《李太白诗醇》：严沧浪曰：与寒山一片石语，惟山有耳；与敬亭山相看，惟山有目，不怕聋聩杀世上人。古人胸怀眼界，直如此孤旷。

《唐诗广选》：蒋仲舒曰：便是独坐境界。

《唐诗训解》：鸟飞云去，似有厌时，求不相厌者，唯此敬亭耳。描写独坐之景，非深知山水趣者不能道。

《批选唐诗》：大雅玄冲。

《诗归》卷一六：钟云：胸中无事，眼中无人。谭云："只有"二字，人皆用作萧条零落，沿袭可厌，唯"相看两不厌"之下，接以"只有敬亭山"，则此二字竟是意象所结，岂许俗人浪识？

《而庵说唐诗》：只此五个字（指"众鸟高飞尽"），使我目开心朗，身在虚空，一丝不挂，不必更读其诗也。

《唐诗笺注》："尽"字、"闲"字是"不厌"之魂，"相看"下着"两"字，与敬亭山对若宾主，共为领略，妙！

听蜀僧濬弹琴①

蜀僧抱绿绮②,西下峨眉峰。为我一挥手,如听万壑松。客心洗流水③,遗响入霜钟④。不觉碧山暮,秋云暗几重。

【注释】

①琴:古琴。

②绿绮:古代名琴。

③客:诗人自称。流水:古琴曲,模仿流水的声音和意境。

④遗响:余音。霜钟:古代传说霜降则钟鸣,故云霜钟。这里指钟声。

【赏析】

这首五律写的是听琴,听蜀地一位法名叫濬的和尚弹琴。

诗人说:这位和尚是四川人,从峨眉山来。诗人是四川人,在他乡遇到了老乡。而且这位老乡从峨眉山来,而峨眉山在道教徒李白的眼中,是仙雾缭绕、仙乐飘飘的仙山。蜀僧从此山上下来,想必还带着奇异的仙气罢?

这样一位和尚不是等闲之辈。果然,挥手之间,千山万壑,松涛阵阵。是他凭法力指挥了大自然,还是琴上发出的澎湃?都不用管。蜀僧说:老乡,让我给你弹一曲。

哗哗哗的流水近了,带着山间的泥土气息,带着野草的芳香。泉石叮咚之间,游子思乡的情怀已经给荡涤得如流水一般清澈,浪花一般欢快。随着水势的变大,众流汇聚,浩浩荡荡,汪洋一片,水雾弥漫,诗人失去了自己。

晚钟惊醒了沉醉的诗人,而琴声已经停了,只不过诗人没有觉察罢了。一下下浑厚的钟声,从琴曲的尾声响起,融和着琴曲的余音,最后就只有自己在响。诗人这才发现,暮色已经笼罩了苍翠的群山,天空中的云色已经暗了下来。

诗里用了几个典故,但都不露痕迹,不妨碍诗意的理解。"绿绮"本是琴名,汉代司马相如有一张琴,名叫绿绮,这里用来泛指名贵的琴。"挥手"是弹琴的动作。嵇康《琴赋》说:"伯牙挥手,钟期听声。""挥手"二字想必是出自这里的。"客心洗流水",包涵着一个古老的典故。《列子·汤问》:"伯牙善鼓琴,钟子期善听。伯牙鼓琴,志在登高山,钟子期曰:'善哉,峨峨兮若泰山!'志在流水，钟子期曰：'善哉，洋洋兮若江河！'"这就是"高山流水"的来历，它既是一个表达志趣的典故，又是一个遇到知音的典故。"遗响入霜钟"也是用了典的。《山海经·中山经》："丰山……有九钟焉，是知霜鸣。"郭璞注："霜降则钟鸣，故言知也。"读者如果不知道它们的来历，仅按照它们在诗中的字面意思去理解，就已经能够领会这首诗歌的魅力了。而如果知道了它们的来历，则会有深一层的收获。

律诗讲究平仄、对仗，比较难写，尤其难以写活。而李白这首五律却写得极其清新、明快，如流水一般自然。诗人说："清水出芙蓉，天然去雕饰。"这首诗实践了这个主张。其实，这首诗无论立意、构思、起结、承转，或是对仗、用典，都经过一番巧妙的安排，显得出神入化。这是一种极致的自然美。

【评点】

《唐宋诗醇》卷八：累累如贯珠，泠泠如叩玉，斯为雅奏清音。
《唐宋诗举要》：一气挥洒，中有凝炼之笔，便不流入轻滑。
〔日〕近藤元粹《李太白诗醇》：严沧浪曰：一味清响，真如松风。

【考据】

《李诗纬》载丁龙友语曰:"韩昌黎诗非不刻画,然乏自然神致,所以咏物诗最忌粘皮带骨,如谓不然,请细读此诗可也。"句中所言韩昌黎诗即《听颖师弹琴》,录之于此,以就切劘:昵昵儿女语,恩怨相尔汝。划然变轩昂,勇士赴敌场。浮云柳絮无根蒂,天地阔远随飞扬。喧啾百鸟群,忽见孤凤皇。跻攀分寸不可上,失势一落千丈强。嗟余有两耳,未省听丝篁。自闻颖师弹,起坐在一旁。推手遽止之,湿衣泪滂滂。颖乎尔诚能,无以冰炭置我肠!

秋浦歌十七首（选九）

其三

秋浦锦驼鸟[①]，人间天上稀。山鸡羞渌水，不敢照毛衣[②]。

【注释】

①驼鸟：亦名楚雀。《海录碎事》："驼鸟出秋浦，如吐绶鸡，背部大红色。"
②"山鸡"两句：这两句是说山鸡看见锦驼鸟那么美丽，自愧不如，不敢在清澈的水边照影。山鸡，即野鸡，又名雉。据《博物志》卷四，山鸡有美丽的羽毛，终日在水边照影，欣赏自己的美色，目眩即溺死水中。渌，水清澈。

其五

秋浦多白猿,超腾①若飞雪。牵引条上儿②,饮弄水中月。

【注释】

①超腾:跳跃飞腾。
②条上儿:枝条上的小猿猴。

【赏析】

在今安徽南部,长江水从西南向东北流淌。在长江南岸,九华山的西麓,斜躺着池州城。出了池州城,逆着江水往南走,一百公里长的秋浦河蜿蜒流淌,它穿过九华山的余脉,一直伸到黄山南部的山岭中。就在这条河上,一千多年前,诗仙李白写下了组诗《秋浦歌》十七首。而今,让我们坐上竹排,重走当年诗人的足迹。

传说当地有一种鸟,长得很漂亮,以至于美丽的山鸡都不敢临流照影。这种鸟叫锦驼鸟,李白亲眼见过,并把它写进诗里,这就是秋浦歌第三首。锦驼鸟当然漂亮,但山鸡羽毛斑斓,也很美丽。说山鸡见锦驼鸟比自己还好看,羞愧得不敢照影,是诗人赋予动物以人类自知之明的特征,是拟人。但这样一来,写活了山鸡临流照影时，似乎羞涩的神态，也衬托了锦驼鸟。

那时候，秋浦水清澈见底，羽毛好看的鸟儿竞相临水照影，不住地引起路过此地的诗人的赞叹。当时的秋浦还有很多白猿，白得就像皎洁的雪花。它们呼朋引伴，追逐嬉闹，就像天上突然下起一阵大雪。李白《秋浦歌》第五首就为它们而作。

这首诗的前两句给人一幅群猿嬉戏图，用"超腾"形容白猿动作的敏捷和爆发力，动感极强。最后两句撷取群猴场面中的片段，画龙点睛，把群猿嬉戏的场景具体化。动物没有人类的智慧，但一样富于骨肉之爱，于是大爱的诗人堂堂正正地把它写进诗中；而且正因为动物没有人类的智慧，老少猴儿饮水弄月的无知才被认真的诗人挖掘出自然之真的美。

那时候，秋浦的水是清澈的，水里的月亮是洁白的。

其八

秋浦千重岭，水车岭①最奇。天倾欲堕石，水拂寄生枝②。

【注释】

①水车岭：在贵池姥山西南，山岭陡峭险峻，水流飞奔而来，发出水车般的声音。

②寄生枝：寄生于其他植物身上的植物枝条。

其十一

逻人横鸟道①,江祖出鱼梁②。水急客舟疾,山花拂面香。

【注释】

①逻人:池州万罗山上的逻人石。鸟道:鸟飞的道,比喻水道狭窄。

②江祖:指江祖石,为青溪水中一块高耸的巨石。鱼梁:捕鱼的石堰。

其十二

水如一匹练,此地即平天①。耐可②乘明月,看花上酒船。

【注释】

①平天:即平天湖。旧杏花村十二景之一。现已干涸。

②耐可:那可,安得,能不能。

【赏析】

从今天池州的贵池区向西南出发，百里以内，过去有平天湖、江祖石、逻人石、水车岭等好玩的地方。让我们听从诗仙的指引，看看它们都有什么吸引人的地方。

水车岭。诗人说，秋浦这地方千重山万重岭，好处说不尽，而水车岭的特点是奇。奇在哪里呢？这里山高到半空以上，就在那极高的地方，悬着一块巨石。它倾斜着露出大半截，让人真害怕它会从天上掉下来！

流水拂着水草，它们不紧不慢地温存着，一点儿也不担心外物。它们忽视了整个世界。

逻人石和江祖石。诗人说，逻人石像一个莽汉躺在半山腰里，而江祖石矗立在水中与之相对，犹如渔樵问答一样。激流冲积成很深的水窝，聚集起大量的鱼儿。在这里，扎着捕鱼的东西。激流也催送着诗人乘坐的小船顺水直下，让诗人来不及分辨水中鱼儿的头尾。但不要紧，仍有阵阵缕缕的山花香扑鼻而来，那一起刮到脸上的，是江南暖暖蔫蔫的风。诗人不禁想，如果船速缓慢，这花香暖风该浓郁得让人醉倒了吧？

这首诗里，"横"和"出"用得很妙。

平天湖。诗人告诉读者，游平天湖适宜于月明之夜。洁白如白练的湖水在皎洁的月光下，让人再也分不清哪儿是水面，哪儿是天上，浩瀚的夜空此刻就平铺在诗人脚下。能不能趁着月光，在船上一边喝酒一边赏花呢？面对诗人的邀约，千载之下，谁能拒绝？

最后一句应该好好咀嚼。按照坐船赏花的意思，这一句的语序应该是"上酒船看花"。但诗人却说"看花上酒船",似乎湖周围的山花五彩缤纷,月色下面婀娜窈窕,迷得诗人舍不得,一边不住地看,一边往船上踏;又似乎水铺平地,月光照耀,一片银白,诗人尽管看着花,却不觉一直走上船去!

这个弥合了人天界限的平天湖,现在已经干涸,我们无处寻觅它的踪迹了。

其十三

渌水净素月①,月明白鹭飞。郎听采菱女,一道夜歌归。

【注释】

①净:这里用作动词,清洗的意思。素月:指月极明极白。

其十四

炉火①照天地,红星乱紫烟②。赧郎③明月夜,歌曲动寒川。

【注释】

①炉火:贵池一地过去产银、铜,炉火指开矿冶炼之火。
②红星乱紫烟:熊熊的炉火在弥漫的紫烟中升腾。
③赧郎:指被炉火映红了脸的冶炼工人。

其十六

秋浦田舍翁,采鱼水中宿。妻子张白鹇①,结罝映深竹②。

【注释】

①张:捕捉。白鹇:雉类,白色,背有黑文。
②结罝映深竹:这句是说把捕白鹇的网挂在竹林深处。罝,捕鸟兽的网。映,映带、映衬。

【赏析】

这三首写的是秋浦人民的劳动和与劳动结合着的健康的爱情。
第十三首写江南水乡孕育出来的爱情。罗愿《尔雅翼·释草·菱》记载:"吴楚风俗,当菱熟时,士女相与采之,故有采菱之歌以相和,为繁华流荡之音。"采菱作为一项古老的采集劳动,为封建社会缺乏交流的青年男女守护着自由恋爱的权利,因此作为诗歌创作的一种题材引起诗人的注意,是很自然的。采菱之歌,既是配合这种劳动、缓解疲劳的音乐,也是青年男女传达情意、私定终身的使者。因此,一到采菱季节,一身劳动打扮的青年男女走出家门,三三两两,月下水上,菱歌声中,以赏心乐事,造就特有的江南民俗风景。

李白这首诗省略了菱歌互答的试探阶段,直接撷取爱情成熟、携手同归的场面,并把他们安置在水清月明的温柔中。明月在天上,倩影在水中,清碧的水波又给明月洗了一个澡。月光下,白鹭飞起,哦,是唱着歌的采菱人惊动了它。唱歌的人近了,有人在等着她;于是一个人的身影变成两个人的,一个人的歌声变成两个人的,他们渐渐地远了。

第十四首的题材非常特殊,它写的是正在从事紧张劳动的冶炼工人。

"炉火照天地,红星乱紫烟",诗歌一开始就向人们展现了一个热火朝天的劳动场面。第一句是全景,只见炉火熊熊燃烧,映红了整个天地,景色非常壮观;第二句是中近景,从炉中喷出一股股紫色的浓烟,不时有猩红的火星从炉烟中欢快地跳出来。整个场面色调浓重,动感强烈,给人以一种视觉上的冲击。透过这种不同寻常的景象描写,分明可以感受到诗人在亲临这种火热的劳动场面后,所引起的兴奋、欣喜而又夹杂着新奇、赞叹的多重感情体验。

接下来两句是作者对正在紧张劳作的冶炼工人的正面描写。"赧"的本意是因为羞愧而脸红,这里指因为炉火的烘烤,也因为劳动的紧张,工人们的面庞在炉火的辉映之下显得精神焕发,红光满面。"赧郎"是诗人对冶炼工人既亲切又形象的称呼。繁重的体力劳动并没有压垮他们,相反,诗人从他们身上感到了一种发自内心的豪迈与振奋。他们一边挥汗如雨地工作,一边情绪昂扬地唱着劳动之歌。那高亢的劳动号子和着砧声,响彻夜空,连脚下的大地都在颤动,寒冷的空气充满了热火朝天的干劲。这是一曲粗犷的劳动之歌,是一曲乐观向上、团结互助的工人之歌。可以想象,置身于炉火红星和赧郎歌曲包围之中的诗人,已经全然忘记了自己满头的白发,而又一次感到生命的真实。

　　第十六首再现了秋浦渔家的劳动生活。渔夫夜以继日地打鱼,晚上就在水中歇息;他家中的妻子也不肯闲着,在竹林深处,张网捕鸟。房子大部分时间空着,感情的世界也大部分时间空着,夫妻俩都在为生活而忙碌。

　　这就是现实的人生。

其十五

白发三千丈,缘愁似个①长。不知明镜里,何处得秋霜②?

【注释】

①缘:因为。个:这样。
②秋霜:指白发。

【赏析】

大约于天宝十二载（753）至天宝十五载（756），也就是诗人五十三岁至五十六岁间，诗人遍游皖南的宣城、泾县、南陵、繁昌、青阳、秋浦等地的青山秀水，留下众多脍炙人口的名篇。这一首就是其中之一。

这时的李白，已经彻底淡出官场，已经彻底被统治阶级淡忘，其心情的郁闷愁苦可想而知。他这种心情在《秋浦歌》十七首中多有反映。如第一首就说："秋浦长似秋，萧条使人愁。"秋浦一年四季都像是萧条的秋天吗？不是，有作者本人的诗作为证。第二首说："秋浦猿夜愁，黄山堪白头。"猿令人愁还说得过去，但说风景秀美的黄山能让人白头就令人费解了。第四首说："两鬓入秋浦，一朝飒已衰。"似乎原来还两鬓青丝，到了秋浦之后，一下子白发苍苍了！第六首写道："愁作秋浦客，强看秋浦花。"因为"愁"，连赏花也要强打精神。

这个"愁"字是理解上面诸多说不通处的关键。而要理解李白的愁从何来，第七首有两句诗值得一读："空吟白石烂，泪满黑貂裘。""白石烂"，指春秋时代的宁戚在不得志时，抓住齐桓公出行的机会，牵牛叩角而唱的歌词，他凭这首歌引起了齐桓公的注意，最终得到了重用；"黑貂裘"，则是指战国时期的苏秦踏入仕途以后，连遭失败，穷困潦倒，"黑貂之裘敝，黄金百斤尽"。李白觉得自己的处境就好比那失意的苏秦，再也不会像宁戚那样，得到君王的赏识了。从"白石烂"和"黑貂裘"这两个典故的使用上，读者不难明白，长安失意是李白在《秋浦歌》十七首中反复述说的愁的原因。盛年不再的李白，始终忘不了长安，念念不忘回到皇帝身边。第一首说："正西望长安，下见江水流。"想回去。第二首说："欲去不得去，薄游成久游。何年是归日，雨泪下孤舟。"不愿意久游。

李白的愁在第十五首中得到了淋漓尽致的表达。要是有人说自己有数丈长的头发，估计谁也不会相信，更不用说三千丈了；而李白偏说自己一头白发有三千丈长，而且成了千古名句。究其原因，是在紧接而来的第二句。这一联诗，重点不在用"三千丈"表示长度，而是用来说愁的。三千丈的白发在李白的笔下，只不过是一个参照系：诗人为什么生出这么长的白发？是因为诗人有"同样长的愁"！这两句诗是一个倒装句。

李白的愁，如上所述，不是像常人那样，愁他的衣食住行；他也不是愁自己没有官做。他愁的是自己不能实现"大济苍生"的理想，他愁的是再也无法实现功成身退的宿愿。但在这首诗里，李白的愁直接是和"白发"联系着的。俗话说，留得青山在，不怕没柴烧。同样，留得黑发在，不怕没事做！而满头的白发如釜底抽薪般宣告了一切的结束，从凡夫俗子也有的七情六欲到圣贤君子才有的救国救民的理想，都离结束不远了。绝望攫住了诗人，这就是这首诗所表达的愁的实质。由白发引起的愁是大愁。

李白这首诗，就是生命之留恋与功名之期许之间冲突搏击的产物。从三、四句来看，可以说，是照镜子的行为让诗人一下子发现自己的时间不多了，而想做的都还没有做。诗人不知道自己已经满头白发了，因而对年过半百的真实含义无动于衷。但揽镜自照，哪里来的白色呢？秋霜吗？镜子里哪里来的秋霜呢？诗人一下子明白了,对生命的意识一下觉醒了,生存的欲望一下子爆发了。于是有了这首诗。

【评点】

严沧浪、刘会孟评本:一诘,一解;又一诘,不可解。是言愁亦是解愁。(又载明人批语:)气概超脱,真是高作。愁中正有豪气在。

《唐诗品汇》卷三九引刘辰翁评语:后联活脱脱,真作家手段。

《删定唐诗解》卷一一一:突起婉接,又翻开,奇甚。

《唐诗笺注》:因照镜而见白发,忽然生感,倒装说入,便如此突兀,所谓逆则成丹也。唐人五绝用此法多,太白落笔便超。

赠汪伦

李白乘舟将欲行,忽闻岸上踏歌①声。桃花潭水深千尺,不及汪伦送我情。

【注释】

①踏歌:《旧唐书·睿宗本纪》:"上元日夜,上皇御安福门观灯,出内人连袂踏歌。"《资治通鉴·唐纪二十二》:"默啜使阎知微招谕赵州,知微与虏连手踏《万岁乐》于城下。将军陈令英在城上谓曰:'尚书位任非轻,乃为虏踏歌。'"胡三省注:"踏歌者,连手而歌,踏地以为节。"

【赏析】

桃花潭在今安徽泾县西南。汪伦是泾县名人,做过泾县县令,卸任后隐居桃花潭。他和李白、王维关系都很好。李白游桃花潭一带的时候,汪伦经常拿美酒招待李白。

当时李白官场失意,心情不好,人老了,生活也没有着落。他到过河北安禄山的属地,已经觉察到安禄山反叛的征兆,不禁忧心忡忡。安禄山是唐玄宗的红人,朝中布满亲信,而诗人一介书生,报国无门。由于对朝廷极度失望,诗人来到江南躲避即将发生的灾难。这就是这首诗歌写作的背景。

可想而知,在一个人穷困潦倒的时候,是多么需要友情。在一个人的后半生,没有了前呼后拥的热闹场面,来是默默无闻地来,去是默默无闻地去,纵使山色可亲,水声可喜,也赶不走黯淡的情怀。但是就在乘船要走的时刻,岸上传来了送行的歌声!一股暖流涌上心头。诗人回头看去,是老朋友。

这就是人间真情。诗人在真情的温暖之下,挥笔写下了这首语浅情深的佳作。要理解它的动人之处,应该先体会失意之人的思想情绪。被冷落惯了,诗人已经不再指望有人送行,而忽然听到了送行的歌声,于是诗的前两句掀起了感情的第一个波澜。真情无价,阅尽人间沧桑以后,更能感受它的真实,因此,这次出乎意料的送行就成为讴歌真情的契机,诗人的真性情也就在后两句里爆发出来。

真性情就是让这首诗感人的原因。

【评点】

严沧浪、刘会孟评本：才子神童出口成诗者多如此，前夷后劲。

《唐诗解》卷二五：伦，一村人耳，何亲于白？既醞酒以候之，复临行以祖之，情固超俗矣。太白于景切情真处，信手拈来，所以调绝千古。后人效之，如"欲问江深浅，应如远别情"，语非不佳，终是杯棬杞柳。

《此木轩论诗汇编》："桃花潭水深千尺"，掩下句看是甚么？却云"不及汪伦送我情"，何等气力，何等斤两，抵过多少长篇大章！又只是眼前口头语，何曾待安排雕钵而出之？此所以为千秋绝调也。

《唐诗别裁》卷二〇：若说汪伦之情比于潭水千尺，便是凡语，妙境只在一转换间。

《唐诗笺注》：相别之地，相别之情，读之觉娓娓兼至，而语出天成，不假炉炼，非太白仙才不能。"将"字、"忽"字，有神有致。

《诗法易简录》：言汪伦相送之情甚深耳，直说便无味，借桃花潭水以衬之，便有不尽曲折之意。

【考据】

《随园诗话》补遗卷六："唐时汪伦者，泾川豪士也，闻李白将至，修书迎之，诡云：'先生好游乎？此地有十里桃花；先生好饮乎？此地有万家酒店。'李欣然至。乃告云：'"桃花"者，潭水名也，并无桃花；"万家"者，店主人姓万也，并无万家酒店。'李大笑。款留数日，赠名马八匹，官锦十端，而亲送之。李感其意，作《桃花潭》绝句一首。"

关于汪伦其人，可参看陈子龙《关于汪伦其人》，文载《李白学刊》第二辑。

《四溟诗话》卷二云："诗有四格，曰兴，曰趣，曰意，曰理。太白《赠汪伦》曰：'桃花潭水深千尺，不及汪伦送我情。'此兴也。陆龟蒙《咏白莲》曰：'无情有恨何人见，月晓风清欲堕时。'此趣也。王建《宫词》曰：'自是桃花贪结子，错教人恨五更风。'此意也。李涉《上于襄阳》曰：'下马独来寻故事，逢人惟说岘山碑。'此理也。悟者得之，庸心以求，或失之矣。"此论甚精，录之以待来者。

上留田行①

　　行至上留田,孤坟何峥嵘②。积此万古恨,春草不复生。悲风四边来,肠断白杨声③。借问谁家地,埋没蒿里茔④。古老⑤向余言,言是上留田,蓬科马鬣⑥今已平。昔之弟死兄不葬,他人于此举铭旌⑦。一鸟死,百鸟鸣。一兽走,百兽惊。桓山之禽⑧别离苦,欲去回翔不能征⑨。田氏仓卒骨肉分,青天白日摧紫荆⑩。交让之木⑪本同形,东枝憔悴西枝荣。无心之物尚如此,参商胡乃寻天兵⑫。孤竹延陵⑬,让国扬名。高风缅邈,颓波激清⑭。尺布之谣⑮,塞耳不能听。

【注释】

①上留田行:汉乐府曲,讽刺兄弟疏远的社会现象。上留田,地名。

②峥嵘:高峻、突出的样子。

③肠断白杨声：古代墓地多种植杨树，风吹杨树，声音让人悲伤。

④蒿里茔：长满蒿草的坟场。

⑤古老：老年人。

⑥蓬科：同"蓬颗"，坟上长草的土块。马鬣：坟墓封土以后，状如马鬣。

⑦举：树。铭旌：写着死者姓名的旗幡。

⑧桓山之禽：这几句说动物有情，反衬兄弟无情。《孔子家语》卷五载，孔子在卫，昧旦晨兴，颜回侍侧，闻哭者之声甚哀，子曰："回！汝知此何所哭乎？"对曰："回以此哭声非但为死者而已，又有生离别者也。"子曰："何以知之？"对曰："回闻桓山之鸟生四子焉，羽翼既成，将分于四海，其母悲鸣而送之，哀声有似于此，为其往而不返也。回窃以音类知之。"

⑨征：行。

⑩"田氏"两句：仓卒，仓猝，急急忙忙地。骨肉，兄弟。摧，砍伐。《续齐谐记》中记载，京兆田真兄弟三人共议分财，生资皆平分，唯堂前一株紫荆树，共议欲破三片，明日就截之，其树即枯死，状如火燃。真往见之大惊，谓诸弟曰："树本同株，闻将分斫，所以憔悴，是人不如木也。"因悲不自胜，不复解树，树应声荣茂。兄弟相感，更合财宝，遂为孝门。

⑪交让之木：楠木的别名。《述异记》卷上记载，黄金山有楠树，前一年东边荣，西边枯，后一年西边荣，东边枯，轮流吸收树根输送来的养分，年年如此。

⑫参商胡乃寻天兵：《左传·昭公元年》记载：昔高辛氏有二

子,大的叫阏伯,小的叫实沈,住在荒山野林里,不能和睦相处,每天动武,互相讨伐。后帝不臧,把阏伯迁到商丘,去管心宿,也就是商星;把实沈迁到大夏,主管西方的参星。参宿在西,心宿在东,彼出此没,永不相见。胡乃,为何。天兵,这里是争斗的意思。

⑬孤竹延陵:孤竹,古代的孤竹国,这里指伯夷、叔齐兄弟。《史记·伯夷列传》记载:他们是孤竹君的儿子,孤竹君想立叔齐为王位继承人,叔齐因为自己是弟弟,就让给哥哥伯夷。伯夷不愿违背父亲的意愿,就逃走了;叔齐也不愿意占哥哥的便宜,也逃跑了。延陵,春秋时的地名,是吴国公子季札的封地。这里指季札。《史记·吴太伯世家》记载:当时季札是吴国的贤人,吴国想让他继承王位,他认为自己是兄弟中最小的,不愿意,多次推辞。

⑭"高风"两句:这两句是说这些兄弟推让的故事会永远流传下去,它们能净化社会风气。缅邈,久远。颓波,指不良的社会风气。激清,使之清。

⑮尺布之谣:西汉民谣。据记载,淮南王谋反,被流放四川,死在路上。民间就出现了一首歌谣说:"一尺布,尚可缝;一斗粟,尚可舂。兄弟二人,不能相容。"

【赏析】

这是一首根据乐府民歌写下的、有感而发的诗篇。

安史之乱爆发,唐玄宗逃向四川,在路上让儿子永王李璘到长江中游主持军事,永王就聚集人马,准备沿长江东下。同时,太子李亨也趁乱在西北继位,闻讯就命令永王北上。永王不听,带兵东进,继位了的李亨就调集军队,打败了永王,把他杀了。李白有感于历史与现实惊人的相似,也有感于历史上的风流佳话,写下这首诗。

　　诗歌先从荒凉的坟场写起,触目惊心,能收到很好的教育效果。诗歌是为死者而写,抒发人死不能复生的悲怆和对死者的同情,让死者控诉生前所遭受的虐待,从而为全篇布下阴影,也为后来者珍惜兄弟之情敲响第一声警钟:活着的时候不珍惜,后悔就晚了!

　　然后诗人用鸟兽恋群、树木一体的自然现象开拓主题,让诗篇笼罩着一种弥漫全世界的大爱。情能动人。最后,诗人把笔触伸入到政治领域。诗人似乎想弄明白,为什么同是兄弟,伯夷叔齐能互相推让,而刘家兄弟就非得拼个你死我活?!这几句由七字句变为四字句,促节繁音,表达出一种深沉的悲伤。

赠张相镐二首（其二）

本家陇西①人，先为汉边将②。功略盖天地，名飞青云上。苦战竟不侯，当年颇惆怅。

世传崆峒勇③，气激金风④壮。英烈遗厥孙，百代神犹王⑤。十五观奇书，作赋凌相如⑥。

龙颜惠殊宠，麟阁凭天居⑦。晚途未云已，蹭蹬遭谗毁⑧。想象晋末时，崩腾胡尘起。

衣冠陷锋镐，戎虏盈朝市。石勒窥神州，刘聪⑨劫天子。抚剑夜吟啸，雄心日千里。

誓欲斩鲸鲵⑩，澄清洛阳水⑪。六合洒霖雨，万物无雕枯。我挥一杯水，自笑何区区⑫。

因人耻成事⑬，贵欲决良图⑭。灭虏不言功，飘然陟蓬壶⑮。惟有安期舄⑯，留之沧海隅。

【注释】

①陇西：郡名，战国时秦昭襄王置，治所狄道，在今甘肃临洮。

②汉边将：指汉代名将李广，以下四句就概述李广的事迹。

③崆峒勇：崆峒，山名，在今甘肃平凉市西。《尔雅·释地》：空桐之人武。

④金风：秋风。按照五行观念，西方为秋而主金，故秋风为金风。

⑤王：同"旺"。

⑥凌：超过。相如：汉代的司马相如，赋写得很好。

⑦"龙颜"两句：这两句是说自己当年受到唐玄宗赏识的情况。龙颜，指皇帝。惠，惠赐。殊宠，殊荣。麟阁，皇宫宫殿。凭，靠近。天居，天子居住的地方。

⑧"晚途"两句：这两句是说诗人在长安受到排挤的不幸遭遇。晚途，后来。蹭蹬，失意。

⑨"想象"六句：借指安史之乱。石勒、刘聪，西晋末年曾入主中原的少数民族领袖。

⑩鲸鲵：比喻凶残的敌人，这里指安禄山等人。

⑪澄清洛阳水：这一句的意思是收复被叛军占领的首都。洛阳，唐代东都。

⑫区区：微小。一杯水与霖雨相比为小。

⑬因人耻成事：即耻因人成事，耻于因人成事。因人成事，靠别人的力量做成事情。

⑭决良图：实现美好的人生抱负。

⑮"灭虏"两句：言功成身退的打算。陟，登上。蓬壶，海上仙山。

⑯惟有安期舄：安期，秦朝的方士安期生。据刘向《列仙传》卷上记载，秦始皇赐他很多东西，他都不要，临别时，留下一封书与赤玉舄说："以后到蓬莱山找我。"舄，鞋子。

【赏析】

　　张镐是在安史之乱中崭露头角的历史人物。皇帝看他文武全才，就让他主抓东南方面的军事。这时李白正在安徽一带避难，就给他写了这首诗。在诗中，李白交代了自己的身世和抱负。

　　李白以李广为始祖。李广是西汉著名的飞将军，在西汉对匈奴的战争中屡建奇功，令匈奴闻风丧胆。但李广一生命运坎坷，始终未能封侯，最后死在匈奴阵中。李白身世一直是个谜，他自己也有不同的说法。这里提到李广，想必是用李广不俗的军功引起张镐对自己的重视，也用李广不幸的遭遇引起张镐对自己目前处境的同情和帮助。

　　按照李白自己的说法，他不仅继承了自李广以来祖传的勇气，还是文武全才，并因为文才得到了皇帝的赏识，招进宫中。"龙颜惠殊宠"四句回顾了那段短暂的人生辉煌。

　　接着，诗人就提到让唐王朝毁于一旦的安史之乱。李白把这场动乱比作西晋末年发生的、持续了近三百年的中原之乱。三百年中，匈奴、羯、鲜卑、氐、羌等少数民族相继进入中原，司马氏的子孙丢了宝座,忍辱偷生,朝不保夕。今天又是这样。国难当头,李白很想做一番事业,然后功成身退,留下美名,让世人羡慕去。

早发白帝城①

朝辞白帝彩云间,千里江陵②一日还。两岸猿声啼不住,轻舟已过万重山。

【注释】

①白帝城:在今重庆奉节白帝山上,临瞿塘峡。
②江陵:今湖北荆州。

【赏析】

人活在这个世界上,是需要好的文学作品来放松自己的。当人们劳累了的时候,李白就把人们化为一只小船,从彩云深处放开人们的身心,在猿声激流中按摩人们的神经。当人们遇到挫折、陷入困境的时候,李白就把人们化为势不可挡的洪流,体验勇往直前的必胜信念。当我们心情平静的时候,诗人就把人们化为一千里的巨人,站在彩云的高度,以瞬息的速度,驶入狂喜的港湾。当人们心情愉快的时候,诗人就让天上鲜艳的彩云、高原上自由奔放的江水、两岸嘹亮悠长的猿啸分享我们的激动。总之,这首诗让人们超越了自身的有限存在,化为那一段长江!

诗人是如何做到这一点的呢?先用"彩云间"制造一个高度,一个自由翱翔的境界,一个色彩的王国:人们的心灵已经脱离躯壳了。再用"千里"和"一日"强烈的时空对比制造一个速度,一种囊括一切的气概,一种瞬息实现的喜悦:从高处疾驰而下的,是人们自由的灵魂。再用两岸无尽的猿声和诗人所乘的轻舟制造一种充实,一路历险之后的回味,一船满载而归的音乐,一身大自然绚丽的山色!

这首诗是有具体的历史背景的,是李白在流放归来途中所写。李白被流放夜郎,行至白帝城,听到皇帝大赦天下的喜讯,诗人高兴极了,就掉过船头,东下江陵。此诗抒写了当时诗人重获自由的喜悦畅快的心情。但是好的文学作品,除去真实的写作意图之外,还往往有着普遍意义,让所有人都能从中得到审美愉悦。

【评点】

《增订唐诗摘钞》:插"猿声"一句,布景着色之法。第三句妙在能缓,第四句妙在能疾。

《唐诗别裁》卷二〇：写出瞬息千里，若有神助。入"猿声"一句，文势不伤于直。画家布景设色，每于此处用意。

《唐人万首绝句选评》：读者为之骇极，作者殊不经意，出之似不着一点气力。阮亭推为三唐压卷，信哉！

《岘佣说诗》：太白七绝，天才超逸，而神韵随之。如"朝辞白帝彩云间，千里江陵一日还"，如此迅捷，则轻舟之过万山不待言矣，中间却用"两岸猿声啼不住"一句垫之，无此句，则直而无味；有此句，走处仍留，急语仍缓。可悟用笔之妙。

《唐人绝句精华》：此诗写江行迅速之状，如在目前。而"两岸猿声"句，虽小小景物，插写其中，大足为末句生色。正如太史公于叙事紧迫中，忽入一二闲笔，更令全篇生动有味。而施均父谓此诗"走处仍留，急语仍缓"，乃用笔之妙。

望鹦鹉洲怀祢衡①

魏帝营八极②,蚁观③一祢衡。黄祖斗筲人④,杀之受恶名。吴江赋鹦鹉⑤,落笔超群英。锵锵振金玉⑥,句句欲飞鸣。鸷鹗啄孤凤⑦,千春⑧伤我情。五岳起方寸⑨,隐然讵可平⑩?才高竟何施⑪,寡识冒天刑⑫。至今芳洲上,兰蕙不忍生。

【注释】

①鹦鹉洲:在今湖北武汉西南长江中。祢衡:东汉末年的文学家。

②魏帝:魏武帝曹操。营:经营。八极:上下四方。

③蚁观:轻视、小看的意思。

④黄祖:三国时刘表的部下,任江夏太守。斗筲人:气量狭小的人。

⑤吴江:这里指武汉段的长江。赋:写下。鹦鹉:指祢衡的

《鹦鹉赋》。

⑥锵锵振金玉：指《鹦鹉赋》语言优美，悦耳动听。

⑦鸷鹗：比喻黄祖。孤凤：比喻祢衡。

⑧千春：千载。

⑨方寸：指心田。

⑩隐然：痛苦的样子。讵：哪里。平：平息。

⑪施：用处。

⑫寡识：缺少见识。冒：遭受。天刑：刑罚。

【赏析】

长江中的鹦鹉洲，是一个著名的地方。唐朝诗人崔颢很著名的《黄鹤楼》就提到它："晴川历历汉阳树，芳草萋萋鹦鹉洲。"鹦鹉洲和三国时代的著名文人祢衡有密切关系。

据记载，祢衡很有才气，年纪轻轻就天下闻名了。但他性情刚烈，再加上心高气傲，更不把别人放在眼里。孔融把他推荐给曹操，他把曹操骂了一顿；曹操受不了他，就把他送给刘表。刘表也受不了，又将他转送给江夏太守黄祖。曹操和刘表都不愿意杀祢衡，因为祢衡是个名士。而黄祖是个武将，性情同样刚烈。祢衡改不了老脾气，照样当众侮辱黄祖。黄祖一气之下，就把祢衡杀了。祢衡死时，才二十六岁。

鹦鹉洲在当时还不是这个名字。黄祖的长子黄射在洲上请客的时候，有人献鹦鹉，他就叫祢衡写赋以娱嘉宾。祢衡提笔而作，文不加点,一气呵成,文章写得很漂亮,这就是《鹦鹉赋》。祢衡被杀以后,这个洲就叫鹦鹉洲了。

李白这首诗,是他遭到流放以后的作品。安史之乱爆发以后,永王李璘在今天的湖北江陵聚集兵马,然后兴师,顺江东下。这时候李白在庐山上隐居避难,参加了李璘的队伍。李璘被杀,李白作为同党被抓,经人营救,判了个流放的罪。这件事让李白开始认识到自己虽有才华,而在政治上极其幼稚,即使从大的方面来说,也缺乏看问题的远见卓识。李白内心深处充满了自责和悔恨。因此,在经过鹦鹉洲的时候,想到祢衡的下场,再想到自己险些被杀的经历,不禁感慨万千。

遥想祢衡生前接受黄射请求的时候,是多么风光。在座那么多人,为什么不找别人,只把文房四宝端给他祢衡呢?遥想在大庭广众当中,众目睽睽之下,挥毫泼墨,多么意气风发!而今祢衡何在?才高竟何施?再高的才华有什么用处?东征西杀的魏武帝,把祢衡看得蚂蚁一样渺小!

【评点】

严沧浪、刘会孟评本:(起二句)好眼孔,好识力,能不逐常见。("五岳"两句)真有心人,块磊如见。("才高"两句)"才高寡识"四字,断尽祢衡。言"天刑",见非黄祖能杀之。

《诗归》卷一五:钟惺曰:"太白胸中有'古之伤心人'五字,才吐得出'千春伤我情'五字;胸中有'千春伤我情',才吐得出

'兰蕙不忍生'五字。"谭元春评"五岳"两句："从来才人志士不肯寻常者，只是一隐然难平耳。'五岳起方寸'，一'起'字，说出磊落。"

《唐宋诗举要》卷一评此诗：此以正平（祢衡）自况，故极致悼惜，而沉痛语以骏快出之，自是太白本色。

【考据】

对于"魏帝营八极，蚁观一祢衡"两句的理解，王琦注引李榕村曰："前二句向皆错解，玩通章诗意，所痛惜于衡者深矣。虽有才高识寡之言，然至目为孤凤，则操与祖皆鸷鹗之群耳。起句盖言魏武经营天下，而视之直作蝼蚁观者，唯一祢衡也。如此'营'字方有照应，'一'字方有着落。且下句鄙薄黄祖，何故起处张大曹操乎？"《唐宋诗举要》亦谓："起两句言正平轻魏武。"

陪族叔刑部侍郎晔及中书贾舍人至游洞庭五首

其一

洞庭西望楚江分①，水尽南天不见云。日落长沙秋色远，不知何处吊湘君②？

【注释】

①洞庭西望楚江分：长江在湖北石首分两道汇入洞庭湖，故云。
②湘君：湘水水神。

【赏析】

乾元二年（759）秋天，流落江南的李白在今湖南岳阳遇到贬官岭南的刑部侍郎李晔和贬为岳州司马的中书舍人贾至。老友重逢，于是一起游八百里洞庭。

这里的五首诗，就是这次畅游的记录。它们不仅记载了游中所见，还记载了游中所想和游中所思；不仅描绘了日下洞庭，还描绘了月下洞庭和秋日洞庭；不仅写船上的人物，自己和两个友人，还写湘君，这位魅力无限的水神，和长眠于湖光山色之中的历史人物。这方方面面推出了诗人的存在。

第一首总写洞庭，是大场面的勾勒。在起伏的洞庭水波之上西望，滔滔的江水在脚下分出两道血脉，灌溉着这一片水域；回首南眺，一派水国，荡漾在无边又晴朗的天空中。如此壮丽的景象，让诗人伫立船头，左顾右盼，精神飞越。

天空没有一丝云彩。太阳快要落山了。低低的太阳用一抹金色装点秋色。满天满地的大好秋色在诗人眼前一直伸到岳阳南边的长沙，又从那里延展开去，和诗人一起消失在视力所不及的远方。

那是一个人类堕落以前的神话的世界。知道大舜吗？他是一个半人半神的人物，赢得了娥皇、女英姐妹俩的爱情。为了神的事业，大舜渡过洞庭，往南过了长沙；再往南，死在苍梧之野。思念着的两个女人追呀追呀，渡过洞庭，往南过了长沙；再往南，追不上亲人。于是哭啊哭啊，泪洒修竹，斑斑点点；泪尽人亡，化为哀怨着的水神，被感动着的江南人民尊称为"湘君"。

现在，在诗人的脚下，翻涌着的湖水恰似爱情的泪水和倾诉；

在诗人面前，碧空如洗的秋色又像美丽的面庞和不息的脚步。诗人遥远的记忆被唤醒了。于是，被贬谪长沙的西汉才子贾谊来了，自投汨罗的楚国屈原也来了。

诗人多想和这些人类的精英畅叙幽情啊！

在这首诗前两句所勾勒出来的壮丽的景色里，诗人获得了具体描绘洞庭湖的自由天地；而通过三、四两句唤起的神话与历史，诗人又可以含蓄地抒发怀抱。诗人的存在感既是历时的，也是共时的。

【评点】

《升庵诗话》卷九：此诗之妙不待赞。前句云"不见"，后句"不知"，读之不觉其复。此二"不"字决不可易，大抵盛唐大家正宗作诗，取其流畅，不似后人之拘拘耳。

《诗法易简录》：妙在"不知何处"四字，写得湘妃之神缥缈无方，而迁谪之感令人于言外得之，含蓄最深。

《诗境浅说续编》：此诗写景皆空灵之笔，吊湘君亦幽邈之思，可谓神行象外矣。

其二

南湖[①]秋水夜无烟，耐可[②]乘流直上天。且就洞庭赊月色，将船买酒白云边。

【注释】

①南湖:即洞庭湖。或云沔州城南之湖,即郎官湖也。则诗言南湖泛舟,两湖相通,可以乘兴往洞庭上天也。

②耐可:朱金城注谓:"方言也,犹谓少待也,或曰如俗言正好之类。大抵耐有忍之意,云小待者,义稍通。"张相《诗词曲语辞汇释》卷二谓:"耐可,有那可与宁可两解。"

【赏析】

诗人喜欢洞庭湖的秋夜。夜的静谧抚平了身心的皱褶,而秋天的夜晚让人更加恬静安逸。

现在是洞庭湖上的秋夜。水面上烟雾皆无,干净得很。一轮明月悬在空中,也沉在清澈的水中;蔚蓝的天空含着一轮明月,也托着一叶扁舟和诗人颀长的身影。

水波涌起,波光粼粼,小船在清澈的水面上摇晃,也在蔚蓝的天空里摇晃。能乘着水流划到天上去吗?诗人迷惑了。天分明是在头顶,依附在大地上的人类怎么能够踏上去半步呢?然而现在,脚下这个巨大的透明的晃动的晶体,似乎就在天空里荡漾。

自己身在何方呀?

月色就在身边,白云就在身边。好,那就在这大好的月色里,在这水洗了一番的白云旁,举杯畅饮吧!

其三

洛阳才子谪湘川①,元礼②同舟月下仙。记得长安还欲笑,不知何处是西天③。

【注释】

①洛阳才子谪湘川:洛阳才子,指西汉的贾谊,曾被贬长沙。贾至此时也被贬南方,而且两人都是洛阳人,又是同姓,所以诗人用贾谊比此行同游的贾至。
②元礼:东汉名士李膺的字,这里指李晔。
③"记得"两句:桓谭《新论》中有"人闻长安乐,出门向西笑"的说法,来表达对长安的思念。

【赏析】

月光下,洞庭湖的小船上并肩站着三个人。

李膺,字元礼,今河南襄城县人,是一位东汉末年读书人的精神领袖。那时候朝政紊乱,法度废弛,李膺为官刚正不阿,除奸恶不避权贵,执法如山,让贪官污吏闻风而逃,躲在家里不敢出来。

李膺受到了读书人的衷心拥戴。大家以结识他为身份的象征,就算是为他驾车，也让人感到无比的荣幸。李膺和另一位名士郭泰是好朋友。郭泰还乡的时候，二人乘舟渡水，送行的人都很羡慕，以为二人是神仙。李晔这时也因为刚正不阿得罪了朝中权贵而贬官。现在站在李白身边，让诗人感到无比的荣幸，就像来到了文人的楷模李膺身边，要和他同舟共济一样。

更何况还有贾谊这位西汉才子的本家呢！

这三个人，两个是从朝廷贬官出来，一个是早已被赶出朝廷，又刚刚遭到流放。月光下，他们不约而同地思念着长安。美丽的月夜让人留恋，让人愿意为她再努力一次！

充满了美好事物的生活是美好的，是值得为之付出的。美丽的月夜恢复了诗人对生活的信心。月光下，洞庭湖的小船上并肩站着三个精神矍铄的人。

【考据】

对此诗之造诣，古人颇有微词。严沧浪、刘会孟评本云："五绝俱清寥，旷然言表。独此用事，为眼中病，抹去为快。"又引明人批语云："只是用三事亲切，事太熟，遂觉少味。"宋长白《柳亭诗话》云："太白'洞庭'五绝句三用不知二字，亦强弩之末也。"仲尼云，爱而知其恶，善之善者也。故俱录于此，备攻玉之用。

其四

洞庭湖西秋月辉,潇湘江北早鸿飞。醉客满船歌白苎[①],不知霜露入秋衣。

【注释】

①白苎:江南民歌《白苎歌》。

【赏析】

夜已经深了。

秋夜的月光,一片清辉;远处飞起几只早起的鸿雁来,在晨光熹微处将它们的身影投进湖心;在萧瑟的夜风中,嘎嘎的鸣叫和着满船的歌声,在今天和明天的临界点上共鸣,飘满了八百里洞庭,一直传到悠长的潇湘那边去。

船上的人们醉了。夜的霜洒落在头上,不知哪里是白发,哪里是月光;露水浸湿了衣裳,也不知道是酣饮着的美酒,还是身单衣薄的凉意。

诗人和他的朋友们接着喝,接着唱,满嘴满身的酒气消散在湖面上。

【评点】

《唐诗品汇》卷四七：刘须溪曰：自是悲壮。

《唐诗解》卷二五：秋月未沉，晨雁已起，舟中之客，霜露入衣而不知，岂其乐而忘归耶？意必有不堪者在也。

《唐人万首绝句选评》：惊心迟暮，含思无限。

〔日〕近藤元粹《李太白诗醇》卷四：谢云：前二句，景之远；后二句，景之近。稼堂云：前首是夜月，此首是将晓月。

其五

帝子①潇湘去不还，空余秋草洞庭间。淡扫明湖②开玉镜，丹青画出是君山③。

【注释】

①帝子：即湘君。《九歌》"湘夫人"：帝子降兮北渚，目眇眇兮愁予。袅袅兮秋风，洞庭波兮木叶下。

②明湖：洞庭湖。

③君山：洞庭湖中的一座山，因传说湘君曾经居住过而得名。

【赏析】

　　诗人和他的朋友最终没有等来理想中的湘君。浩渺的潇湘水云泛起层层波浪，似乎还留着她路过的脚步和裙裾；而洞庭湖边茂盛的秋草却分明闻不到她的芳香。似乎只有明净的湖面上还安放着她梳妆时的玉镜，微风吹过，那不是她正在淡淡地描她的眉么！

　　绿草如茵，不见人的踪迹；而明净的水面，却清楚地摇荡着诗人的面容。

　　诗人微笑了。云将自己投在水里，来和诗人做伴；蓝天也将自己投到水里，装载着诗人的船。还有君山，她也将自己投进水里。

　　诗人抬起头。那是湘君画出的一幅画儿，交给你，她是我们心心相印的信物。

与夏十二登岳阳楼

楼观岳阳尽,川迥①洞庭开。雁引愁心去,山衔好月来。云间连下榻②,天上接行杯③。醉后凉风起,吹人舞袖回④。

【注释】

①迥:远。
②下榻:安排住处。榻,床。
③行杯:在主人和客人之间传递的酒杯。
④回:回旋,舞动。

【赏析】

这首五律作于今湖南岳阳。岳阳楼就是岳阳西门城楼,它坐落在岳阳市西北的高丘之上，西面是八百里洞庭湖水，浩瀚的水烟连接着从雪山上下来的长江水。往北是湖泊纵横的江汉平原，打鱼小船，金黄稻田，在太阳底下尽收眼底。往东是岳阳城区，街市行人，商家的招牌和居民的晾衣杆一起在风中晃动，车声、人声、音乐声和器物碰撞的声音连成一片。往南是烟波迷茫的潇湘水云，整个湖南的版图都若隐若现地平躺在眼前。

凭栏远眺，岳阳楼让无数文人墨客从胸中喷涌出激情四射的珠玉文字，这些文字从不同的侧面讴歌岳阳楼的迷人魅力。杜甫登上岳阳楼，挥笔写道："吴楚东南坼，乾坤日夜浮。"气势磅礴，岳阳楼似乎在洞庭湖水的震撼中摇晃。范仲淹登上岳阳楼，提笔疾书："衔远山，吞长江，浩浩汤汤，横无际涯；朝晖夕阴，气象万千，此则岳阳楼之大观也！"似乎只有在岳阳楼上，才能领略祖国河山的壮丽。

李白也来了，在岳阳楼上，他写下不朽名篇。

大凡以岳阳楼为题的名篇，多不写岳阳楼本身，不写它有多高，装饰如何精美等等，而是写登楼所见。李白此篇也是这样。开头两句说，整个岳阳城尽收眼底，一览无余；大自然在岳阳楼下展开了一幅惊魂夺魄的图画。这两句，第一句不动声色，而第二句与众不同，它让八百里洞庭湖变成了大自然为诗人展开的一幅壮丽画卷。

李白面对着一个通灵的世界。他的视野里，出现了几只大雁，随着它们的消失，诗人的忧愁、烦闷不见了。大雁特意来把它带走了吧？大雁是某种力量的使者？它们洞悉诗人的一切？大自然好像知道下一步该干什么似的，让苍茫的群山为诗人献上一轮皎洁的明月。

人和大自然本来就没有隔阂。

不仅如此,岳阳楼还弥平了人间天上的界限。诗人醉卧床榻,偎依着几朵白云;那在主人和客人之间传递的酒杯,小心被某位馋酒的天使端了去!

酒意朦胧之中,诗人似乎不知道在哪里喝酒,不知道在和谁喝酒。但似乎又是善解人意的大自然,用一缕清风摇醒微微醉了的诗人,牵动长袖,邀请诗人再舞一回。

像这样把大自然亲切地人性化,只为李白所独有。

【评点】

《唐诗品汇》卷六〇:刘须溪云:甚为不俗。

严沧浪、刘会孟评本:有飘飘欲仙意,但不甚切岳阳,故不耐咀嚼。又,"雁引""山衔"一联,兼善清新俊逸。

【考据】

严沧浪、刘会孟评本云:"老杜亦有此诗,其写景甚雄,写情甚郁,此只一味清逸,各如其人。"其所论及者乃杜甫《登岳阳楼》,诗曰:昔闻洞庭水,今上岳阳楼。吴楚东南坼,乾坤日夜浮。亲朋无一字,老病有孤舟。戎马关山北,凭轩涕泗流。

庐山谣寄卢侍御虚舟[①]

我本楚狂人,凤歌笑孔丘[②]。手持绿玉杖[③],朝别黄鹤楼[④]。五岳寻仙不辞远[⑤],一生好入名山游。庐山秀出[⑥]南斗傍,屏风九叠云锦[⑦]张,影落明湖青黛[⑧]光。金阙前开二峰[⑨]长,银河倒挂三石梁[⑩]。香炉瀑布[⑪]遥相望,回崖沓嶂凌苍苍[⑫]。翠影[⑬]红霞映朝日,鸟飞不到吴天[⑭]长。登高壮观[⑮]天地间,大江茫茫去不还。黄云万里动风色[⑯],白波九道流雪山[⑰]。好为庐山谣,兴因庐山发。闲窥石镜[⑱]清我心,谢公行处[⑲]苍苔没。早服还丹[⑳]无世情,琴心三叠[㉑]道初成。遥见仙人彩云里,手把芙蓉朝玉京[㉒]。先期汗漫九垓上,愿接卢敖游太清[㉓]。

【注释】

①谣:歌谣。卢侍御虚舟:卢虚舟,字幼真,曾任殿中侍御史。
②"我本"两句:楚狂,陆通,字接舆,春秋末期楚国人,看

到天下将要大乱，隐居不仕，被称为"楚狂"。他看到孔子热心政治，就唱歌嘲笑他："凤兮凤兮！何德之衰？往者不可谏，来者犹可追。已而已而！今之从政者殆而！"意思是现在人心坏了，当权者也糟糕得很，你还瞎忙活什么。孔子听见歌声，想和他攀谈，但他躲开了。见《论语·微子篇》。孔子名丘，字仲尼。诗人这里直呼其名，有蔑视的意味。

③绿玉杖：仙人用的手杖。

④黄鹤楼：相传费文祎登仙后常乘黄鹤在这里息驾。

⑤五岳：东岳泰山、南岳衡山、西岳华山、北岳恒山、中岳嵩山，相传有神仙居住。不辞远：不怕远。

⑥秀：挺秀。出：高出。

⑦屏风九叠：即"九叠云屏"，又叫"屏风叠"，在庐山五老峰东北，峰峦重叠，状如屏风。云锦：彩云一样的锦缎。

⑧明湖：指鄱阳湖。青黛：深绿色。

⑨金阙：即石门。二峰：指香炉峰和双剑峰。

⑩三石梁：即三叠泉，在九叠云屏左方，水势三折而下。

⑪香炉瀑布：指香炉峰及其瀑布。

⑫回崖：山崖曲折回环。沓嶂：峰峦层层叠起。沓，重叠。嶂，像屏风一样的山。凌苍苍：上凌苍天。凌，凌驾。苍苍，苍天。

⑬翠影：苍翠的山色。

⑭吴天：三国时期庐山一带属于吴国鄱阳郡，所以称庐山上空为"吴天"。

⑮壮观：满怀豪情壮志地观看。

369

⑯动风色：长风阵阵，云彩舒卷，气象万千。

⑰白波九道流雪山：长江至此分为九道，白浪滚滚，如同雪山在流动。

⑱石镜：庐山东面石镜峰上有一块圆石，明净如镜，可以照见人形。

⑲谢公行处：谢灵运走过的地方。谢公，指南朝宋诗人谢灵运，他喜欢游览名胜，曾到过庐山石镜峰。他在《入彭蠡湖口》一诗中写道："攀崖照石镜。"

⑳还丹：仙丹。道家将丹炼成水银，又使水银还原为丹，所以叫"还丹"。

㉑琴心三叠：是心和气静，三丹田和积如一。这是修道成功的标志。道家认为丹田有三：在脐下为下丹田，在心下为中丹田，在两眉间为上丹田。琴，和的意思。叠，积的意思。

㉒芙蓉：即莲花。玉京：道教传说元始天尊所在的仙境。

㉓"先期"两句：《淮南子·道应训》记载，秦朝的时候，燕人卢敖遨游北海，到了蒙谷这个地方，遇见一个"深目玄鬓"的神正迎风而舞；那神见卢敖过来，便藏在一块石碑下面。卢敖想跟他做朋友，他却笑着说："我已经和汗漫约好到九天之外，现在该走了。"说完，举臂耸身飞入云中。期，约定见面。汗漫，无名，不可知也。九垓，即九天，天之最高处。卢敖，代指卢虚舟。太清，天外仙境。道教把太上老君居所叫太清。

【赏析】

李白是一个入世很深的读书人,但当他在现实面前屡受打击,或者当他觉察到天下将要大乱的时候,他就反过来嘲笑热衷功名的人。这时候,诗仙的本来面目就暴露在我们面前,这才是真实的李白。

这首诗可以分为三个层次。开头六句开门见山,披露胸襟:我已经厌弃了这个乱世,我要远离这个世界。

中间十三句是第二段,以从低到高的登山顺序,浓墨重彩,正面描绘庐山和长江的雄奇风光。先用三句概括庐山的整体形象:它秀丽挺拔,屹立在星星下面,巨大的墨绿色的身影倒映在鄱阳湖上。下面四句细描金阙、三石梁、香炉、瀑布等庐山绝景,它们错落有致,顾盼生辉,纷至沓来,令人目不暇接。接着六句写山顶所见。抬头看,一轮红日照耀,苍翠的山色和鲜艳的红霞交相辉映,布满苍穹,连鸟也飞不到尽头。低头看,长江一线,在黄云翻滚中,掀起雪山一样的浪头。

在这样奇丽壮观的庐山上,诗人被人间污染了的胸怀得到了荡涤。

然后诗人用"好为庐山谣,兴因庐山发"引起转折,过渡到第三层,抒发美好向往,邀请友人一起重建自然与人生的和谐。

【评点】

《批点唐诗正声》载桂临川批语曰：方外玄语，不拘流例。全篇开阖佚荡，冠绝古今，即使杜工部为之，未易及此，高、岑辈恐亦胁息。又襟期雄旷，辞旨慨慷，音节浏亮，无一不可。结句非素胎仙骨，必无此诗。

《唐诗快》：伯敬云：读李白诗，当于雄快中察其静远精出处。又云：太白有饮酒、学仙两路语，资浅俗人口角。言俱不谬。若如此等诗，则有雄快而无浅俗矣。

《唐诗别裁》卷六：先写庐山形胜，后言寻幽不如学仙，与卢敖同游太清，此素愿也。笔下殊有仙气。

《唐宋诗醇》卷六：天马行空，不可羁绁。

《昭昧詹言》卷一二："庐山"以下正赋。"早服"数句应起处，而提笔另起，是以不平。章法一线乃为通，非乱杂无章不通之比。

《唐宋诗举要》卷二引吴汝纶语曰：壮阔称题。

登金陵凤凰台①

凤凰台上凤凰游,凤去台空江自流。吴宫花草埋幽径,晋代②衣冠成古丘。三山③半落青天外,二水④中分白鹭洲。总为浮云能蔽日⑤,长安不见使人愁。

【注释】

①凤凰台:向有众说。宋张表臣《珊瑚钩诗话》卷一:"金陵凤凰台,在城之东南,四顾江山,下窥井邑,古题咏惟谪仙为绝唱。其诗曰……"而蘅塘退士编《唐诗三百首》,注引《六朝事迹》,云在府城西南二里,又引《江宁通志》,以为凤凰台在江宁府内之西南隅。故《唐宋诗举要》此诗题下,高步瀛按语云:"凤台诸说不一。"

②吴宫、晋代:三国吴于黄龙元年(229),自武昌迁都于建业。晋室南渡后亦都于建康,都在今江苏南京。

③三山:《唐诗三百首》《唐宋诗举要》注引《大清一统志》

《太平寰宇记》，谓在南京市西南，积石耸峙江滨，三峰平列，南北相连，故称。

④二水：秦淮源出句容、溧水两山间，至建康分为二支，一支入城，一支绕城外，共夹一洲曰白鹭。或写作"一水"。

⑤浮云蔽日：古典诗词常以浮云指小人，以白日比喻君主。陆贾《新语·慎微篇》："邪臣之蔽贤，犹浮云之障日月也。"

【赏析】

凤凰是神话传说中的神鸟，"鸡头，蛇颈，燕颔，龟背，鱼尾，五彩色，高六尺许"，一旦出现人间，则天下安宁。宋人欧阳修的《咏凤》诗写道："南山有鸣凤，其音和且清，鸣于有道国，出则天下平。"它的出现，不仅预示着国家的和平安宁，而且昭示着统治者深得民心，人才济济，国家必定繁荣昌盛。传说西周还是商朝统治下的一个小国家的时候，"凤凰集于岐山，飞鸣过雍"，已经宣告了它必将取代商朝的历史命运。《诗经·大雅·卷阿》写道："凤凰鸣矣，于彼高冈；梧桐生矣，于彼朝阳。"用凤凰和凤凰栖息的梧桐来形容朝廷深得人心，因而人才济济的盛况。

因此，当人们认为凤凰又来到了金陵的时候，统治者赶快搭起一座台子，命名为"凤凰台"，并把此山改叫"凤凰山"。

几百年以后，诗人李白来到了这里。

这个凤凰曾经驻足的地方，现在只剩下一个荒凉的台子。当时或许真有凤凰上下翻飞，给人间传达着国泰民安之类的祝福吧。而现在，只有长江一线在流。三国时期，孙吴最早以此为首都。不久，雄霸江南的孙吴政权覆灭了，巍峨的宫殿已不复存在，只有疯长的野花野草下面，还依稀可辨昔日的路。随后，西晋统一，五胡乱华，王室和士人南渡，东晋于此定鼎，开始了六朝繁华的往事。金陵烟水，风流人物，现在都哪里去了呢？装腔作势也罢，温文儒雅也罢，都已长眠于地下，永远地。永远存在的，是祖国壮丽的河山：那群峰耸峙，半出天外；江水绕着沙洲，柔情脉脉地流淌。

只有有道的君王，才配得到这样瑰丽的江山；只有有道的朝廷，才能永远享有这样美丽的自然资源；只有深得民心、人才济济的王朝，凤凰才会出世。

而现在，作为祖国心脏的长安，已经被浮云遮蔽起来，看不见了；皇帝已经被小人包围，再也不能亲近人才了。

诗人眺望着长安。

李白很少写律诗，尤其少写七言律诗，而《登金陵凤凰台》却是唐代的律诗中脍炙人口的杰作。开头两句十四字中连用了三个凤字，却不嫌重复，音节流转明快，极其优美。"三山半落"两句气象壮丽，对仗工整，是难得的佳句。"浮云""长安"意寓言外，饶有余味，忧国伤时，意旨深远。

【评点】

《唐诗品汇》卷八三：范德机云：登临诗首尾好，结更悲壮，七言律之可法者也。刘须溪云：其开口雄伟，脱落雕饰，俱不论若无后两句,亦不必作。出于崔颢而时胜之,以此云。

《唐诗选脉会通评林》:周敬曰:读此诗,知太白眼空法界,以感生愁,勃敌《黄鹤楼》。一结实胜之。周珽曰:胸中笼盖,口里吐吞。眼前光景,又岂虑说不尽耶?

【考据】

〔日〕近藤元粹《李太白诗醇》引严沧浪语云:"《鹤楼》祖《龙池》而脱卸,《凤台》复倚《黄鹤》而翩鼗。《龙池》浑然不凿,《鹤楼》宽然有余。《凤台》构造,亦新丰凌云妙手,但胸中尚有古人,欲学之,欲似之,终落圈圚。盖翻异者易美,宗同者难超。太白尚尔,况余才乎!"

这段话认为崔颢的《黄鹤楼》诗是从沈佺期《龙池篇》诗来,而太白此诗又是从崔颢《黄鹤楼》诗来,三首诗存在前后师法的传承。《龙池篇》全诗为:"龙池跃龙龙已飞,龙德先天天不违。池开天汉分黄道,龙向天门入紫微。邸第楼台多气色,君王凫雁有光辉。为报寰中百川水,来朝此地莫东归。"崔颢《黄鹤楼》全诗为:"昔人已乘黄鹤去,此地空余黄鹤楼。黄鹤一去不复返,白云千载空悠悠。晴川历历汉阳树,芳草萋萋鹦鹉洲。日暮乡关何处是?烟波江上使人愁。"

后人对太白此诗的议论多映带崔颢一诗而出之。这里选录几段以见大概。

《瀛奎律髓》卷一云:"太白此诗与崔颢《黄鹤楼》相似,格律气势未易甲乙。此诗以凤凰台为名，而咏凤凰台不过起二语已尽之矣。下六句乃登台而观望之景也。三、四怀古人之不见也。五、六、七、八咏今日之景，而慨帝都之不可见也。登台而望，所感深矣。金陵建都自吴始，三山、二水、白鹭洲，皆金陵山水名。金陵可以北望中原唐都长安，故太白以浮云遮蔽，不见长安为愁焉。"

《归田诗话》卷上："崔颢题黄鹤楼，太白过之不更作。时人有'眼前有景道不得，崔颢题诗在上头'之讥。及登凤凰台作诗，可谓十倍曹丕矣。盖颢结句云：'日暮乡关何处是，烟波江上使人愁。'而太白结句云：'总为浮云能蔽日，长安不见使人愁。'爱君忧国之意，远过乡关之念。善占地步矣！"

《艺圃撷余》："崔郎中作《黄鹤楼》诗，青莲短气。后题凤凰台，古今目为劲敌。识者谓前六句不能当，结语深悲慷慨，差足胜耳。然余意更有不然。无论中二联不能及，即结语亦大有辨。言诗须道兴、比、赋，如'日暮乡关'，兴而赋也。'浮云蔽日'，比而赋也。以此思之，'使人愁'三字虽同，孰为当乎？'日暮乡关''烟波江上'，本无指著，登临者自生愁耳，故曰：'使人愁'，烟波使之愁也。'浮云蔽日''长安不见'，逐客自应愁，宁须使之？青莲才情，标映万载，宁以予言重轻？尺有所短，寸有所长，窃以为此诗不逮，非一端也。如有罪我者，则不敢辞。"

《唐诗别裁》卷一三："从心所造，偶然相似，必谓模仿司勋，恐未必然。"

宿五松山下荀媪①家

我宿五松下,寂寥无所欢。田家秋作②苦,邻女夜舂③寒。跪进雕胡饭④,月光明素盘。令人惭漂母⑤,三谢不能餐。

【注释】

①五松山:在今安徽铜陵。荀媪:一个姓荀的老妈妈。媪,老年妇女。

②秋作:农活。

③舂:舂米。

④雕胡饭:雕胡,指菰米。菰是一种水生植物,所结为茭白;在不结茭白的情况下长的籽实就是菰米,色白滑腻,可做饭。

⑤漂母:洗衣的老大娘,这里指荀媪。据《史记·淮阴侯列传》载,汉将韩信年轻时候穷困潦倒,不得不钓鱼充饥。水边一位洗衣服的老大娘见他饥饿,便送饭给他吃。后来韩信功成名就,重

重报答了这位老大娘。

【赏析】

　　距今一千多年前一个秋天的夜晚，五松山一个普通农民家庭接待了一个不普通的客人。他一身尘土，满脸倦容，炯炯有神的目光饱经沧桑，气宇轩昂的头颅散布着丝丝白发。他向主人恳求住宿。朴实厚道的主人答应了。

　　他是李白。

　　李白自从离开长安，尝够了漂泊不定的动荡生活。和真龙天子面对面的昔日荣耀还残存在梦中，稀薄得几乎让人不敢相信它曾经发生过；昔日不把满朝文武放在眼里的胆量，也还时时激动起自我肯定的骄傲，但也增加了一些悔恨的苦涩。于是，李白把自己又爱又恨的绝望埋藏在心底，到处寻找好山好水来高兴放松自己。

　　而现在，夜幕降临，眼前只有这个陌生的农家小院。没有人陪自己说话，寂寞袭上诗人心头。

　　飞黄腾达的往事又浮现在眼前。就在如梦似幻的娱乐升平的回忆里，传来一下一下的舂米声。唉，那些高高在上的王公大人，哪里知道劳动人民的辛苦！

　　天黑下来以后，干活的人才三三两两从田里回来，还不忘在肩上背点什么。破旧的衣衫，粗笨的农具，满是泥浆的双腿，被劳累压弯了的脊梁，农人回到家还要下灶做饭。

　　村子里慢慢静了下来；山里的夜，静谧极了。在这宁静的夜色中，正好休息劳累了一天的身子，然而勤劳的农家女儿又拿起了杵，端一筛子稻谷，倒在石臼里舂着。

秋天的夜，凉气逼人。

诗人返回屋里。老妈妈做好了饭，是菰米饭。她跪在诗人面前，恭恭敬敬请客人用餐。皎洁的月光照亮了她端着的托盘。

看到老妈妈端着的菰米饭，诗人惊呆了：他们辛辛苦苦从头忙到尾，收获的就是这水中自然生长的菰米？那在臼中一下一下舂着的，那在秋风中一下一下舂着的，那在月光下一下一下舂着的白花花的大米哪里去了？

老妈妈像一尊无言控诉的雕像，跪在诗人面前。她代表着所有的农民，诚挚地请客人将就一顿。

诗人从长安来，曾经吃得好，穿得好。而只有这时，他才明白那些都是劳动人民的血汗！面对老人满怀歉意的解释，诗人说不出话。能谴责那些不劳而获的统治阶层吗？李白自己就是他们当中的一份子。

面对中国农民式的热情，诗人无地自容。

李白的诗一向以豪迈飘逸著称，但这首诗却没有一点浮躁。浪漫的诗人一旦被抛入社会下层，一旦面对生活的真实，疲惫的灵魂就和劳动人民朴实无华的思想感情发生共鸣，结晶成真切感人的艺术精品。

【评点】

《四溟诗话》卷二：太白夜宿荀媪家，闻比邻舂白之声以起兴，遂得"邻女夜舂寒"之句。然本韵"盘""餐"二字，应用以"夜宿五松下"发端，下句意重词拙，使无后六句必不押欢韵，此太白近体先得联者，岂得顺流直下哉？

〔日〕近藤元粹《李太白诗醇》卷四：严沧浪曰：是胜语，非怯语，不可错会。村家苦况，写出如耳闻目见。

长相思

长相思,在长安。络纬秋啼金井阑①,微霜凄凄簟②色寒。孤灯不明思欲绝,卷帷望月空长叹。美人如花隔云端,上有青冥③之高天,下有渌水之波澜。天长路远魂飞苦,梦魂不到关山难。长相思,摧④心肝。

【注释】

①络纬:又名莎鸡,俗称纺织娘。阑:同"栏",栏杆。
②簟:竹席。
③冥:深远。
④摧:伤害,毁坏。

【赏析】

"长相思"即相思绵绵不绝的意思，汉代诗歌中常用此语。如《古诗十九首》第十七首云："客从远方来，遗我一书札。上言长相思，下言久离别。"第十八首又云："客从远方来，遗我一端绮。文彩双鸳鸯，裁为合欢被。著以长相思，缘以结不解。"都写妻子在家思念远行的丈夫。到了后来，"长相思"就成了题目。

李白这首诗，开头两句点出长安是诗中主人公思念的对象。为什么思念长安呢？思念长安什么呢？诗人没有交代，转入下面四句。这四句，先是环境描写。水井旁边，纺织娘凄切地啼叫着，秋意萧瑟。微霜的寒意透到屋里来，席子凉冰冰的。很显然，这是一个卧室，主人公在睡觉。于是下面就自然而然转入人物描写。窗前灯光摇曳，照着愁思缠绵的身影。看来，他（她）睡不着。他（她）忽然又坐起来，拉开窗前的帐子，望着空中的月亮长叹。

这四句还是心理描写。"寒"字固然说明竹席之凉，更说明在微霜的夜里，主人公一个人暖不热它，他（她）需要温暖；孤灯一盏也让主人公感到了自己的孤独；一个"空"字，似乎暗示了望月没有用，叹息也没有用。

这个深夜无眠的主人公，是什么身份？前人写《长相思》，都是写妻子对丈夫的思念。从这四句环境描写和所表达的思想感情来看，像是一个思念着丈夫的女性。

但是诗人接着却说：美人如花，但是可望而不可即，山高水阔，天长路远！

这就不是一般的思妇怀人诗了。其实开头两句已经暗示了这一点。那在水一方、令诗人魂牵梦绕的"美人",就是诗人苦苦追求的政治理想,长安就是诗人实现理想的地方。因此"长相思"就意味着诗人不能忘怀的宿愿和不懈的精神追求;而孤灯长叹就是诗人内心孤独的形象写照;而"青冥之高天"和"渌水之波澜"则象征着诗人前进道路上的重重障碍。这首诗的意旨,是抒写诗人追求政治理想却不能实现的苦闷。然而在这首诗中,思想性深含于形象之中,隐然不露,具备一种蕴藉的风度。所以明末清初人王夫之称赞此诗说:"题中偏不欲显,象外偏令有余,一以为风度,一以为淋漓,乌乎,观止矣。"

这首诗在语言、结构方面配合得也很好。"青冥"与"高天""渌水"与"波澜"用"之"字拉长,音情顿挫,形成咏叹的语感。这种句式在李白的诗篇里还有很多,如"蜀道之难,难于上青天""弃我去者,昨日之日不可留;乱我心者,今日之日多烦忧""君不见黄河之水天上来"等等。此诗结构匀称,"美人如花隔云端"把全诗分为篇幅均衡的两部分。前面由两个三言句发端,四个七言句拓展;后面由四个七言句叙写,两个三言句作结。全诗从"长相思"展开抒情,又于"长相思"一语收拢。一唱三叹,十分动人。

【评点】

《批点唐诗正声》:音节哀苦,忠爱之意蔼然。至"美人如花"之句,尤是惊绝。

《李杜二家诗钞评林》:缀景幽绝("络纬秋啼"二句下),如泣如诉,怨而不诽(末句下)。

《唐诗训解》:千里不忘君,可为孤臣泣血。此太白被放之后,心不忘君而作。不敢明指天子,故以京都言之。

日出入行

日出东方隈①,似从地底来。历天又入海,六龙所舍②安在哉?其始与终古③不息,人非元气④,安得与之久徘徊⑤。草不谢荣⑥于春风,木不怨落⑦于秋天。谁挥鞭策驱四运⑧?万物兴歇⑨皆自然。羲和!羲和!汝奚汩没于荒淫之波⑩?鲁阳⑪何德,驻景⑫挥戈?逆道违天,矫诬⑬实多。吾将囊括大块⑭,浩然与溟涬同科⑮。

【注释】

①隈:角落。

②六龙:神话传说日神乘车,驾以六龙,羲和为御者。所舍:休息的地方。

③终古:永世。

④元气:天地未分以前的混一无形之气,天地万物均由元气所生。

⑤徘徊：这里是在一起的意思。

⑥谢：感谢。荣：开花。

⑦怨：埋怨。落：衰落。

⑧鞭策：皮鞭和竹鞭。四运：指春、夏、秋、冬四时。

⑨兴歇：兴盛和消亡。

⑩奚：疑问副词，为什么。汩没：沉没。荒淫之波：指浩瀚的大海。荒淫，这里是广大无边的意思。

⑪鲁阳：神话传说中的大力士。《淮南子·览冥训》记载，他和韩国作战，太阳将要落山的时候，他用戈把太阳挡了回来。

⑫驻景：留住太阳。

⑬矫诬：假借名义以行诬罔，虚妄。

⑭囊括：全部包罗在里面。大块：宇宙。《庄子·齐物论》："夫大块噫气，其名为风。"成玄英疏："大块者，造物之名，自然之称也。"

⑮溟涬：混混沌沌、充满宇宙的元气。《庄子·在宥》："大同乎溟涬，解心释神。"司马彪注："涬溟，自然元气也。"同科：同等，同类。

【赏析】

李白这首诗来自汉《郊祀歌》。《郊祀歌》是汉代朝廷迎神祈福的歌曲，《日出入》篇就是祭祀日神的乐章，它写道："日出入安穷？时世不与人同。故春非我春，夏非我夏，秋非我秋，冬非我冬。泊如四海之池，遍观是邪谓何？吾知所乐，独乐六龙，六龙之调，使我心若。訾黄其何不徕下！"咏叹天地之无穷与人生之有限的矛盾，幻想骑六龙上天，分享永恒的快乐。李白这首诗表达了与之不同的思想情感。

这首诗换了三次韵，意思相应地也分出三个层次。前七句为第一个层次，说太阳从东方的某个角落冉冉升起，好像是从地下钻出来一样；然后在空中划一道弧线，又从西方落下去。作者发问：这运行日神之车的六龙，在哪里安顿歇脚？其始与终古不息。作者第二个问题随之而来：人生短暂，怎么能和这样的存在相提并论呢？太阳升起，人也起床，开始一天的事情；太阳落下，人也上床休息：这种和太阳一起徘徊的亲密友谊只能维持几十年、一百年罢了。人有生有死，而太阳亘古如此，人生下来之前它就是这样，人死之后它还会这样：惆怅了吧？

诗人在第一个层次提出了一个生命短暂的问题。花花世界是让人留恋的，人的欲望也是无穷的，爱的多了，无论如何都不愿意匆匆离开这个太阳照耀着的世界。人莫不乐生而恶死，都想多活几年，最好是长生不老。诗人在第二个层次否定了这个方案。这个层次一共四句。草木的繁荣和凋落，万物的兴盛和衰歇，都是自然规律的表现，既用不着感谢谁，也用不着怨恨谁。一年四季的变化难道有一个推动者吗？没有，自然界自己在动。

自然界靠的是自己的力量。这是暗含在第二个层次里的结论。怎样解决人生短暂和天地无穷的矛盾呢？靠编织出羲和停车的神话吗？还是靠一个妄想阻挡太阳的脚步的勇士？这都是违反自然，自欺欺人。在第三个层次，诗人没有告诉大家应该怎么做，他只说他的打算：我将以整个宇宙为胸襟，以生天造地、孕育万物、滋养众生的混一元气为激情！

【评点】

《唐诗选脉会通评林》：精奇玄奥，出天入渊。又曰：必用议论，却随游衍，得屈子《天问》意，千载以上人物呼之欲出。

王琦注《李太白全集》：胡震亨曰：汉《郊祀歌·日出入》言日出入无穷，人命独短，愿乘六龙，仙而升天。太白反其意，言人安能如日月不息，不当违天矫诬，贵放心自然，与溟涬同科也。

玉阶怨

玉阶生白露，夜久侵罗袜①。却下水晶帘②，玲珑③望秋月。

【注释】

①侵：打湿。罗袜：丝织品做的袜子。曹植《洛神赋》：凌波微步，罗袜生尘。

②却：退回来，退回去。张相《诗词曲语辞汇释》："却，犹还也，仍也。"水晶帘：用水晶穿成的帘子。

③玲珑：晶莹、明澈。

【赏析】

一首好诗，会包含很多内容。它会讲述具体的情节故事，让人

玉阶怨

在了解之后设身处地,举一反三;它也会凝聚人类一般的爱恨情仇,让人在不同的人生遭遇中一下子被它吸引住,只觉得有味,却不知它到底美在何处。李白的《玉阶怨》就是这样一首好诗。

短短二十个字,李白仅仅复制了一个人人都熟悉的情景。你有没有在一个深秋的夜晚,让天上那一轮明月肆无忌惮地抚摸着你?你有没有辗转反侧,难以入睡,于是干脆爬起来,推开窗户,让一地素洁的月光铺洒在你的床前脚下?而后你竟被它吸引,披衣开门,立在风中月下?露珠悄悄地爬上台阶,打湿了你脚上的袜子,于是空气中淡着你的体温。

你的每一个夜晚想必都有一个故事。譬如,经历了一天的风风雨雨,只有到了夜深人静的时候,在阶前月下,你才感到自己是多么娇小可怜?再譬如,经历了若干年的仆仆风尘,你总是在素洁清爽的秋夜打开自己情感的秘密花园,在月光下缓步芳径,赏玩赞叹?或者,是不是只有这样的夜晚,才适合情窦初开的你?纯洁的月光掩饰着你的娇羞,湿润的夜色朦胧着你的相思。

这些都是你的隐私,诗人无意侵犯。诗人只是寄一笺纸儿给你,在遥远的过去安慰你独处的哀怨。诗人怜惜于露水沾湿的罗袜,怜惜着劝你:夜深了,是深秋呢!

然而你退回到屋里,放下帘子,仍然不肯睡。

诗人只好剪下这一轮玲珑的秋月,陪你到天明。

《玉阶怨》是一个现成的题目,前人写过很多。有名的如谢朓的《玉阶怨》:"夕殿下珠帘,流萤飞复息。长夜缝罗衣,思君此何极。"和它相比,李白诗中的主人公要矜持得多,有爱有恨而不肯轻易说出。又有人根据"玉阶"二字,对照汉代班婕妤失宠后所作

《自悼赋》的一句"华殿虚兮玉阶苔",遂认为《玉阶怨》属于宫怨体裁,写古代宫女们的悲惨遭遇。

  这首诗的艺术特点是含蓄,全从虚处写实。"却下"两句是神来之笔,它造成的转折深化了主题。诗人用字的功夫也炉火纯青,"玉阶"与"白露","水晶"与"秋月",还有"玲珑"的运用,都为惹人怜惜的美人营造出一个美丽雅洁的居所。

【评点】

  《唐诗品汇》:刘辰翁评曰:矜丽素净,自是可人。

  《批点唐诗正声》:怨而不怒,可入风雅,后之作者多少,无此浑雅。

  《唐诗归》卷一六:钟云:一字不怨,深!深!

静夜思

床前明月光,疑是地上霜。举头望明月,低头思故乡。

【赏析】

这是一首家喻户晓的好诗,语言通俗,朗朗上口,几乎没有再作解释的必要。然而人人说它好,至于好在哪里,又似乎无法说清楚。诗歌写到这种地步,已经是登峰造极的水平了。

它的好处,首先在于诗人保持着一颗天真的童心。床前那一地的月光,竟被作者认为是秋霜,可见诗人童心未泯,还保持着孩子般的眼睛。这两样都是孩子所固有的,所以他们读这首诗,不会觉得有隔膜;这两样又是成年人所怀恋的,所以他们读这首诗,一下子就被它吸引住了。

其次是它极其自然地由明月而泛起乡思。远在他乡的游子,举目无亲。寒来暑往,春去秋来,没有亲人问寒问暖、添衣加被。衣服脏了，谁来洗呢？衣服破了，谁来补呢？肚子饿了，谁来做可口的饭菜呢？旅途的仆仆风尘又向谁诉说呢？这本来就蓄积在每一个游子心中，因此在月光皎洁如霜的秋夜，四顾无人，寒风萧瑟，莫名的落寞惆怅都涌上心头。家乡隔山隔水，然而那轮明月却能照见家乡门前的一草一木。它照着自己，又照着故乡的屋檐、窗棂。此时此刻，谁能不望望明月又想想故乡呢？诗人把它写出来了。

再次，它有一系列的动作和心理活动。月光洒在床前，诗人一开始不知道就是月光，还以为是秋霜呢。但窗内哪里来的秋霜呢？带着疑问，诗人抬头寻找答案。看到窗外的明月，诗人一下子明白了，但天边那一轮明月一下子又打开了诗人蓄积着的感情的闸门。诗人低下头去，深深陷入乡愁中去了。这完全是可以发生在任何一个游子身上的心理过程，诗人把它写出来了。

再次，它从月光的皎洁写起。因为这种皎洁，又和霜雪联系起来，使这首诗歌显得超凡脱俗，读起来令人心旷神怡，因为皎洁的月光是人格的象征。于是读者在产生思乡共鸣的同时，也不自觉地亲近了一种高洁的情操。

【评点】

《唐诗品汇》卷三九：刘须溪云：自是古意，不须言笑。

《唐诗正声》：百千旅情，妙复使人言说不得。天成偶语，讵由精炼得之？

《增订评注唐诗正声》：悄悄冥冥，千古旅情，尽此十字（末二句下）。

《唐诗归》卷一六：钟云：忽然妙境，目中口中，凑泊不得，所谓不用意得之者。

《李诗钞》：偶然得之，读不可了。

《唐诗直解》：此旅怀之诗。月色侵床，凄清之景也，易动乡思。月光照地，恍疑霜白。举头低头，同此月也。一俯一仰间多少情怀。题云《静夜思》，淡而有味。

《诗境浅说续编》：前二句，取喻殊新。后二句，在举头、低头俄顷之间，顿生乡思。良以故乡之念，久蕴怀中，偶见床前明月，一触即发，正见其乡心之切。且"举头""低头"，联属用之，更见俯仰有致。

【考据】

一直以来，我们都以为李白的《静夜思》就是这样子的，因为我们从课本上看到的就是这样子的。其实这是有问题的。这首诗有两处异文。一是"床前明月光"又作"床前看月光"。詹瑛《李白全集校注汇释集评》校记云："各本李集均作看月光。王士禛《唐人万首绝句选》、沈德潜《唐诗别裁集》及《李诗直解》作明月光。"一是"举头望明月"又作"举头望山月"。詹瑛《李白全集校注汇释集评》校记云："各本李集均作山月。《李诗直解》及《唐宋诗醇》作明月。"

由此看来，《静夜思》最初应该是这样子的：床前看月光，疑是地上霜。举头望山月,低头思故乡。

像这样熟悉而存在问题的诗歌,还有受过教育的人们非常熟悉的陶渊明的《饮酒》二十首中的第五首:结庐在人境,而无车马喧。问君何能尔?心远地自偏。采菊东篱下,悠然见南山。山气日夕佳,飞鸟相与还。此中有真意,欲辨已忘言。

其实,这首诗最早不是这样子的,而是"结庐在人境,而无车马喧。问君何能尔?心远地自偏。采菊东篱下,悠然望南山。山气日夕佳,飞鸟相与还。此还有真意,欲辨已忘言"。这样子的这首诗保存在萧统编的《文选》里。萧统是第一个为陶渊明立传并搜集整理陶渊明作品的人。

春思

燕草①如碧丝,秦桑②低绿枝。当君怀归③日,是妾④断肠时。春风不相识,何事入罗帷⑤?

【注释】

①燕草:燕地的春草。燕,今河北北部、辽宁西部一带,是古代中原王朝的边疆,这里指征夫所在之地。

②秦桑:秦地的桑树。秦,今陕西关中一带,这里指思妇所居之处。

③怀归:想家。

④妾:古代妇女自称。

⑤何事:为什么。罗帷:丝织的床帷。

【赏析】

这首诗从题目上看,是写一位女性春心萌动的心理活动过程。她的丈夫在边地服役,去了好久,也不知道什么时候回来。

春天来了。春风吹拂,大地的生命力苏醒了,隐藏在那宽广厚实的胸怀里的欲望,一个接一个地抬起了头。草儿绿了,枝头软了,溪水笑了,山青了。艳阳高照,鸟儿飞翔,蜂蝶乱舞,万紫千红,空气中到处是花香。

春风撩动着诗中女主人公的情思。在她心中,泛起爱的涟漪。那沉甸甸的枝头,坠着对丈夫的思念。一腔柔情,化作无边的芳草,一直伸展到丈夫服役的地方。年年春回,年年爱生,爱久成怨,怨久成恨。你什么时候回来呢?等到你想家那一天,我已经肝肠寸断了!

女主人公辗转难眠。惹了祸的春风,夜夜掀起罗帷的一角,传递着春天的信息。这恼人的春风,是爱的信使还是恨的信使?

诗中的女性秘密地把柔情蜜意珍藏在心头,爱的对象不在面前时,把柔情蜜意化为思念,默默地独自承受。因此,多情的春风唤醒了女主人公的柔情,理应受到呵斥。

这些都是她的秘密。谁知道呢。谁体贴呢。

【评点】

《分类补注李太白诗》:萧士赟注:"燕北地寒,生草迟。当秦地柔桑低绿之时，燕草方生，兴其夫方萌怀归之志，犹燕草之方生。妾则思君之久，犹秦桑之已低绿也。"又注："燕草如丝，兴征夫怀归；秦桑低枝，兴思妇断肠。末句则兴此心贞洁，非外物所能动。此诗可谓得《国风》不淫不诽之体矣。"

《唐诗品汇》：刘须溪云：平易近情，自有天趣。

《唐诗归》卷一五：钟云：若嗔若喜，俱着"春风"上，妙，妙！（末二句下）比"小开骂春风"觉老成些，然各有至处。谭云：后人用此意跌入填词者多矣，毕竟此处无一毫填词气，所以为贵。

《唐诗镜》卷一七：尝谓大雅之道有三：淡、简、温。每读太白诗，觉深得此致。

《唐诗评选》卷二：字字欲飞，不以情，不以景。《华严》有"两镜相入"义，惟供奉不离不堕。

子夜吴歌（四首选二）

其三

长安一片月，万户捣衣①声。秋风吹不尽，总是玉关②情。何日平胡虏③，良人罢④远征？

【注释】

①捣衣：古代做衣服的时候，先将浆染过的布料放在砧上，用杵捣平捣软。
②玉关：即玉门关。
③平胡虏：平定侵扰边境的敌人。胡虏，对敌方的蔑称。
④良人：指驻守边地的丈夫。《诗经·唐风·绸缪》："今夕何夕，见此良人。"正义："《小戎》云'厌厌良人'。妻谓夫为良人。"罢：结束。

【赏析】

《子夜吴歌》又叫《子夜四时歌》,原是古代南京一带的民歌,有春歌、夏歌、秋歌和冬歌四首组成。李白这组诗也有四首,春歌和夏歌分别演绎罗敷和西施的故事。这里选的是秋歌和冬歌,写的是家乡的亲人为边疆战士准备寒衣的情事。

秋天是准备过冬衣服的时候。古人做衣服,先织布,再浆染,最后裁剪缝制成衣服。于是,秋风起来的时候,家家户户响起捣衣的杵声。它们连成一片,成为中华文明的一道风景。诗人李白关注社会问题的眼睛发现了一个群体,这就是边防战士的家庭。这些家庭在干吗呢?也在预备寒衣;她们与其他家庭有什么不同吗?有。与其他家庭相比,这些家庭多了一层思念,多了一些渴望。

秋风起来的时候,家乡的亲人想到了边疆的亲人。唐代人服兵役,是要自己解决服装问题的。因此,当秋风来到长安,不思念亲人的也思念起亲人来,而思念着亲人的,这时又增添了更加实际的关怀。家乡已经凉了,而边疆恐怕已经冷了吧?亲人身上的衣服恐怕已经显得单薄了吧?想着他们冻得瑟缩的样子,家乡的妻子们忙开了。

于是月光如水的长安城,到处都响起捣衣声。在静寂的夜里,一阵阵的秋风刮着格外清晰的嘟嘟声,满天都是。

在这铺天盖地的捣衣声中,满含着亲人的思念。在这漫长而凄清的夜里,伴随着一下一下的杵声,恐怕捣衣人还浮想着亲人近况和往日征人在家的美好回忆。这种伴随着制衣过程的心理活动,总是围绕着出征的亲人。想想别的事情吧,也还是又回到不在身边的亲人身上。抬头拭一下额头的汗珠,望见了天上那一轮明月,不禁想到，不知道现在他在干什么。出神了，手中的杵还在有节奏地捣着。

唉，要结束这种凄惨景况，恐怕只有等到把边疆的敌人全部消灭干净以后啦！可又等到什么时候呢？

没有人能回答她们这个问题。她们翻来覆去想着，捣衣声也一直响下去。整个长安都被淹没在这种杵声和思念当中。

在一片清澄的月光下，那么多的杵声和思念，难道城中的男儿都被征派到边关去了吗？

【评点】

《唐诗评选》卷二：前四句是天壤间生成好句，被太白拾得。

《唐诗别裁》卷二：不言朝家之黩武，而言胡虏之未平，立言温厚。

《说诗晬语》卷下：诗贵寄意，有言在此而意在彼者，李太白《子夜吴歌》本关情语，而忽冀罢征。

【考据】

古人读诗，锦心绣口，心之所向，可以文，可以质，可以赞叹，可以献疑；口之所言，可以逐虚，可以征实，可以庄谐间出，可以色温而厉，无不挟云锦而来，相见甚欢，鼓双翼而去，翔异代而同调也。清代田同之《西圃诗说》云："余窃谓删去末二句作绝句，更觉浑含无尽。"是想帮太白改诗。《唐宋诗醇》云："有删末二句作绝句者，不见此女贞心亮节，何以风世厉俗。"是劝太白不要改。呵呵。

其四

明朝驿使①发，一夜絮征袍②。素手③抽针冷，那堪把④剪刀？裁缝寄远道，几日到临洮⑤？

【注释】

①明朝：明天早上。驿使：古代传递文书、信件和包裹的人。
②絮征袍：给征袍填絮。
③素手：白净的双手。
④那堪：哪里能够。把：拿。
⑤临洮：在今甘肃临潭县西南，此泛指边地。

【赏析】

有了第三首，我们就知道家乡的妻子对亲人的关爱又进了一层，诗人对女性的讴歌也更进了一层。因为寒衣已经准备完毕，现在到了冬天，妻子又要为丈夫赶制棉袄了。真是时时处处无微不至地把丈夫的冷暖挂在心上！

诗人让我们仿佛看见，一位平凡的女性在冬天寒冷的天气里，一手捏着针脚，一手穿针引线。她一会儿拿起剪刀，剪去线头和毛丝。北风凛冽，冻得她不住地呵手。

柔弱的她多么需要休息，多么需要呵护啊！她一边把厚厚的棉絮填进袍子，一边想着心事。

是驿使明天一早就要出发的消息，让她一下子决定再给亲人缝一件棉袍。为什么做出这个异常的举动？

她理不出个头绪来。夜深了，天冷得很。她牵挂着明早的事，赶着手中的活计，断断续续地思念着远在边疆的丈夫。平时灵巧的双手都快冻僵了。

但她坚持着，一边盘算：这件袍子缝好了，不知道几天才能到亲人手里。

想到丈夫穿上它的情景，她心头热乎乎的，手也好使多了。

送友人

青山横北郭①,白水绕东城。此地一为别,孤蓬②万里征。浮云游子意,落日故人情。挥手自兹③去,萧萧班马④鸣。

【注释】

①横:横亘。郭:外城。古代有城有郭。

②孤蓬:喻孤身远游。蓬,蓬草,枯后断根,随风飞扬,所以又名飞蓬。

③自兹:从此。兹,此,这里。

④萧萧:马鸣声。班马:分别的马。《左传》襄公十八年:"有班马之声。"杜预注:"班,别也。"

【赏析】

这是一首送友人的离别诗。和友人分别,不知道什么时候再见面,难免会黯然神伤,举目皆愁。但李白这首诗用诗情画意冲淡了离别的哀伤。

开头两句把读者也把天下所有分别的人们置身于色彩鲜明的山水中。"青山"对"白水","横"对"绕",举目可喜,正好可以带着美好的回忆离去。青山远走,白水长流,说不定还伴你一路同行呢!

装着好山好水离去,谁也不会感到心里空荡荡的!

诗人然后又用真挚深沉的感情,让天下所有离别之人能够摆脱儿女情长式的期期艾艾。"此地一为别",别的不仅是我,还有横亘的青山、流淌的碧水,我们将一起思念你;"孤蓬万里征",身不由己,是所有人的命运;"浮云游子意",漂泊不定,我们都是天边的云;"落日故人情",我在天边依依不舍地望着你呢!

可想而知,写出这样诗句的人是不会俗里俗气地送朋友上路的。他以天地万物为心,让天地万物集体向友人告别。青山常在,碧水长流,浮云有意,落日含情,这种告别也是安慰!和天地万物做朋友,与和天地万物做朋友的朋友做朋友,谁还能不从个人狭隘庸俗的感情世界挣脱出来呢?

甚至班马也加入了有情的行列。终于到了挥手上路的时候,在无言回首的一刹那,萧萧嘶鸣传来,似乎就是那千言万语无法表达的依恋!

【评点】

朱谏《李诗选注》:"句法清新,出于天授。唐人之为短律,率多雕琢,白自脑中流出,不求巧而自巧,非唐人所能及也。"

《唐诗别裁》卷一〇:"三、四流走,竟亦有散行者,然起句必须整齐。苏、李赠言,多唏嘘语而无蹶蹙声,知古人之意在不尽矣,太白犹不失斯旨。"

《唐诗广选》:蒋春甫曰:不如此接,便无生气("此地"二句下)。

〔日〕近藤元粹《李太白诗醇》:严沧浪曰:五、六澹荡凄远,胜多多语。

把酒问月

　　青天有月来几时？我今停杯一问之。人攀明月不可得，月行却与人相随。皎如飞镜临丹阙①，绿烟②灭尽清辉发。但见③宵从海上来，宁知晓向云间没④？白兔捣药⑤秋复春，嫦娥⑥孤栖与谁邻？今人不见古时月，今月曾经照古人。古人今人若流水，共看明月皆如此。唯愿当歌对酒时⑦，月光长照金樽⑧里。

【注释】

①丹阙：朱红色的宫门。

②绿烟：指空中弥漫的烟雾。

③但见：只看到。

④宁知：怎知。没：隐没。

⑤白兔捣药：古代的神话传说认为月中有白兔捣药。西晋傅玄《拟天问》："月中何有，白兔捣药。"

⑥嫦娥：传说中后羿的妻子。据《淮南子·览冥训》记载，她偷吃了后羿的仙药，奔入月中。

⑦当歌对酒时：在唱歌饮酒的时候。曹操《短歌行》："对酒当歌，人生几何？"

⑧金樽：精美的酒具。

【赏析】

李白是精神上的游子。在他一生中，始终陪伴在他左右的，不是妻子儿女，也不是诗人朋友，而是手中那壶美酒和天上那轮明月。

那壶美酒先是离别的酒，在金陵柳絮飘飞的酒肆里，诗人在妖娆吴姬的劝酒声中频频举杯。然后是放荡不羁的酒，诗人先在长安街市痛饮，斗酒百篇，尽情享受志得意满的喜悦；诗人又在梁、宋豪饮，但愿长醉不愿醒，忘怀人生苦恼和是非得失。最后是孤独的酒，诗人先在田园隐士面前畅饮，共话沧桑，陶然忘机；诗人又在江南山水里面独酌，数落花，步溪月，不知不觉到昏黑。

这轮明月曾站在峨眉山顶，挥手送诗人远离家乡，沿江东进；又在荆门等候，从云间海上，照亮诗人金陵、扬州、剡中的水路；然后，又唤来谢朓、西施，才子佳人，和李白一起欣赏采莲菱歌的民俗风情。这一轮明月，又在安陆盘桓，陪伴着诗人西入长安，有时问讯花间的诗人，有时探看捣衣的思妇；有时飘向太白峰、终南山，为诗人找到神仙、隐士，有时落在天山、蜀道，倾听边疆兵士的心声，诉说他乡游子的艰难。就是这一轮明月，呵护着放逐的诗人，经洛阳，过梁、宋，最后栖息在安徽一带的长江两岸。

终于，诗人忍不住发问了：这一轮明月，是什么时候开始存在的？诗人放下酒杯，昂着头。

明月虽然高高在上，却不离左右；就像一面悬挂在城楼上的镜子，清澈得似乎能照出人影来。

明月从海上升起，又在拂晓的睡梦中隐没，没有一个人知道它和白云依依惜别的情意。

明月亘古如斯，孤独无依。

白兔和嫦娥，一点儿也不孤独吗？月光下，有多少同样孤独的人呢？明月无私地抚慰所有人，而他们却死了又生，生了又死。只有明月是永恒的；好吧，那就希望明月永远陪伴我，在我饮酒唱歌的时候，一定来助兴啊！

【评点】

〔日〕近藤元粹《李太白诗醇》：奇想自天外来。圆活自在，可谓笔端有舌矣（"但见宵从"二句下）。严沧浪曰：缠绵不堕纤巧，当与《峨眉山月歌》同看。

寻雍尊师①隐居

群峭碧摩天②,逍遥不记年③。拨云寻古道④,倚树听流泉。花暖青牛卧,松高白鹤眠⑤。语来江色暮,独自下寒烟。

【注释】

①尊师:对道士的尊称。

②群峭碧摩天:陡峭的群山直插云天。

③逍遥不记年:山中逍遥,不记年月。

④拨云寻古道:形容山高道远,直伸到云彩中去。

⑤青牛、白鹤:相传老子乘青牛,而老子是道教的祖师。鹤为出世之物,是修道者理想的坐骑。

【赏析】

四川是道教盛行的地方。李白在这样的环境里长大，也有浓厚的道家思想和追求。道士一般都住在远离人间的崇山峻岭之上，李白也向往这样的生活。他每到一处，都要造访当地修行的道士。这首诗就是记一次访问一位姓雍的道士。

在那陡峭、苍翠的山中，雍尊师生活在道教境界里，已经摆脱了岁月的束缚。要去寻他，须攀登很高很高的山峰。白云就在诗人身边飘荡；没有现成的路；诗人需要不时地休息休息；耳边传来山涧泉水哗哗哗的声音。终于来到门前：牛儿意态安详地卧在花丛中，暖暖地晒着太阳；羽毛洁白的仙鹤栖息在高高的青松上。两人谈得很投机，天色晚了，山间升起云雾，下山的诗人渐渐走到它们中间去了。

在这首诗里，诗人用了很多道家的字眼。比如"逍遥不记年"，"逍遥"来自庄子，表示摆脱精神和肉体一切羁绊的自由境界，因此逍遥不记年就是摆脱生死烦恼、长生不老的意思。再比如，"青牛""白鹤"蕴涵着特殊意义，"松"也是长生不老的象征。

诗人去访问的虽然只是一个道士，但诗人写出了一个神仙居住的世界。它远离人间，高高在上；生活在这里，悠闲自在，无生无死，与苍松为伴；以青牛、白鹤代步，一尘不染。诗人虽然只是到这里来访问，但寒烟在诗人脚下升起的时候，走在里面，诗人不也身轻如羽了吗？

【评点】

朱谏《李诗选注》：按此诗多有秀句，出于自然，非若唐人有意为之者也。

严沧浪、刘会孟评本：首句说居景，三、四寻时景，五、六、七会时景，末句去景。描写一一工妙。

自遣

对酒不觉暝①,落花盈②我衣。醉起步溪月,鸟还人亦稀。

【注释】

①暝:天色昏暗。
②盈:满。

【赏析】

　　大凡伟大的诗人都是落落寡合的吧?李白在大多数情况下是一个独来独往的人。他和他那个时代的达官贵人是格格不入的,他忍受不了那种做作和无耻;他和一般老百姓又是不能久处的,因为他找不到在才华上和他势均力敌、甚至高他一头的知音,他忍受不了他们的庸俗无聊和得过且过式的麻木。他需要的,是如何在今生实现永恒,让有限生命的每一刻都焕发出不朽的光彩。

李白注定是一个精神上的漂泊者,一个陷入自我意识深处的开拓者,一个意识到不得不独自和沉沦角力的孤独者。

只有酒是他永远的朋友。酒让他慢慢挣脱躯壳的束缚,净化意识深处的种种忧患,欣赏落花美丽的死。造化的残酷,就这样通过酒对肉体和精神的分离,还原为落花的从容和诗人审美的眼。这种一个生命对另一个生命的亲切会晤,就构成了诗人生命的每一刻,就构成了大自然生生不息的秘密。大自然叮咛:不要浪费你的时间!于是,诗人频频举杯。

有了酒,诗人就不再是孤独的,他在和大自然进行实质性的生命交换;有了酒,诗人也不再漂泊,他诗意地栖息在生命的真实里。

月亮升上来。只有它理解诗人内心的空虚和充实,只有它无私地指引诗人寻找的脚步。溪水如无尽的思绪,缓缓流淌着迷梦一般的波光。月亮就安眠在生命的溪水里,用永恒的动和不动召唤着诗人。附近的树上,鸟儿在巢中安眠,不时传来幸福的梦呓。这里没有别人,一切都属于诗人。

【评点】

《唐诗解》卷二一:不觉暝者,忘怀于酒也。然鸟还人稀之时,终有大不堪者在。

《唐诗正声》：语秀气清，趣深意远。

《唐诗笺注》：冥者，冥然入梦也。此等诗必有真胸境，而后能领此真景色，故其言皆成天趣。

从军行

百战沙场碎铁衣①,城南已合数重围。突营射杀呼延将②,独领残兵千骑归。

【注释】

①沙场:战场。铁衣:指铠甲。

②突营:冲出敌人的包围。呼延将:指敌人的大将。呼延,据《汉书·匈奴传》记载,匈奴贵族有呼延氏、卜氏、兰氏、乔氏四姓,而呼延氏最贵。

【赏析】

这首诗运用先抑后扬的手法,刻画了一个突围归来的将军的剪影。诗没有对这位将军进行正面描写,而是一开始就把读者置于一个紧张的氛围中:我们被包围了!怎么办?扣人心弦。就在全军覆没的命运里,厮杀声骤然响起,敌人一员悍将的阵脚乱了。就见一箭飞来,敌人翻身落马,一队人马冲了出来,为首是一位英姿飒爽的将军!

至此读者才松了口气,提到嗓子眼的心又落到肚里。将军的出场,完全满足了读者转危为安的阅读期待,因此这首诗取得了艺术上的巨大成功。

这个戏剧性的转折,把英雄的精神与气概表现得异常鲜明而突出,给人留下难忘的印象。诗所要表现的是一位勇武过人的英雄,而所写的战争从全局上看,是一场败仗。但虽败却并不令人丧气,而是败中见出了豪气。将这场惊心动魄的突围战和首句"百战沙场碎铁衣"相对照,让人想到这不过是他"百战沙场"中的一仗。这样,就把刚才这一场突围战,以及英雄的整个战斗历程,渲染得格外威武壮烈,完全传奇化了。

"突营射杀呼延将,独领残兵千骑归。"呼延,是匈奴四姓贵族之一,这里指敌军的一员悍将。我方这位身经百战的英雄,正是选中他作为目标,在突营闯阵的时候,首先将他射杀,使敌军陷于慌乱,乘机杀开重围,独领残兵,夺路而出。智勇双全,血肉丰满。

"独领残兵千骑归","独"字几乎有千斤之力,压倒了敌方的千军万马,给人以顶天立地之感。诗呈现在读者眼前的是一批残兵败将,而让人感到这些血泊中拼杀出来的英雄凛然可敬。

这首诗写的是突围,是败仗,然而读这首诗,却让读者勇气倍增,心雄胆壮。其原因在于诗人重点突出了个人的作用。在困境、绝境中,是生是死就决定在个人手中,是镇定自若、置生死于度外,还是惊惶失措、举棋不定,考验着诗中的将军,也考验着现实中的每一个人。

【评点】

《唐诗选脉会通评林》:周珽曰:奋勇精悍,转败为功,赵将军一身都是胆,从军将士可多得否?

塞下曲（六首选四）

其一

五月天山雪，无花只有寒。笛中闻折柳①，春色未曾看。晓战随金鼓②，宵眠抱玉鞍。愿将腰下剑，直为斩楼兰③。

【注释】

①折柳：指《折杨柳》，为乐府横吹曲，多写行客的愁苦。

②金鼓：金，金属乐器，即钲。古代打仗，击鼓表示进攻，鸣金表示收兵。

③斩楼兰：据《汉书·傅介子传》，楼兰是汉代西域的一个国家，处于长安和西域其他各国的交通要道上，经常截杀汉朝使节。傅介子出使西域，设计杀了楼兰王。

【赏析】

五月的天山，让内地人很不适应。

家乡的五月，想必早已经是草长莺飞，杂花生树，一片生机盎然了吧！而五月的天山只有雪花，在空中像是撒盐似的，纷纷扬扬，落在营帐上、马背上和盔甲上，寒气逼人，让人眼前一片银白。

五月的天山让人思念起家乡来。偏偏有人这时吹起《折杨柳》这离别的曲调来。看来被雪花触动思绪的人不止一个。回想起当初离家出征，也是五月；亲人、朋友、乡亲、邻居，一队队，一簇簇，哭声、喊声、安慰、叮咛，夹杂着兵甲的撞击和战马的嘶鸣……队伍开拔了。

眼泪模糊了双眼。现在不是哭鼻子的场合！

【评点】

《增订唐诗摘钞》：三、四一气而下，妙极自然，故不用对。另是一体，究非常格。

《说诗晬语》卷上：唐玄宗"剑阁横云收"一篇，王右丞"风劲角弓鸣"一篇，神完气足，章法、句法、字法俱臻绝顶，此律诗正体。而太白："五月天山雪，无花只有寒。笛中闻折柳，春色未曾看。"一气直下，不就羁缚。右丞："万壑树参天，千山响杜鹃。山中一夜雨，树杪百重泉。"分顶上二语而一气赴之，尤为龙跳虎卧之笔。此皆天然入妙，未易追摹。

其三

骏马似凤飚①,鸣鞭出渭桥②。弯弓辞汉月,插羽破天骄③。阵解星芒尽,营空海雾消④。功成画麟阁⑤,独有霍嫖姚⑥。

【注释】

①凤飚:狂风、暴风。
②渭桥:在长安西北渭水上。
③天骄:匈奴曾自称"天之骄子",这里泛指敌人。
④阵解、营空:表示敌人已经被彻底击败。星芒尽、海雾消:表示战争气氛已经消失。
⑤麟阁:即麒麟阁,汉代阁名,在未央宫中,汉宣帝时曾绘十一位功臣像于其上。
⑥霍嫖姚:指霍去病,汉武帝时大将,曾任"嫖姚校尉"。

【赏析】

马蹄声中,一队壮士像一阵旋风驶过渭桥。在向西就要进入防区的时候,再回头看看家乡!

走,继续前进!左边射雕弯弓,右边白羽长箭。是谁敢自称天之骄子？

【评点】

《唐诗解》：汉唐命将，大抵皆亲戚幸臣，往往妒功害能，令勇敢之士丧气，是以无成功。太白盖有为而发。

《唐诗直解》：神韵超远，气复宏逸，盛唐绝作。

《李杜诗通》：中唐人诗"死是战士死，功是将军功"，视此便觉太尽。

《唐诗评选》卷三：总为末二语作，前六句，直尔赫奕，正以激昂见意。俗笔开口便怨。

王琦注《李太白全集》："弯弓"以上三句，状出师之景。"插羽"以下三句，状战胜之景。末言功成奏凯，图形麟阁者，止上将一人，不能遍及血战之士。太白用一"独"字，盖有感乎其中欤？然其言又何婉而多风也！

《唐诗别裁》：独有贵戚得以纪功，则勇士丧气矣。

《唐宋诗举要》卷四：吴汝纶曰：高唱入云（首二句下）。壮丽雄激（"弯弓"二句下）。

其五

塞虏[①]乘秋下，天兵出汉家。将军分虎竹[②]，战士卧龙沙[③]。边月随弓影，胡霜拂剑花。玉关殊未入[④]，少妇莫长嗟[⑤]。

【注释】

①塞虏：边疆上的敌人。

②虎竹：兵符，分铜虎符与竹使符两种，合称虎竹，由朝廷和将领各执一半，发兵时相对合作为凭证。

③龙沙：指白沙堆沙漠，在楼兰国附近。

④玉关殊未入：《汉书·李广利传》："太初元年，以广利为贰师将军，发属国六千骑及郡国恶少年数万人以往，期至贰师城取善马，故号'贰师将军'。故浩侯王恢使道军。既西过盐水，当道小国各坚城守，不肯给食，攻之不能下。下者得食，不下者数日则去。比至郁成，士财有数千，皆饥罢。攻郁成城，郁成距之，所杀伤甚众。贰师将军与左右计：'至郁成尚不能举，况至其王都乎？'引而还。往来二岁，至敦煌，士不过什一二。使使上书言：'道远，多乏食，且士卒不患战而患饥。人少，不足以拔宛。愿且罢兵，益发而复往。'天子闻之，大怒，使使遮玉门关，曰：'军有敢入，斩之。'"又《后汉书·班超传》："班超久在绝域，年老思土，上疏曰：'臣不敢望到酒泉郡，但愿生入玉门关。'"殊，还。

⑤少妇：这里指出征将士的妻子。长嗟：长叹。

【赏析】

马肥草衰，敌人行动了。我方也部署已定，战士们已经进入作战位置！

弯弯的月牙儿照着战士身边的弯弓,深夜的霜泛着和利剑一样的白光。

他们埋伏着。在战斗的间隙,不由得偷偷思念妻儿一番。她现在在干什么呢?

【评点】

《唐风定》:以太白之才咏关塞,而悠悠闲澹如此,诗所以贵淘炼也。

《唐诗别裁》卷一〇:只"弓如月""剑如霜"耳,笔端点染,遂成奇彩。结意亦复深婉。

《唐宋诗醇》卷四:高调入云,于声律中行俊逸之气,自非初唐可及。

《闻鹤轩初盛唐近体读本》:声声俱高,第六尤为英发。

《唐宋诗举要》卷四:吴汝纶曰:有气骨,有采泽,太白才华过人处(首四句下)。锻炼("边月"二句下)。又,反掉超绝("玉关"句下)。

其六

烽火动沙漠,连照甘泉①云。汉皇按剑起②,还召李将军③。兵气天上合,鼓声陇④底闻。横行负⑤勇气,一战静妖氛⑥。

【注释】

①甘泉：指汉朝修筑的甘泉宫，在今陕西淳化甘泉山，离长安二百里。
②按剑起：发怒的样子。邹阳《狱中上书自明》："燕王按剑而怒。"鲍照《出自蓟北门行》："天子按剑怒，使者遥相望。"
③李将军：即汉朝名将李广，匈奴称他"飞将军"。
④陇：山岗。或谓陇西之陇。
⑤负：倚仗。
⑥静妖氛：指消灭了敌人。

【赏析】

边防线上到处燃起了烽火，熊熊火光烧红了整个天空：敌人来了。

天子拍案而起，迅速调兵遣将。一阵阵杀气冲天而起，群山之间战鼓在响！

两军相遇勇者胜！

【评点】

《诗薮》内篇卷四：李白《塞下曲》《温泉宫》《别宋之悌》《南

阳送客》《渡荆门》，孟浩然《岳阳楼》，王维《岐王应教》《秋宵寓直》《观猎》，岑参《送李大仆》，王湾《北固山下》，崔颢《潼关》，祖咏《江南旅情》，张均《岳阳晚眺》，俱盛唐杰作。视初唐格调如一，而神韵超玄，气概闳逸，时或过之。

　　《汇编唐诗十集》：唐云：此等诗并以韵胜，摘字句者未足与言。

古风（五十九首选六）

其十（齐有倜傥生）

齐有倜傥①生，鲁连特高妙②。明月出海底，一朝开光曜。却秦振英声③，后世仰末照④。意轻千金赠，顾向平原⑤笑。吾亦澹荡⑥人，拂衣可同调⑦。

【注释】

①倜傥：豪爽潇洒。
②鲁连：鲁仲连，战国时齐国的策士，事迹见《战国策·赵策》及《史记·鲁仲连列传》。高妙：高尚、美好。
③却秦：指鲁仲连为赵国解围的事迹。却，使退却。振：兴起。英声：美名。
④仰：景仰。末照：余晖，流传不已的事迹。

⑤平原：赵国的平原君，是赵国国君的弟弟，在秦军撤退以后，拿一千斤黄金酬谢鲁仲连。

⑥澹荡：与世无求，胸怀坦荡。

⑦拂衣：洁身自爱的动作。《楚辞·渔父》："新沐者必弹冠，新浴者必振衣，安能以身之察察，受物之汶汶者乎？"《后汉书·杨震传》："孔融鲁国男子，明日便当拂衣而去，不复朝矣。"谢灵运《述祖德》："高揖七州外，拂衣五湖里。"同调：志趣相同。谢灵运《七里濑》："谁谓古今殊，异世可同调。"

【赏析】

在这个世界上，有的人凭借自己的智慧和勇敢，在生前获得了莫大的荣誉，世人尊敬，死后受人景仰，流芳千古，激励着一代又一代的正直和有志之士。而他却不贪图这些，不留恋这些，他只在乎正义的胜利和人格的独立。

在敌人层层包围的城市，人人忧惧恐慌，在朝不保夕的哀鸣中苟延残喘，对一切都失去了兴趣。在大军压境的特殊环境中，远大抱负、公民责任、道德、法律等基本素质在虚伪中岌岌可危，理智在原始的生存本能面前手足无措。而他镇静自若，谈笑风生。

当时秦国的军队战无不胜，而且刚刚在长平之战中获胜。他们在活埋了四十万赵国将士以后，包围了赵国的首都邯郸。赵国一片恐慌。前来救援的魏国军队停止不前，劝说赵国投降。鲁仲连振衣而起：投降这个只知道驱使人民上阵杀人的秦国？秦国如果统一了天下，我就跳到海里自杀！

秦军因为鲁仲连，撤退了。

时间过去将近千年以后，诗人还在唱着鲁仲连的赞歌。

【评点】

《李太白全集》注引刘克庄曰：太白古风，与陈子昂《感遇》之作笔力相上下，唐之诗人皆在下风。

〔日〕近藤元粹《李太白诗醇》：严沧浪曰：倜傥与澹荡，绝不相类，而看作一致。始知有意倜傥者，非真倜傥也。惟澹荡人乃可与同耳。

【考据】

今传李白《古风》五十九首，虽不是一时之作，然有大致一致的思想格调和语言内容，可以视为组诗。赵翼《瓯北诗话》卷一云："青莲一生本领，即在五十九首《古风》之第一首，开口便说《大雅》不作，骚人斯起，然词多哀怨，已非正声；至扬、马益流宕，建安以后，更绮丽不足为法；迨有唐文运肇兴，而己适当其时，将以删述继获麟之后。是其眼光所注，早已前无古人，后无来者，直欲于千载后上接《风》《雅》。盖自信其才分之高，趋向之正，足以起八代之衰，而以身任之，非徒大言欺人也。"同书又云：

"青莲少好学仙,故登真度世之志,十诗而九。盖出于性之所嗜,非矫托也。然又慕功名,所企羡者,鲁仲连、侯嬴、郦食其、张良、韩信、东方朔等。总欲有所建立,垂名于世,然后拂衣还山,学仙以求长生。如《赠裴仲堪》云:'明主倘见收,烟霄路非遐。时命若不会,归应炼丹砂。'《驾去温泉宫后赠杨山人》云:'待吾尽节报明主,然后相携卧白云。'《赠卫尉张卿》云:'功成拂衣去,摇曳沧洲旁。'《赠韦秘书》云:'终与安社稷,功成去五湖。'《别从甥高五》云:'成功解相访,溪水桃花流。'《登谢安墩》云:'功成拂衣去,归入武陵源。'其视成仙得道,若可操券致者,盖其性灵中所自有也。"

按:诗中"明月出海底"句中之"明月",注家多释为宝珠。李斯《谏逐客书》云:"有随和之宝,垂明月之珠。"《史记·龟策列传》云:"明月之珠,出于江海,藏于蚌中。"杨齐贤、唐汝询、朱谏皆据以解之。试问径以明月会之可乎?

其十二(松柏本孤直)

松柏本孤直①,难为桃李颜。昭昭严子陵②,垂钓沧波间。身将客星③隐,心与浮云闲。长揖万乘君④,还归富春山。清风洒六合⑤,邈然⑥不可攀。使我长叹息,冥栖⑦岩石间。

【注释】

①孤直：孤高耿直。朱谏注：孤，不群也；直，不屈也。

②昭昭：光明磊落。严子陵：严光，字子陵，东汉会稽余姚（今浙江余姚）人，光武帝刘秀的同学。刘秀当上皇帝以后，拉他出来做官，几次三番被他拒绝了。为了享受自由自在的清闲生活，严光隐居在富春山，在桐庐江边钓鱼。事迹见《后汉书·逸民传》。

③客星：我国古代指新星和彗星。这里指严光。据《后汉书·逸民传》记载，光武帝刘秀把严光接到皇宫和自己一起住，严光睡相不好，脚伸到了光武帝的肚子上。第二天大臣就报告说，"客星犯御座甚急"。

④万乘君：西周规定，天子地方千里，兵车万乘，后来"万乘"就指天子。

⑤六合：上下四方。

⑥邈然：杳然，高远。

⑦冥栖：深居，隐居。

【赏析】

四季常青的松柏是和春天花枝招展的桃李不同的。在寂寞的雪地里，只有苍翠的松柏点缀着毫无生气的荒野，在凛冽的北风中，坚定地挥舞着生命的颜色。而此时桃李和众多树木一样，光秃枯瘦的枝条在风中无助地哀求着，徒劳地缩紧灰暗的肌肤，把自消耗压缩到最小。而到了春天，当春风吹遍大地的时候，它们才慢慢地伸直腰杆，回过神来；接着就用一种迸发的艳红和腻白营造出生命的热闹，迫不及待地用柔软的腰肢招蜂引蝶。相比之下，松柏的周围冷清太多了。它们古板地站在那里，不知道打扮一下自己，也不知道弯腰招呼一下。

但松柏知道春天是从冬天过来的，而春天还要被夏天所取代，而且它们的归宿是秋天。

在浙江省中部，风光旖旎的富春江在崇山峻岭之间蜿蜒流淌。"风烟俱净，天山共色。从流飘荡，任意东西。自富阳至桐庐，一百许里，奇山异水，天下独绝。"南朝文学家吴均折服于桐庐富春江的美丽。桐庐县南边的七里泷峡谷，或许是富春江上景色最美的地方，它又叫七里滩、七里濑、严陵濑。因为东汉的严光隐居在这里。

严光死了，但后世无数人景仰他，寻找他，纪念他。一批批的素人旷士来了，赞叹着山水的秀美和严光的眼光和胸襟，于是一篇篇激情文字写出来了。所有这些，都以严光为中心。

严光似乎还在那里垂钓着。

【评点】

《唐风定》：咏史亦人所同，气体高妙则独步矣。

《唐诗别裁》卷二：不著议论，咏古一体。

〔日〕近藤元粹《李太白诗醇》：严云："昭昭"二字，为隐人生光焰,妙,妙。又,"身将"四句,何等傲逸!

其十五(燕昭延郭隗)

燕昭延郭隗,遂筑黄金台。剧辛方赵至,邹衍复齐来①。奈何青云士②,弃我如尘埃!珠玉买歌笑,糟糠养贤才③。方知黄鹤举,千里独徘徊④。

【注释】

①"燕昭"四句:战国燕昭王即位时,燕国刚刚经历了三年内乱,又遭到齐国的入侵,人心离散,国家残破不堪。燕昭王从头收拾,卑身厚币,广招贤才,先拜身边的郭隗为师,并为他建造了高大精美的屋舍。这件事传开后,乐毅自魏国来,邹衍自齐国来,剧辛自赵国来,燕国集聚了一大批人才。燕昭王在这些人才的辅佐下,经过二十八年的恢复和发展,燕国国力强盛,士卒善战,成为当时的强国。事见《战国策·赵策》《史记·燕召公世家》。

②青云士:位高名显的人。

③"珠玉"两句:比喻当权者只知道奢侈享受,不重视人才。

④"方知"两句:比喻杰出的人才志向远大,不为世俗所了解。

·古风（五十九首选六）·

【赏析】

黄金台是历代文人咏歌的主题之一，因为它是重视人才的象征。

《战国策》和《史记》中都记载了燕昭王招贤纳士以求富国强兵的史事，但《战国策》和《史记》都没有燕昭王为招揽人才而筑黄金台的记载，只是为郭隗"筑宫而师之"，"改筑宫而师事之"。黄金台现象经历了一个由"筑宫"到"筑台"再到"筑黄金台"的长时期的演变过程。

从现在掌握的资料来看，燕昭王"筑台"说始见于东汉末年，孔融在《论盛孝章书》中提到"昭王筑台以延郭隗"。到南北朝时期，已演变成筑"黄金台"，并广为人们所熟知。南朝宋文学家鲍照在其《放歌行》中吟咏："夷世不可逢，贤君信爱才。明虑自天断，不受外嫌猜。一言分珪爵，片善辞草莱。岂伊白璧赐，将起黄金台。"可以说，黄金台是文人才子文学加工和想象的产物。

这是很容易理解的。在春秋战国诸侯争霸的特定历史时期，此处不留人，自有留人处。在楚国没有出路，可以到晋国去混饭吃；魏国不重用，完全可以到吴国寻找机遇。你信任我，我就留下来好好干；你怀疑我，我就跑到其他国家去。诸侯得人者昌，失人者亡，人才处于和一国之主分庭抗礼的崇高地位。

及至天下一统，全中国只有一个朝廷和一个皇帝的时候，才子们左右逢源的环境消失了。不管合不合你的胃口，你都得服从当今皇上。你的个性不重要，你的特殊才干也不重要，揣摩帝王将相们的喜怒哀乐很重要，屈伸变化很重要。要么站在午朝门外山呼万岁,做一名老老实实的臣子;要么隐居在山中水边,与麋鹿为友,逍遥一生。而要想实现治国平天下的宏伟抱负,建功立业,流芳百世,那你别无选择,先当孙子吧!

于是一到牢骚满腹的时候,才子们就吟咏起黄金台来。礼贤下士的燕昭王就自然而然地被神化,成为英明君主的代表,为争取文人尊严的后世才子们顶礼膜拜;而黄金台,也变成了价值和尊严的符号,寄托着文人济世的梦想和呼唤。

【评点】

《唐诗正声》:叹权贵之不重贤才也。

《唐诗选脉会通评林》:唐孟庄曰:"珠玉"二语,骂世亦直。

〔日〕近藤元粹《李太白诗醇》:严云:"珠玉"二句慨痛,一字一泪。

【考据】

《文选》卷二八鲍照《放歌行》:"岂伊白璧赐,将起黄金台。"李善注:"王隐《晋书》曰:'段匹䃅讨石勒,进屯故安县故燕太子丹金台。'《上谷郡图经》曰:'黄金台,易水东南十八里,燕昭王置千金于台上,以延天下之士。'二说既异,故具引之。"

《韵语阳秋》卷六云:予考《史记》,不载黄金台之名,止云昭王为郭隗改筑宫而师事之。孔文举与曹公书曰："昭王筑台，以尊郭隗。"亦不着黄金之名。《上谷郡图经》乃云："黄金台在易水东南十八里，燕昭王置千金于台上，以延天下士，遂因以为名。"皇甫松有《登黄金台》诗云："燕相谋在兹，积金黄巍巍。上者欲何颜，使我千载悲。"其迹尚可得而考也。

其十九（西上莲花山）

西上莲花山①，迢迢见明星②。素手把芙蓉③，虚步蹑太清④。霓裳曳广带⑤，飘拂升天行。邀我登云台⑥，高揖卫叔卿⑦。恍恍⑧与之去，驾鸿凌紫冥⑨。俯视洛阳川，茫茫走胡兵⑩。流血涂⑪野草，豺狼尽冠缨⑫。

【注释】

①莲花山：西岳华山的最高峰莲花峰。《初学记》卷五华山引《华山记》云："山顶有池，生千叶莲花，服之羽化，因曰华山。"亦代指华山。

②迢迢：远远地。明星：华山玉女，华山上面的神仙。《太平广记》卷五九《集仙录》："明星玉女者，居华山，服玉浆，白日升天。"

③素手：洁白的手。把：拿着。芙蓉：莲花。

④虚步：凌空而行。蹑：脚步轻盈。太清：天空。

⑤霓裳：衣服雪白轻盈，像是用云霞做成的。曳：拖着。广带：衣带又长又宽。

⑥云台：今华山东北部的云台峰。

⑦高揖：作揖时双手抱拳，高举过头。卫叔卿：据《神仙传》卷八载，卫叔卿服用云母成仙，曾乘云车、驾白鹿去见汉武帝，但皇帝把他当作臣子接待。于是卫叔卿大失所望，飘然离去。后来人们在华山高高的山岩之间看到过他。

⑧恍恍：恍惚间。

⑨凌：飞翔。紫冥：遥远的太空。

⑩胡兵：安史之乱中安禄山的军队。

⑪涂：沾满。

⑫豺狼尽冠缨：安禄山占领洛阳以后，自称皇帝，封官赏爵。豺狼，指叛军和投降叛军的人。冠缨，官员服饰的标志。

【赏析】

当动乱爆发，人民被任意屠杀的时候，人间充满了罪恶，没有一块干净的地方。

昔日道貌岸然的王公大臣，这时也撕下满口仁义道德的面具，纷纷投降叛军，邀官请赏；占领了洛阳的叛军登上了金銮殿，他们终于坐上了昔日想都不敢想的宝座。面对卑躬屈膝的文武大臣，叛军得意洋洋，喜出望外。

唐王朝完蛋了，这是它咎由自取。自以为天下无事，于是奢侈享受，不思进取，任人唯亲，奸臣当道。

但老百姓有何罪过？诗人满腔悲愤，从远离人间的理想世界注视着这个毁灭的世界。

【评点】

《李杜诗通》：白自比叔卿，辞翰林供奉，亦不臣玄宗，因得免禄山之难，俯视天下之流血，而豺狼冠缨也。

《唐诗镜》：有情可观，无迹可履，此古人落笔佳处。

王琦注《李太白全集》：此诗大抵是洛阳破没之后所作。"胡兵"，谓禄山之兵；"豺狼"，谓禄山所用之逆臣。

《诗比兴笺》：皆遁世避乱之词，托之游仙也。《古风》五十九章，涉仙居半，惟此二章（按指本诗及"郑客西入关"）差有古意，则词含寄托故也。世人本无奇臆，好言升举，云螭鹤驾，翻成土苴。太白且然，况触目悠悠者乎？

其二十六（碧荷生幽泉）

碧荷生幽泉，朝日艳且鲜。秋花冒①绿水，密叶罗②青烟。秀色空③绝世，馨香谁为传？坐④看飞霜满，凋此红芳年。结根未得所⑤，愿托华池⑥边。

【注释】

①冒：覆盖着。曹植《公宴诗》："秋兰被长坂，朱华冒绿池。"
②罗：笼罩着。
③空：徒劳。
④坐：白白地。
⑤未得所：不是地方，不合适。
⑥华池：华贵的水池，这里比喻朝廷。

【赏析】

  你有没有注意过荒野里或者角落里自生自灭的鲜花？开放在道路两旁的花朵，是有机会得到观赏和垂爱的。一批又一批的行人和游客走过，在她旁边流连不已，拍照合影，甚至摘一朵两朵，回家插在花瓶里。而野地里或墙角里寂寞地开着的花儿，除非你忽然想离开众人，或者你突然想打破常规，寻找一些新颖而独特的感受，否则她们是不会跃入你的眼帘的。没有人欣赏，甚至没有同伴，她独自在那里开放着。

  当你游山玩水的时候，你有没有注意过幽深的溪谷里生长着的奇花异草？她们是那么秀美，在满是灰尘的人间是根本看不到的。她们临水照影，水是那么清，风姿是那样优雅。静谧的山谷里响着和谐的音乐，画着浑融的图画。你赞叹不已，流连忘返，偶尔也叹息她的偏僻。除了旅游季节，大部分时间她们是被冷落的。

诗人李白就觉得自己在这个世界上是一朵孤独地开着的鲜花。清澈的泉水洗清了她的神和骨,朝日和山露滋养着她的肌肤,绿水青烟,风华绝代。但是谁愿意把她的芬芳告诉所有人,让所有人都知道,都来欣赏呢?花季过去了,鲜花的生命走到了尽头,草木凋零,她又白等了一年。

读者啊,在走路的时候,你有没有被一股若有若无的清香吸引过?请你循迹走上前去吧!而且亲爱的读者啊,当你遇到枯萎了的树木花草,不要嘲笑她的难看和无精打采。要知道,她也是有过花季的!

【评点】

《唐宋诗醇》:伤不遇也。末二句情见乎辞,白未尝一日忘事君也。求仙采药,岂其本心哉?严羽曰:"观白诗,要识其安身立命处。"此类是也。

《诗比兴笺》卷三:君子履洁怀芳,何求于世?然而未尝忘意当世者,惧盛年之易逝,而思遇主以成功名也。

其三十九(登高望四海)

登高望四海,天地何漫漫①!霜被②群物秋,风飘大荒③寒。荣华东流水,万事皆波澜④。白日掩徂晖⑤,浮云无定端⑥。梧桐巢燕雀,枳棘栖鸳鸾⑦。且复归去来⑧,剑歌行路难⑨。

【注释】

①何：多么。漫漫：无边无际。

②被：披，覆盖的意思。

③大荒：原野。

④"荣华"两句：比喻荣华富贵容易消失，万事万物变化无常。

⑤白日掩徂晖：指皇帝被蒙蔽。掩，掩盖。徂晖，余晖。

⑥浮云无定端：指统治者反复无常。定端，一定的方向。

⑦"梧桐"两句：这两句是说梧桐原为鸾凤待的地方，现在反为燕雀所占；灌木丛本来是小鸟活动的场所，现在却让鸾凤待在那里。燕雀比喻奸佞小人，鸳鸾比喻忠良贤人。巢，作窝。枳棘，灌木丛。鸳，通"鹓"。鸾，鸾凤。《庄子·秋水》："南方有鸟，其名为鹓雏，子知之乎？夫鹓雏发于南海，而飞于北海，非梧桐不止，非练实不食，非醴泉不饮。"《后汉书·仇览传》："枳棘非鸾凤所栖，百里岂大贤之路？"

⑧且复：让我再一次。归去来：离开这个恶俗的环境。东晋诗人陶渊明有《归去来兮辞》，写他厌弃官场，向往归隐的志趣。

⑨剑歌：弹剑唱歌，《战国策》所载冯谖事。行路难：乐府歌曲，多抒发人世艰难的主题。

古风（五十九首选六）

【赏析】

站在高处，李白体验到了虚无。

四处遥望，天地无边无际；茫茫宇宙之中，一切都显得渺小。眼前遍地白霜，一片秋色；草木枯萎，叶黄茎断，原野里秋风肆虐，萧条凄凉。

流水无语东去。水面上一层层的波浪，前后相继，起了又平，平了又起，最后消失在远方。诗人入世以来，苦乐无数，荣辱无数，起伏无数，希望绝望无数，现在都在河水里看见。

红日西下，残阳半明，感受不到温暖。旁边的浮云遮蔽着它，不时变换嘴脸，而且游移不定。诗人想到了朝廷，想到了皇帝和他周围的文人学士，想到了大唐王朝的气运。在秋天的落日余晖里，诗人看到了自然现象和社会现象之间的一致。

归去来！行路难！

临路歌

大鹏飞兮振八裔①,中天摧兮力不济②。余风激③兮万世,游扶桑兮挂左袂④。后人得之传此⑤,仲尼亡兮谁为出涕⑥?

【注释】

①振:摇动,震撼。八裔:八方。
②中天:半空中。摧:折断。济:成功。
③余风:事迹。激:激动。
④扶桑:神话传说中的大树,在东方的大海中,是太阳升起的地方。《离骚》:"总余辔乎扶桑。"挂:钩住,绊住。左袂:左边的袖子,这里指衣襟。严忌《哀时命》:"衣摄叶以储与兮,左袪挂于榑桑。"
⑤后人得之传此:是说后人得知大鹏半空摧折之事而相互传说。

⑥仲尼亡兮谁为出涕：这一句是说孔子已经死了，谁还会像他当年为麒麟哭泣那样，为大鹏的夭折而流泪呢？仲尼，孔子字仲尼。这一句用了孔子泣麟的典故。据《史记》孔子世家记载，鲁国猎获了一只麒麟，而麒麟只有天下祥和的时候才会出现，现在鲁国政治昏暗，为什么出现呢？孔子认为麒麟出非其时，伤心哭泣。

【赏析】

李华《故翰林学士李君墓志》云："年六十二，不偶，赋《临终歌》而卒。"殆即此耶？是耶非耶？

李白一向以大鹏自居。打开《李太白全集》，开卷第一篇就是《大鹏赋》。这是他青年时代的作品，充满了生命的朝气，充满了对自己社会价值的期许和对未来的乐观。赋中李白以大鹏自比，发誓要让"斗转而天动，山摇而海倾"。后来，李白在政治上遭到挫折，失意多而得意少，但大鹏的形象始终激励着他努力奋飞。他在《上李邕》诗中说："大鹏一日同风起，扶摇直上九万里。假令风歇时下来，犹能簸却沧溟水。"意思就是说，失败了，即使没有发挥才干的机会和场合，也要让地球摇晃几下。

这个飞起来了的大鹏鸟，让我们看到了他遮天蔽日的巨翅，它有力地扇动着我们头顶上的天空，那扑扑喇喇的风声和巨响震荡着我们的耳膜。在我们卑微的人生中，它让我们幸运地领略了一个人所应该有的想象、自信、力量和勇气。它那傲慢的目光和不可一世的口气逼迫我们抬起头，站起来，往远处看，向高处望。

李白所属的时代没有让他过上几天舒服日子。在他满怀希望离开家乡的时候，那种生命的灿烂没有一丝阴影，青春的天空中奔驰着纯洁的意气风发。在现实的大门口，诗人给我们留下了理想主义的《大鹏赋》。到《上李邕》一诗，诗人的巨翅已经感受到了飞行的艰难，众人的嘲笑和轻视给诗人的天空布下阴云和迷雾。在执着于今生一世的地面上，芸芸众生将信将疑地仰望着这只大鹏所宣告的高处和远方，然后就是失望、愤怒和诅咒。这只大鹏掀起的巨大的声浪吓倒了绝大多数人，在相形见绌的惭愧中，他们恶毒地笑着，说着，做着。大鹏感受到了迎面而来的逆风，预感到不幸的结局。但是大鹏只有更加孤傲的愤怒，只有更加奋迅的搏击翱翔！

　　这个藐视人生挫折的大鹏，和一切背负着轮回命运的生物一样，抗拒不了自然规律。现在，大鹏走到了生命的尽头。"中天摧兮力不济"，在油枯灯灭之际，无限苍凉而又慷慨激昂的大鹏只臣服于死亡之神。这具将要停止呼吸的庞大的肢体，把自己悬挂在太阳升起的树上，寻找着某一个明丽的早晨，伴随着红日的光彩和热量，重新跃入世人的眼帘！

　　这就是诗人的希望。他不祈求世人的原谅，他对自己的所作所为充满自豪，对指责和风言冷语不屑一顾。他只把自己的身影留给第一个面向太阳的人。

　　他所希望的，是遥远的来世，一个晴朗的天空，一只大鹏的复活。

　　让我们在内心深处把李白珍藏。